中青年学者文库

重庆市教育委员会2006年度人文社科一般项目
四川外语学院2006年度校级科研重点项目

费小平 ◎ 著

家园政治：
后殖民小说与文化研究

北京大学出版社
PEKING UNIVERSITY PRESS

图书在版编目(CIP)数据

家园政治:后殖民小说与文化研究/费小平著. —北京:北京大学出版社,2010.10

(未名·中青年学者文库)

ISBN 978 - 7 - 301 - 17796 - 9

Ⅰ.①家…　Ⅱ.①费…　Ⅲ.①小说 - 文学研究 - 世界

Ⅳ.①I106.4

中国版本图书馆 CIP 数据核字(2010)第 181227 号

书　　　名:**家园政治:后殖民小说与文化研究**

著作责任者:费小平　著

责 任 编 辑:季春莲

标 准 书 号:ISBN 978 - 7 - 301 - 17796 - 9/I·2262

出 版 发 行:北京大学出版社

地　　　址:北京市海淀区成府路 205 号　　100871

网　　　址:http://www.pup.cn

电　　　话:邮购部 62752015　发行部 62750672　编辑部 62750673

　　　　　　出版部 62754962

电 子 邮 箱:minyanyun@163.com

印　刷　者:北京山润国际印务有限公司

经　销　者:新华书店

　　　　　　965 毫米×1300 毫米　16 开本　11.75 印张　172 千字

　　　　　　2010 年 10 月第 1 版　2010 年 10 月第 1 次印刷

定　　　价:24.00 元

目　　录

第一章

家园政治与
后殖民小说

第一节 "家园政治"命题:线索清理与讨论

首先,我们务必明确一个前提:"家园政治"是文化研究中的文化地理学问题,因为文化地理学就是研究地形、权力、表征三者之间的互动问题,而家园就属于"地形"的重要构成元素之一。换言之,"家园"不是一个简单的自然客体,而是一个通过"权力",以一系列"表征"性符号为媒介通道所建构的"主体想象物"。正是在这个意义上,所有的家园建构都是"政治性的"(political)。它涉及身份、地点之间的基本联系和流动、变迁、变化之间形成的更为复杂的关系。①

　　"家园政治"（the politics of home）命题之渊源可追溯至中世纪著名学院派神学家、神秘主义学派开创者圣-维克多的雨果（Hugo of Saint-Victor 或 Hugh of Saint-Victor，1096—1141）在《世俗百科》（*Didascalicon*，1127）中的一段叙述："发现世上只有家乡好的人只是一个未曾长大的雏儿；发现所有地方都像自己的家乡一样的人已经长大；但只有当认识到整个世界都不属于自己时一个人才最终走向成熟。"②这里的"家园"显然已不是情感意义上的家园，而是理性或哲学思考意义上的家园，指向"离乡背井"、"异乡"、"放逐"、"流亡"、"无家可归"等层面。接下来的一段文字更加突显这些意义："稚嫩的人把自己的爱固定在世界上的一个地点；茁壮的人把爱扩展到所有的地方；完美的人则使爱消逝殆尽。我从童年起就居住在外国土地上，明白告别农舍那微弱炉火时的悲痛心情，而且也知道，后来对那些大理石壁炉和镶嵌着面板的客厅，心里又是怎样不加掩饰地不屑一顾。"③这位神学家还撰有《基督教奥义论》（*De Sacrementis Christianae*）、《格言集》（*Summa Sententiarum*）等著作。由神学家圣维克多的雨果开创的家园话语，走过了近 800 年的暗哑期后，进入现代，开始有较大进展。这似乎可以以 20 世纪初精神分析大师弗洛伊德的论述为开端。

1.1　20 世纪 80 年代前资源

　　20 世纪初，奥地利精神分析大师弗洛伊德提出，"家园"有时与一种"暗恐"（unheimlich）密切相连，与一种"非家幻觉"密切相连——德语词"unheimlich"不仅可译作英文词"uncanny"（暗恐），

---

　　①　〔英〕阿雷恩·鲍尔德温等：《文化研究导论》，陶东风等译，北京：高等教育出版社，2005 年，第 113 页。

　　②　转引自〔美〕爱德华·W. 萨义德：《东方学》，王宇根译，北京：生活·读书·新知三联书店，1999 年，第 331 页。

　　③　转引自〔美〕爱德华·W. 萨义德：《世界·文本·批评家》，李自修译，北京：生活·读书·新知三联书店，2009 年，第 11—12 页。

也可译作英文词"*unhomely*"（非家幻觉）。① 1916 年，"西方马克思主义"之父、匈牙利思想家卢卡奇通过自己在马克斯·韦伯指导下完成的著作《小说理论》(*The Theory of the Novel*) 提出，"所有的小说都是患'恋家症'的(All fiction is homesickness)"②。小说建构了一个此岸世界，其中，"在彼岸世界之外，每一个迷途的漫游者都已经找到期待已久的家园；每个渐行渐弱的孤独之声都被一个聆听它的歌队所期待，被引向和谐，并因此成为和谐本身。……彼岸家园的每一个居民都来自于此岸世界，每一个人都因命运之不可抗拒的力量而与这个家园相连；但是，只要当每一个人的路已到了尽头，路也因此变得富有意义的时候，他才认得这个彼岸，才看见了它的脆弱和沉重"③。这是一个"革命性"的命题，从哲理层面来看，这种"家园"是建构在"总体性"的向往之中的。现代德国著名思想家海德格尔在 30 年代认为，"家"远非一般意义上的居所，它在根本上指人生存的世界。人是一种特殊的存在者，与所有别的存在者都不同，因为他必须生存于世界之中，别的存在者则没有这种"必须"。④ 即是说，人之为人，必得在特定的生存关系中存在或生存。但这种生存关系并不自在，它是人创造或认可的，人之为人亦非天生，他是在特定的生存关系中生成的。从这种意义上看，人类的历史和个人的历史都是某种生存关系中生成的。从这种意义上看，人类的历史和个人的历史都是某种生存关系史。⑤ 所以，在海德格尔那里，"家"指"世界大厦"，这一"世界大厦"即天地人神的"四方关联体"，因此，"归家"就是回到天地人神的关联之中，回

---

① Sigmund Freud. "The Uncanny" in Vincent B. Leitch ed. *The Norton Anthology of Theory and Criticism*. New York and London: W. W. Norton, 2001, pp. 929—952.

② Rosemary Marangoly George. *The politics of home: Postcolonial relocations and twentieth-century fiction*. New York and Melbourn: Cambridge University Press, 1996, p. 1.

③ 〔匈〕卢卡奇:《小说理论》,载《卢卡奇早期文选》,张亮等译,南京:南京大学出版社,2004 年,第 35—36 页。

④ 参见余虹:《艺术与归家——尼采·海德格尔·福柯》,北京:中国人民大学出版社,2005 年,第 1 页。

⑤ 同上书,第 172 页。

归到作为命运的"中间"(die Mitte)①,而"这个中间之所以叫中间,是因为它起着中介作用:它既不是大地,也不是天空;既不是神,也不是人。……大地和天空、神和人的'更为柔和的关系'可能成为更无限的。因为非片面的东西可能更纯粹地从那种亲密性中显露出来,而在这种亲密性中,所谓的四方得以相互保持"②,促使"亲在"(Das Sein)走向"在"(Sein)。与此同时,1931—1979 年期间,一批经典的民族主义文本对"家园"话语的构建做出了令人难以忘怀的贡献,如卡尔顿·海斯(Carlton Hayes)的《现代民族主义演进史》(1931)、《民族主义:一种宗教》(1960),汉斯·科恩(Hnas Kohn)的《民族主义:意义与历史》(1955),埃里·凯杜里(Elia Kedourie)的《民族主义》(1961),尼奥拉德·都伯(Leonard W. Doob)的《爱国主义与民族主义:论二者的心理学基础》(1964),安东尼·D.斯密斯(Anthony D. Smith)的《20 世纪民族主义》(1979)等等。"民族主义运动"是其中的唯一意识形态框架,均将"空间"想象为"家园",尽管"民族"等同于"家园"会招致几分"危险"。其中,美国马克思主义批评家弗雷德里克·詹姆逊在 1971 年的著作《马克思主义与形式》(*Marxism and Form*)中设置专章"瓦尔特·本雅明或怀旧"("Walter Benjamin;or,Nostalgia")来讨论"家园":"从本雅明文章的字里行间流露出来的那种忧郁——一个人的消沉、职业的挫折、局外人的沮丧、面临政治和历史梦魇的苦恼等等——便在过去之中搜索、想找到一个适当的客体,某种象征或意象,如同在宗教冥想里那样,心灵能让自己向外凝视着它,在里面觅到短暂的、哪怕是审美的宽慰。……在我看来,瓦尔特·本雅明的思想,最好理解成一种讽喻的思想,一系列平行而不相连续的深思的层面……对于我来说,本雅明的著作仿佛镌刻着一种痛苦的勉强,他力图达至某种心灵的整体性或经验的统一性,而历史境况却处处

---

① 〔德〕海德格尔:《荷尔德林的大地与天空》,载《荷尔德林诗的阐释》,孙周兴译,北京:商务印书馆,2000 年,第 200 页。

② 参见余虹:《艺术与归家——尼采·海德格尔·福柯》,北京:中国人民大学出版社,2005 年,第 172 页。

都有可能把这种整体性或统一性粉碎。"①这里,家园＝忧郁＝个人的消沉、职业的挫折、局外人的沮丧、面临政治和梦魇的苦恼＝过去＝心灵＝审美的宽慰＝痛苦＝心灵的整体性或经验的统一性被粉碎。1978 年,当代著名的巴勒斯坦裔美国批评家萨义德在丰碑式著作《东方学》(Orientalism)中首先将家园话语推向了批评层面:"一个人离自己的文化家园越远,越容易对其做出判断;整个世界同样如此,要想对世界获得真正的了解,从精神上对其疏远以及以宽容之心坦然接受一切是必要的条件。同样,一个人只有在疏远与亲近二者之间达到同样的平衡时,才能对自己以及异质文化做出合理的判断。"②这明显地复写了圣-维克多的雨果的家园话语。即是说,在萨义德的心中,家乡可泛指世界,世界是一个大的家园,只有在这样的宽阔胸怀中,在"流放"与"放逐"中才能真正认识到小家(民族/国家)心理的狭隘。③ 它指向"东方学"历史发展中的一个阶段,"直接回应的是欧洲法西斯主义的兴起对自我扩张的、非道德的、具有技术专门化倾向的人文文化……所构成的威胁"④。

1.2　20 世纪 80 年代资源

法国当代学术界一代宗师米歇尔·福柯于 1982 年提出了"空间—知识—权力"模式⑤:在这里,空间乃权力、知识等话语转化为实际权力关系的关键。福柯如是说:"我们所居住的空间,把我们从自身中抽出,我们生命、时代与历史的融蚀均在其中发生,这个紧抓着我们的空间,本身也是异质的。换句话说,我们并非生活在

　　① 〔美〕弗雷德里克·詹姆逊:《马克思主义与形式》,李自修译,南昌:百花洲文艺出版社,1995 年,第 48—49 页。
　　② 转引自〔美〕爱德华·W. 萨义德:《东方学》,王宇根译,北京:生活·读书·新知三联书店,1999 年,第 331—332 页。
　　③ 石海峻:"地域文化与想象的家园——兼谈印度现当代文学与印度侨民文学",《外国文学研究》2002 年第 1 期。
　　④ 转引自〔美〕爱德华·W. 萨义德:《东方学》,王宇根译,北京:生活·读书·新知三联书店,1999 年,第 330 页。
　　⑤ 米歇尔·福柯、保罗·雷比诺:"空间、知识、权力——福柯访谈录",载《后现代地理学的政治》,上海:上海外语教育出版社,2001 年,第 1 页。

一个我们得以安置个体与事物的虚空(void)中,我们并非生活在一个被光线变幻之阴影渲染的虚空中,而是生活在一组关系中"。① 这首次将"空间"问题推向后现代层面即所谓"后"学层面,"家园"问题也随之进入所谓"后"学层面。戈温德林·莱特(Gwendolyn Wright)、保罗·雷比诺(Paul Rabinow)等学者于同一时间也提出"权力的空间化"命题。② 他们在充分引述福柯的话语之后,明确提出:"在现代的权力形式下,空间的中心性……可能更具关键性。一部完全的历史仍有待撰写成空间的历史——它同时也是权力的历史(此两词都是复数)——它包括从地缘政治学的重大策略到细微的居住策略;它包括在机构(制度)建筑中的教室和医院的设计,以及其中的种种经济与政治的安排"。③ 1982 年,艾芙琳·托顿·贝克(Evelyn Forton Beck)编辑相关论文集《可爱的犹太女孩们》(*Nice Jewish Girls*, repr., Boston:Beacon Press),标志着对"家园"(home)/"家庭生活"(domesticity)所进行的首次学理化尝试。1983 年,英国学者厄内斯特·盖尔纳(Ernest Gellner)推出《民族与民族主义》(*A Typology of Nationalism*)一书中指出:"可以本着一种伦理的、'普遍的'精神来维护民族主义原则。抽象的民族主义原则可能并且有时的确存在,他们不把自己的民族性(nationality)看得过高,慷慨地向所有民族宣扬这种学说理论:让所有的民族都不要把异族纳入自己的政治居所。维护这种非利己主义的民族主义并不存在形式上的矛盾。"④这表达了一种具有宽广胸怀的"四海为家"的国际主义原则。民族主义等同于国际主义。同一年,全球知名的东南亚研究学者、美国康乃尔大学教授本尼迪克特·安德森

---

① 〔法〕米歇尔·福柯、〔美〕保罗·雷比诺:"空间、知识、权力——福柯访谈录",载《后现代地理学的政治》,上海:上海外语教育出版社,2001 年,第 21 页。
② 〔美〕戈温德林·莱特、保罗·雷比诺:"权力的空间化",载《后现代地理学的政治》,包亚明主编,上海:上海外语教育出版社,2001 年,第 29 页。
③ 〔法〕米歇尔·福柯、〔美〕保罗·雷比诺:"空间、知识、权力——福柯访谈录",载《后现代地理学的政治》,包亚明主编,上海:上海外语教育出版社,2001 年,第 39 页。
④ 〔英〕厄内斯特·盖尔纳:《民族与民族主义》,韩红译,北京:中央编译出版社,2002 年,第 2 页。

"试图理解民族所造成的深厚而强烈的个人归属感"①,推出影响深远的著作《想象的共同体:民族主义的起源与散布》(*Imagined Communities:Reflections on the Origins and Spread of Nationalism*),将民族"想象为本质上有限的,同时也享有主权的共同体"。② 他以深邃的视野阐述道:"它是想象的,因为即使是最小的民族的成员,也不可能认识他们大多数的同胞,和他们的相遇,或者甚至听说过他们,然而,他们相互连接的意象却活在每一位成员的心中。……民族被想象为有限的,因为即使是最大的民族,就算他们或许涵盖了十亿个活生生的人,他们的边界,纵然是可变的也还是有限的。没有任何一个民族会把自己想象为等同于全人类。……民族被想象为拥有主权,因为这个概念诞生时,启蒙运动与大革命正在毁坏神谕的、阶层制的皇朝的合法性。……最后,民族被想象为一个共同体,因为尽管在每个民族内部可能存在普遍的不平等与剥削,民族总是被设想为一种深刻的,平等的同志爱。最终,正是这种友爱关系在过去两个世纪中,驱使数以百计的人们甘愿为民族——这个有限的想象——去屠杀或从容赴死"。③ 这段引文昭示两点:(1)"民族被认同于特定的领土,世界的某个部分,这个部分作为他们民族的历史性家园对他们来说是有意义的"④;(2)"民族主义与民族身份总是不但要建立在对一个共同体和他们可以居住在一起的领土的想象上,而且也建立在对如何把不适合的人排除出去并划出边界的想象上"。⑤ 换言之,民族 = 领土 = 家园 = 接纳与排他。1984 年,米妮·布鲁斯·普莱特(Minnie Bruce Pratt)、艾妮·巴尔金(Elly Bulkin)、芭芭拉·史密斯(Balbara Smith)三人合作出版《你的身份在斗争中建构:针对反犹太主义与种族主义的三种女

---

① 〔英〕阿雷恩·鲍尔德温等:《文化研究导论》,陶东风等译,北京:高等教育出版社,2005 年,第 163 页。

② 〔美〕本尼迪克特·安德森:《想象的共同体:民族主义的起源与散布》,吴叡人译,上海:上海人民出版社,2003 年,第 5 页。

③ 同上书,第 6—7 页。

④ 〔英〕阿雷恩·鲍尔德温等:《文化研究导论》,陶东风等译,北京:高等教育出版社,2005 年,第 163 页。

⑤ 同上。

性主义视角》(*Yours In Struggle: Three Feminist Perspectives on Anti-Semitism and Racism*, New York: Long Haul Press)一书,从后殖民主义和女性主义角度对"家园"中潜在的权力化因素进行探讨,特别质疑了"经验"、"身份"、"政治化视角"三者之统一性。[①] 同一年,美国马克思主义批评家马丁·杰伊(Martin Jay)在《马克思主义与总体性:从卢卡奇到哈贝马斯的概念历险记》(*Marxism and Totality: the Adventures of a Concept from Lukas to Habermas*)中通过讨论"怀旧和向往总体性"议题来研究"家园":"'总体性'确实已经在西方文化的话语里享受着优越地位。它同一些肯定性内涵相呼应,已经普遍地与其他充满积极意义的语词相联系,如连贯、秩序、任务、和谐、富庶、共识、共同体等。同时,它又与充满消极意义的概念相对比,如异化、碎片、无序、冲突、矛盾、系列化、雾化、疏离等"[②],并进一步指出:"现代是一个'超验的无家可归'(transcendengtal homelessness)时期,人们居住在一个'被上帝所摈弃'的世界——在这里,第一、第二天性……被不可改变地撕裂,人们将'他们的自我塑造环境'看做牢笼而非充满母爱的温馨家园"。[③] 在这位理论家的眼里,家园等于"怀旧"、"向往总体性"和"无家可归"。1986 年,印度裔美国批评家荷米·巴芭撰写的"播撒:时间、民族、叙事与现代民族的诸多边缘"("Dissemination: Time, Nation, Narration and the Margins of the Modern Nation")一文,召回詹姆逊的"民族寓言"观念,以发展自己的关于"移民者的隐喻性"(metaphoricity of the migrant)的论题[④],他指出,今天的现代民族被那些位居边缘化空间的人们在诸多边缘上书写着,他们是"被殖民者"、"妇女"、"迁徙者"、"外来移民",等等;加之,来自主流市民中的边缘人士的

① Cf. Theresa de Lauretis. *Feminist Studies/Critical Studies*. Bloomington: Indiana University Press, 1986, p. 192.

② Martin Jay. *Marxism and Totality: the Adventures of a Concept from Lukas to Habermas*. Berkeley: University of California Press. 1984, p. 21.

③ Ibid., p. 85.

④ Rosemary Marangoly George. *The politics of home: Postcolonial relocations and twentieth-century fiction*. New York and Melbourn: Cambridge University Press. 1996, p. 105.

差异,拒绝读者强加的和谐——这些读者认为众多民族诞生于来自不同国度的共享一个"想象的共同体"的民族之中。[1] 同一年,康乃尔大学从事德语文学与女性研究的助理教授彼蒂·马丁(Biddy Martin)、女性研究机构研究员江德拉·特尔培德·莫哈蒂(Chandra Talpade Mohanty)二人发表了"女性主义政治:家园与之何缘?"("Feminist Politics:What's Home Got to Do With It?")之重要文献。她们开宗明义地说道:"我们在1984年秋访问了我们在朗吉堡、弗吉尼亚、印度孟买的各自的'家园'之后,随即开始进行这一项目——这些访问充满着冲突、缺失、记忆与欲望,我们均一致认为它们对于思考我们与女性主义政治之关系至关重要。尽管在我们的个人历史、学术背景以及我们双方所经历的移居等诸多层面上存在着重大差异,但是我们所共享的政治化—智识性位置,促使我们可能一起撰写此篇论文。我们各自对米妮·布鲁斯·普莱特(Minnie Bruce Pratt)的半自传性叙事文本《身份:皮肤、血液、心脏》(Identity:Skin Blood Heart)的阅读,正好成为我们彻底思考和开发女性主义理论与政治观念的契机——这些观念一直缠绕着我们。我们对以下问题颇感兴趣:家园、身份、共同体之构型(configuration),……其作为概念、欲望的'家园'的权力与感染力,其作为隐喻在女性主义书写中的出现,其在新右派修辞学(rhetoric of the New Right)中的挑战性在场"。[2]阿德里安·弗蒂(Adrian Forty)也于同年推出另一部相关著作《欲望的对象:设计与社会 1750—1980》(Objects of Desire:Design and Society 1750—1980, London:Thames & Hudson, Ltd.)。他从讨论"对象的设计"入手来讨论"家园"问题。他首先指出:"我们所用的几乎每个对象物、我们所穿的大部分衣服、我们所吃的许多东西,均是——被设计过的。由于设计似乎更多的是日常生活的一部分,我们就有理由去追问'它确实

---

① Rosemary Marangoly George. *The politics of home:Postcolonial relocations and twentieth-century fiction*. New York and Melbourn:Cambridge University Press. 1996, p. 186.

② Theresa de Lauretis. *Feminist Studies/Critical Studies*. Bloomington:Indiana University Press, 1986, p. 192.

是什么'、'它设计什么'、'它如何得以形成'之类的问题。……我的构想是,设计,在其经济层面、意识形态层面,是一个超越人们的通常认可的具有更加重大意义的行动"。① 然后,他明确论证道:"'家园'既是一个遮风避雨的居所,又是一尊雕像。其容量的外观能够显示出'家'是什么、打算促使人们在其中做什么。有关'家园'的观念伴随着文化的不同而不同,伴随着时段的不同而不同。不过,在任何时间、在任何地方,对于家园'应该像什么、在哪里、何为得体、何为不得体'之类的问题,可能会有一个一致的看法。关于在'家园'中何为得体、何为美丽的构想已经形成了供家庭使用的商品的设计。这一关系也沿着其他方向发挥着作用:设计既符合趣味方面的通常看法,也能告诉人们他们应该对'家园'有何思考、他们在其中应该如何做到举止得体"。② 不难看出,"家园"在这里绝非中立之所,是被他人建构的,被他人设计的,负载着浓郁的意识形态色彩。1987 年,英国学者约翰·阿格纽(John Agnew)推出《地点与政治》(*Place and Politics*, London:Allen & Unwin)一书,系统讨论文化、权力、地点三者之间相得益彰的关系。"他把地点理解为有三个维度:地方(locale)(从事某一行为的地点,比如国会或城市);位置(location)(置于广义社会关系中的地点,比如与国家政治或全球经济发展相关的城市位置)以及地方感(sense of place)(地点的主观维度),所有这些都必须在一起理解,所有的社会、经济、政治以及文化关系都被理解为在特定的地点内产生的,都是由权力关系产生的。这里……重要的是……他所使用的语言以及他理解地点的方法,包括'实践'、'方案'、'惯常的社会交往'、'束缚'、'结构'、'时空路径'、'茎节'等等"。③ 南茜·阿姆斯特朗(Nancy Armstrong)于同一时间推出专著《欲望与家庭小说:

---

① Adrian Forty. *Objects of Desire: Design and Society 1750—1980*. London: Thames and Hudson, Ltd. 1986, p. 6.

② Ibid., p. 94.

③ 〔美〕阿雷恩·鲍尔德温等:《文化研究导论》,陶东风等译,北京:高等教育出版社,2005 年,第 148 页。

小说的政治化历史》(*Desire and Domestic Fiction：A Political History of the Novel*, England：Oxford University Press)。该书材料翔实,思考深刻,见解独特,是一部探讨"家庭文化政治"(the politics of domesticating culture)和"家庭小说政治"(the politics of domesticating fiction)的重要作品。阿姆斯特朗说:"'家庭小说'从一开始就力图廓清'性关系语言'与'政治化语言',并在这样做的时候,力图引入一种新的政治化权力形式。这一权力伴随着家庭妇女的出现而出现,并且通过她对所有那些对象与实践——我们将这些对象与实践同私人生活相联系——的控制,来确立权力对英国文化的控制。这样的妇女对家庭、休闲、求爱程序以及亲缘关系行使着权力,在她的管辖下,人类身份的一些最根本性特征得以展现。将家庭妇女的出现视作政治史上的大事件,正像它可能出现的情况一样,并不意味着用措辞来展现矛盾,而是来发现构成现代文化的悖论。它也是用来追溯具体化的现代欲望形式的历史——在 18 世纪初期它改变了决定一个女性身上最重要的一切之标准。在无数的预计为女性而书写的具有教育意义的小说论文和小说文本中,这种欲望形式伴随着崭新类型的女性的出现而出现"。① 这里,家庭—权力—欲望—女性四者被捆绑为一体,密不可分,是家园言说中的开创性突破。另外一位学者伽伦·凯普兰(Caren kaplan)也在 1987 年的《文化批评》第 6 期(春季号)上发表"解构领土划分:西方女性主义话语中的'家园'改写与流亡"("Deterritiorializations：The Rewriting of Home and Exile in Western Feminist Discourse")一文。1988 年,印度裔英国作家萨尔曼·拉什迪(Salman Rushdie)在给自己招来杀身之祸的小说《撒旦诗篇》(*The Satanic Verses*, New York：Viking)中公开指出"英国人的历史就发生在海外"。② 这暗指英国人的家园就在海外殖民中。1989 年,杰尼弗·沃尔奇(Jennifer Wolch)、米歇尔·迪尔(Michael Dear)二人合作编辑《地形的

① Nancy Armstrong. *Desire and Domestic Fiction：A Political History of the Novel*. Oxford University Press,1987, p.94.

② Salman Rushdie. *The Satanic Verses*. New York：Viking,1988, p.343.

权力：领土如何铸就社会生活》(*The Power of Geography：How Territory Shapes Social Life*, Boston：Unwin, Hyman) 一书，"特别关注社会生活建构领土之方法和领土建构社会生活之方法。这些过程之间的彼此依赖性——社会—空间辩证法——能确保这一点：一个人如不指涉他者，就不能遭致理解。我们需要强调的是影响日常生活之社会实践的地形权力。我们认为，此类建基于领土之上的实践具有一种保护、坚持（即再造）社会关系的权力，而且还能超越这些关系，生产出重大的社会变化"。① 这里实际强调了与"家园"相关的空间政治化问题，走向了学科的"文化地理学"，只是未深入涉及地点、意义、抵抗之间的复杂难解的纠葛而已。

1.3　20 世纪 90 年代资源

1991 年，英国学者多拉·哈瑞维（Donna Haraway）在著作《类人猿、赛博人和女性：人性的重新发明》(*Simians, Cyborgs and Women：the Reinvention of Nature*) 中将家园建构上的"搜寻的政治"界定为"能为当代美国女性主义者的政治化界定和自我界定提供场所的历史的、地理的、文化的、心灵深处的、想象性的疆界（boundaries）"。② 因小说《撒旦诗篇》(*The Satanic Verses*) 招来杀身之祸而不得不隐居的印度裔英国作家萨尔曼·拉什迪（Salman Rushdie）侨居英国多年，失去了纯粹的"印度性"，却又不能完全认同殖民立场。从 13 岁那年开始，他一直过着"候鸟般"的生活，身体不断"移位"，穿越印度、英国、巴基斯坦的国界，从孟买到伦敦再到卡拉奇，从东到西，处处有家，处处无"家园"。漂浮的、无根的、游移的生存状态意味着拉什迪别无选择，只能走进含混破碎的记忆深处，走进语言的乌托邦，用文字言说想象的家园。跨国界、跨文化的生活经历加深了作家的身份错位意识和文化认同危机，让他在东西社会

---

① Jennifer Wolch Michael Dear eds. *The Power of Geography：How Territory Shapes Social Life*. Boston：Unwin Hyman, 1989, p. 4.

② Donna Haraway. *Simians, Cyborgs and Women：the Reinvention of Nature*. London：Free Association Press, 1991, p. 196.

之间、不同宗教之间、历史与今天之间无所适从,不知所归。他在1991年的"想象的家园"("Imaginary Homelands")一文中说:"像我这样的流散作家(exiles,或 emigrants,或 expatriates),心头可能总是萦绕着某种失落感,带着某种冲动去回顾过去,寻找失去的时光……但当我们回顾过去时,我们会处于深深的困惑之中:离开了印度便意味着我们不再能够找回业已失落的东西;我们创造的不是真实的城市或乡村,而是看不见的想象的家园,即我们脑海里的印度"。[①]即,对于身处英国的拉什迪来说,因空间的错位,过去的岁月反倒成了永远的家乡,尽管那是一个失落于时间迷雾之中的失落城市中的失落的家(a lost home in a lost city in the mists of lost time)[②]。拉什迪一连用了三个"失落"(lost),强调心理错位。1992年,米歇雷·巴瑞特(Michele Barrett)和安妮·菲尼普(Anne Phillips)在选编的论文集《理论的"解固定化":当代女性主义争论热点》(*Destabilizing Theory: Contemporary Feminist Debates*. California: Stanford University Press)中设置专章"女性主义的碰撞:'经历政治'探寻"("Feminist Encounters: Locating the Politics of Experience"),再次讨论家园"搜寻的政治"问题。同一年,安东尼·魏德勒(Anthony Vidler)承继弗洛伊德的精神分析批评话语,写出《建筑上的暗恐心理:论现代的"非家状态"》(*The Architectural Uncanny: Essays in the Modern Unhomely*, Cambridge and London: The MIT Press)一书,从建筑的角度来讨论"家园"问题。他如是说:"建筑,自18世纪终结以来,一直与暗恐观念密切地关联着。一方面,'家'在文学艺术中,提供了一个充满诸多'再现物'、'恐怖情形'的'难以忘怀的'、'迂回曲折的'、'四分五裂的'的场所。另一方面,现代城市的错综复杂空间已被阐释为现代焦虑的源头——从进化、时疫等层面一直涉及恐惧、异化等层面;'侦探小说'这种文学样式就将其存在的价值归因于此类恐惧——'悬而未解的谋杀

① Salman Rushdie. *Imaginary Homelands: Essays and Criticism 1981—1991*. Granta Books and Penguin Books Ltd. ,1991, p. 10.
② 石海军:《后殖民:印英文学之间》,北京:北京大学出版社,2008,第92页。

就是暗恐',心理分析学家西奥多·雷克(Theodor Reik)如是说"。①
他同时又说:"但是建筑超越了此番巨大的夸张性戏剧角色,通过
一种非类同的方式揭示了暗恐的深层结构,展示了'似乎有家'与
'明确无家'二者之间的令人忧虑的滑动。正像弗洛伊德的理论诠
释的那样,暗恐(uncanny/heimlish)在词源学和用法上植根于家事
的环境,因此展现了一系列有关自身、他者、身份缺席的身份认同
问题——因此展现了暗恐在诠释内心世界与居所、身体与住宅、个
人与都市方面的巨大能量。弗洛伊德将暗恐与死亡的冲动、阉割
的恐惧、期盼回到子宫的不可能的欲望密切粘连,暗恐因此被诠释
为现代怀旧情结的主流因子——承载着深深地触及着所有社会生
活层面的相应空间感"。② 1993 年,英国学者吉利安·萝丝(Gillian
Rose)在《女性主义与地理学:地理学知识的局限》(*Feminism and
Geography : The Limits of Geographical Knowledge*, London : Blackwell
Polity, 1993)一书中,从女性主义角度讨论家园/日常空间的政治
化含义。她指出:"对于女性主义者而言,女性所追寻的日常小事
从来都不是无足轻重的,因为日常的这些表面平庸、琐碎的事件被
捆绑至与羁押女性的权力结构之中。对女性日常活动的诸多限
制,由社会期盼女性所成为的一切和因此去实践的一切,所建构
着。某个平常的日子遂成为一个夫权制得以重建与遭遇抗争的竞
技场。用特里莎·德·洛瑞蒂斯(Terasa de Lauretis)的话说,就
是,女性主义'仍然更多的是一种日常生活政治。尖锐点就在那
里:斗争的意识、压制与反驳的负荷'"。③ 她还指出:"对于白人女
性主义者而言,日常空间的一个最富于压抑性的层面,是公共空间
与私人空间的区分。有关公共空间、私人空间二者最早的讨论成
果之一是凯特·米列特于 1969 年发表的一篇文章,其众多论点表

---

① Anthony Vidler. *The Architectural Uncanny : Essays in the Modern Unhomely*. Cambridge and London : The MIT Press, 1992, IX.
② Ibid. , IX—X.
③ Gillian Rose. *Feminism and Geography : The Limits of Geographical Knowledge*. London : Blackwell, 1993, p.17.

明很多女性主义者已将公共/私人之区分与夫权制权力粘连起来。米列特的文章系对维多利亚时代'性政治'核心宣言书的一种解读：……《论女王们的花园》("Of Queens'Gardens")一文是约翰·罗斯金(John Ruskin)1864年在曼彻斯特市政厅(Manchester Town Hall)所作的演讲，标题中的'女王们'是他观众心目中的资产阶级女性。罗斯金在演讲中解释道：特定家园(the home)是女性应该栖居之处，因为只有男性才是实干家(doer)、创造者(creator)和发现者(discoverer)：相比较而言，女性是消极被动的、自我谦卑的、美丽优雅的。正是这种自然的完美驱使罗斯金将女性描写为花瓶。而她们的'花园'，被诸多墙体所圈围着，就是家园，他描写为私人性的、家事缠绕的、阴柔娇美的空间(feminine space)，这一空间与男性的薪水工作—政治工作领地(the male sphere of waged work and politics)完全分离。……在罗斯金看来，无论女性在何处，均可成为家园——一个充溢着特殊品质的空间、一个洋溢着静谧与爱的港湾：虽然她打算被她的主人统治着，但她可以成为他的道德良知和道德向导，并因此在较广的层面上影响着他的行动。"[1]罗斯金特别举出莎翁作品《李尔王》之例子来讨论这一问题。他说："如果因此造成什么罪恶的话，又多是依靠女人的智慧和意志、品德来救赎，而且全都获得圆满成功。降临到李尔王头上的灾祸就是源于其自身对决断的渴望、鲁莽的浮夸，以及对子女的不信任，要不是他把自己那个真正的女儿从自己身边赶走，凭借她的人品和意志力足以把他保护起来免遭他人的陷害，而事实上，也正是这个女儿拯救了他"。[2] 根据特里莎·德·洛瑞蒂斯的思路，罗斯金开创了以超越男性性别为己任的西方女性主义批评话语的先河。

1994年，安妮·茨威特柯维琦(Ann Cvetkovick)、艾芙瑞·戈登(Avery Gordon)在共同发表的"别以我们的名义：妇女、战争、艾

---

① Gillian Rose. *Feminism and Geography：The Limits of Geographical Knowledge*. London：Blackwell, 1993, pp.17—18.

② 〔英〕约翰·罗斯金：《芝麻与百合》，王大木译，桂林：广西师范大学出版社，2005年，第70页。

滋”("Not in Our Names:Women,War,Aids")一文中也从妇女、战争、艾滋三方面讨论了家园问题。全文由两部分构成:第一部分题为"战争机器与洗衣机"("War Machines and Washing Machines"),由艾芙瑞·戈登撰写;第二部分题为"抗艾滋之战与中东之战"("The War Against AIDS and War in the Middle East"),由安妮·茨威特柯维琦撰写。戈登在第一部分中说:"今天我很想从头部与心脏(并且也可能是胃部)之间的某个部位开始同你们谈话,因为它们说:在战争与和平时期,家园通常就是女性所居之处;因为它们还说:在战争与和平时期,家园就是心脏所居之处。我乐意间接地表明:海湾战争中生死存亡的一切就是'我们栖居于家园中何处'和'我们如何栖居于家园中'。我很想请你们思考三个问题:(1)战争机器与洗衣机之间的关系如何?(2)战争在何地爆发?(3)我们如何为一个更美满的家园而战?"。① 她进一步指出:对于第一个问题,"你们中的一些人可能很清楚这一点:第二次世界大战期间,女性加入了获取报酬的劳动力大军,特别是军需品行业的劳动力大军,数量上对于白人中产阶级、工人阶级来说是前所未有的。在那里,她们学会了很多她们先前被剥夺的工业和工艺上的技巧,并且她们因为乐于为'战时努力'发挥作用的慷慨之举而获得'政府宣传电影'的致谢。这些铆钉工们(Riveters)捍卫民主,将成堆的碗碟洗刷之事束之高阁,战后纷纷被送回家中继续她们对构建'崭新美国世纪'(the New American Century)的贡献:用微小的餐具端上冻干的食品,为年老体弱者贮存罐装给养,转变为欲望的不同寻常的核心客体——'餐具'与'炸弹'。白人中产阶级女性通过照看她们各自的洗衣机,参与新一轮战时经济建设——即我们如今所称的军事—工业联合体——之际,被要求发挥着与五角大楼完全一样的作用:高度警惕,为战备随时待命"。②

茨威特柯维琦在题为"抗艾滋之战与中东之战"的文章中谈

---

① Michael Ryan and Avery Gordon. ed. *Body Politics:Disease, Desire, and the Family.* Boulder, Sanfrancisco and Oxford:Westview Press, 1994, p.32.

② Ibid., p.33.

到:"如何可能将艾滋……与中东之战联系起来？提出此类'粘连'或许已经成为一个越界的政治化问题,因为乔治·布什非常讨厌接受'萨达姆·侯赛因冒险侵略科威特'与'美国支持下以色列登场于占领区'两事之间的粘连,或者说,科威特作为一个国家的权利与巴勒斯坦为民族自决所作的斗争两件事情之间的粘连。为开创诸如此类的粘连,首先有必要思考'战争'一词之意义。作为一个女性主义者,我可以毫无困难地理解'国内之战'(war at home)概念——这一用语不仅可用来描述反战行动主义(antiwar activism),也可用来描述'家事'问题。我很清楚这一点:经常会发生以对女性的剥削为幌子的'家中之战'——不管它是采取公开的性暴力、家庭暴力形式,还是采取不能走近堕胎、保健、儿童保育、恰当地支付报酬工作等方面的较为含蓄的形式。作为一个对性的政治感兴趣的女性主义者,并不难把这些女性问题与艾滋引起的诸多问题联系起来——反对艾滋的斗争已经被同样的对待性行为特别是同性恋行为的道德化与压抑性的态度(moralizing and repressive attitudes)所阻碍着,而这些态度已经严重地影响着女性"。① 她还说:"坦率地来看:为什么曾经会令人诧异的无数的艾滋病患者的死亡,被认为不如潜在的中东战场美国士兵的死亡那么重要？投入至保护中东战场上士兵们的生命和屠杀伊拉克市民的金钱,较之投入至对抗艾滋病行动中的金钱多得多;更多的媒体篇幅关注'海湾的最后摊牌'(Showdown in the Gulf)而较少关注可能少有新闻价值的艾滋病患者(PWAS)——除了'无辜的'儿童与白人中产阶级异性恋者正在死亡之时刻——的死亡;更多的人带着同情与对同胞和家庭成员的关注,收看有关战争的新闻报道,而较少收看有关艾滋的新闻报道——它们经常可以推断或激发一种对与行将死亡者进行合作的恐惧。我发现这些差异是令人心烦的。为什么艾滋病患者及其死亡仍然不为公众所见,而美国士兵们被高度张扬,他

---

① Michael Ryan and Avery Gordon. ed. *Body Politics*:*Disease , Desire , and the Family*. Boulder, Sanfrancisco and Oxford:Westview Press, 1994, p.40.

们'家园的缺席'（absence from home）由'黄色勋带'（yellow ribbons）的不断递增所彰显着？"①

显然，在艾芙瑞·戈登眼中，战争与和平时期的"家园"就是"女性所居之处"、"心脏所居之处"，就是"战争中生死存亡的一切"；在安妮·茨威特柯维琦眼中，"家园"就是充满"反战行动主义"与"家事问题"的"国内之战"，就是充溢着公开的性暴力、家庭暴力和对堕胎、保健、儿童保育、报酬工作等采取隐性忽视形式的"家中之战"，就是与艾滋病患者相媲美的美国士兵们的"由'黄色勋带'的不断递增所彰显着"的"家园的缺席"。几乎在同时，后殖民经典批评家荷米·巴芭讨论被殖民者游移的文化身份时，也深刻地谈及家园问题。在他看来，"二者中的任何一种文化均没有家园之感。这种栖身于两种彼此冲突的文化中的'无家'（homelessness）之感，巴芭称作'unhomeliness'——这是一个为其他一些后殖民理论家称为'双重意识'（double consciousness）的概念。这种为两种文化所摒弃的感觉或直觉，导致殖民主体/被殖民者（colonial subject/the colonized）成为心理上的避难者（psychological refugee）"。② 巴芭诠释道："非家幻觉"是"家和世界位置对调时的陌生感"，或者说是"在跨越地域、跨越文化开始时期的一种状态"③。巴芭的同行贝尔·胡克丝（Bell Hooks）对家园也有一番独到的思考："有时家园是无处可寻的。人们有时只知道极端的疏离与异化（extreme estrangement and alienation）。家园，然后，就再也不是一个固定的地方（place），而是不断搜寻中的场所（locations）"。④

而美国圣地亚哥加州大学英语文学与文化研究助理教授萝丝玛丽·玛瑞戈莉·乔治（Rosemary Marangoly George）于 1996 年首

---

① Michael Ryan and Avery Gordon. Ed. *Body Politics：Disease, Desire, and the Family*. Boulder, Sanfrancisco and Oxford：Westview Press, 1994, pp. 40—41.

② Charles E. Bressler. *Literary Criticism：An Introduction to Theory and Practice*. New Jersey：Pearson Education, Inc, 2003, p. 203.

③ 转引自童明："家园的跨民族译本：论'后'时代的飞散视角"，载《中国比较文学》2005 年第 3 期。

④ Rosemary Marangoly George. *The politics of home：Postcolonial relocations and twentieth-century fiction*. New York and Melbourn：Cambridge University Press, 1996, p. 1.

次从解构主义和后殖民批评立场正式提出了"家园政治"命题。她在专著《家园的政治：后殖民迁徙与 20 世纪小说》（*The politics of home：Postcolonial relocations and twentieth-century fiction*）的开篇，首先推出卢卡奇的著名论断："所有的小说都是患'恋家症'的"（All fiction is homesickness）。①

　　乔治女士开篇即说："在上一个 100 年左右的历史进程中，家园/家一国概念已经在殖民者、被殖民者、新近独立的民族、移民用英文撰写的小说中，被重新固定化（re-rooted）和重新线路化（re-routed）。这些篇幅里所尝试的一切就是通过一个不局限于'第一世界'小说或'第三世界'小说之类的单一项目的划分，来对英文小说的核心层面——对'家园'概念的投入（investment）局面——作出考察。这一项目，在'全球化英文'的召唤下，集中考察一组不同的小说表征'家园'意识形态（ideologies of 'home'）的方法和因此将这一动态问题由英国文学引入英语文学中的方法"。② 她接着又说："将'全球化英文'引入讨论中，挑战了迄今为止仍被编码为'英国文学'（即来自英伦三岛的文学）、'美国文学'（即美利坚合众国文学）、'世界文学'（英文本和翻译本）三个分隔领域的特定的文学场和学科的逻辑。这些当然是富于巨大争议的分类，但'全球化英文'能改变这些富于争议的术语——即便正在思考中的诸多文本保持着一致性。我将论证道：在全球化英文语境下对我们所认可的'家园'的概念、结构的考察，能重估我们在英语语言中和在我们称之为家园的空间中对归属问题的理解"。③ 显然，在她的多次不厌其烦的论述中，"家园"问题与作为强势话语的"全球化英文"和"归属"问题密切相关，英语因此被赋予了一种浓烈的语言政治色彩。

　　而对于到底何为"家园"？乔治女士首先作出界定："家园"意

---

① Rosemary Marangoly George. *The politics of home：Postcolonial relocations and twentieth-century fiction*. New York and Melbourn：Cambridge University Press, 1996, p. 1.

② Ibid.

③ Ibid.

谓着挑战传统英文现实主义小说中的那种充塞着"父权等级制"、"性别化自我认同意义"、"居所意义"、"慰藉意义"、"养育意义"、"保护意义"的私人化领域。①她举亚玛·亚塔·埃都(Ama Ata Aidoo)于 1977 年撰写的实验小说《我们的姐姐吉尔乔伊;或,来自黑眼斜视的反思》(*Our Sister Killjoy; or, Reflections from a Blackeyed Squint*. New York:NOK Press)和米歇尔·克里夫(Michelle Cliff)于 1987 年撰写的小说《没有电告上帝》(*No Telephone to Heaven*. New York:Vintage Books)为例:前一部小说中的女主人公在她的家—国正在经受巨大重构的时刻,重新从异国的角度思考"家园"与"自我"的整体概念;后一部小说仍然述及通常的现实主义小说在时间安排惯例上的解体。这些小说均表明:"在'商定'(negotiate)小说人物紧紧抓住的那些处于现实家园与想象家园之间的居所时,现实主义小说的很多准则受到修正"。②她接着说:"'家园'概念得以建构的基本组织原则就是'选择性接纳与排他模式'(a pattern of select inclusions and exclusions)。'家园'是建构差异之方式,诸多家园与家—国是'具有排他性的'(exclusive)。家园……同性别/性行为、种族、阶级一起,扮演着主体意识形态层面上的决定性因子(ideological determinant of the subject)。术语'家—国'本身表达一个被认为是对主体的存在必不可少的复杂难解的意识形态机器集合物的概念(a complex yoking of ideological apparatuses),也就是'归属'的概念,即拥有家园的和拥有自己居所的概念。但是,对'家—国'的专门指涉昭示着言说者正在远离家园。这种与人们力争勘定的居所所保持的距离,……对明确定义的获取是异常重要的。'搜寻的政治'(the politics of location)开始在'编织'主体—地位(subject-status)———这一'主体—地位'被对我们熟知的'家园'的居所的体验(experience of the place)和对明显地属于'非家'(not home)的居所的抵抗所支撑着———的尝试中开始发挥作

---

① Rosemary Marangoly George. *The politics of home: Postcolonial relocations and twentieth-century fiction*. New York and Melbourn: Cambridge University Press, 1996, p. 1.

② Ibid. , p. 203.

用。在这一研究语境下的'搜寻',表明了'家园'与'自我'的多变本质,因为二者均为协商的姿态——这些姿态的形状完全由它们得以确立的场所主宰着。众多得以搜寻的场所就是距离与差异得以确认的众多位置、家园得以变得暖意融融的众多位置"。①

根据以上论述问题的思路,我们似可"搜寻"出乔治女士的"小说家园"构想的一个三段推理:大前提——"家园"挑战了传统的现实主义小说中的"没有问题的司空见惯的现实主义叙述牢狱";小前提——"家园"的建构与"家—国"的建构及差异、距离、主体地位、非家、自我密切相关。"家园"是建构差异之方式,与性别/性行为、种族、阶级一起,决定着主体的意识形态层面;"家—国"指涉的主体的意识形态层面更加复杂难解,通常指向拥有"家园"、拥有自己居所的"归属"概念。"家—国"的言说隐喻着言说者对家园的远离,家园"搜寻的政治",因此生产了着力编织着那个"由我们熟知为'家园'的抵抗所支撑着"的主体—地位,并且在这里,"家园"与"自我"由不同的场域操控着,呈流动的不断协商的态势。

在萝丝玛丽·玛瑞戈莉·乔治女士看来,众多家园并非中立之所,想象家园同想象国家一样,均属政治化行为。无论是建构家园,还是建构国家,都是霸权性权力(hegemonic power)的彰显。促使设计这样一些人们能作为自然化的社会化过程的一分子进入的标识,展示了阶级、共同体与种族所行使的权力。在全球化英语语境内的阅读,能揭示语言、文学、空间三者的诸多政治化支撑点。我们着力去考察异彩纷呈的英语文学中所呈现的"家园"话语的最广泛的含义,并在一个框架下去捕捉特定的小说如何构想"家园"概念意识形态立场的动态方式。②

由以上讨论可知,"在家园政治中,'家'的方位不再是与生俱

---

① Rosemary Marangoly George. *The politics of home: Postcolonial relocations and twentieth-century fiction.* New York and Melbourn: Cambridge University Press, 1996, p. 1.

② Ibid., p. 6.

来,而是建构得来,个人必须积极争取归属于某一社群"。① 这或许就是乔治女士反复论证的"选择性接纳与排他模式"——

> 诸多包容物建立在学习而来(或传授而来)的亲缘关系意义上,亲缘关系扩展至被认为拥有同样血液、种族、阶级、性别或宗教的那些人身上。成为其中一员的资格由关爱、恐惧、权力、欲望、控制力构成的粘接链所维系着。众多家园呈现于地理的、心理的、物质的层面上。它们是那样一些被置于家园中的和失掉家园的人们照此认同的地方;它们是充满暴力和养育层面的地方。……家园是一个可以逃至的地方,一个可以逃离的地方。其重要性就在于它不是人人都能拥有:家园是为人们竭力奋斗的,但只被少数人建构为专属领地的充满欲望的地方。它不是一个中立之所,是一个共同体。这些共同体不是"逆向建构物"(counter-constructions),而是家园的扩展物(extensions)——在较大的层面上提供着同样的安慰与恐惧。②

很显然,由于萝丝玛丽·玛瑞戈莉·乔治女士的部分身份"文化研究助理教授"所决定,"家园政治"命题无疑走向文化研究。

1998年,当代英国著名文化地理学家迈克·克朗(Mike Crang)在专著《文化地理学》中认为,"家"可以被想象成欧洲大家庭或民族国家的大家庭或地区的大家庭,这些想象均充满着对整体统一性和完整的渴望③,他指出:"以帝国为家。对'外国的'和'非西方的'世界的理解,为'家'和'祖国'这两个概念提供了答案。我们可以偏颇地认为'祖国'的一切是与殖民地那里的一切相反的,它是理性、公正和秩序的象征。但是,考虑到19世纪激烈的

---

① 冯品佳:"书写北美/建立家园:穆可杰的家的政治",载台湾大学外文系《中外文学》1997年第12期(第25卷,1997年5月)。

② Rosemary Marangoly George. *The politics of home: Postcolonial relocations and twentieth-century fiction*. New York and Melbourn: Cambridge University Press, 1996, p. 9.

③ 〔英〕迈克·克朗:《文化地理学》,杨淑华、宋慧敏译,南京:南京大学出版社,2003年,第206页。

帝国主义竞争,家也变成了令人担忧的地方。这种忧虑是用种族言论表达出来的,尤其是用称赞盎格鲁撒克逊民族为优等民族的方式表达出来的。"①这里,家、民族、帝国主义竞争、担忧彼此粘连,充塞着浓烈的东方主义色彩。2001年,英国文化研究学者阿雷恩·鲍尔德温(Elaine Baldwin)、布莱恩·朗赫斯特(Brian Long-hurst)等借助美国学者段义孚的观点来论说家园:"思考地点……意味着考虑特定地点在文化世界的塑造中起重要作用的途径。我们对世界的理解,与我们建构以及争夺特定意义的方法联系在一起,这种特定地点通常是命名的地点。例如,'家'的特定意义被用来支持对家庭如何运作的特定理解"②。与此同时,他们认为,家、杂货店、客栈等是这样的一些可以被称为"呵护场所"的地点③——"当人们之间充满情感的关系,通过重复和相互熟悉而在一个特定的地方找到停泊地的时候,它们就变得更富有意义了"。④ 但另一位学者大卫·莱(David Ley)则断言这种对地点/家的阐述是本质主义的,因为不同的人与地点的关系是不同的。地点/家的意义是在置于"地点"的人们之间(主体之间)创造的⑤——"正是这些社会集团通过社会交往使地点产生意义且使之更富于意义。这些有共享意义的固定群体就是'生活世界'(我们又可以称它们为文化),而且我们可以看出这些是和特定的地点相联系的"⑥。它们是一种"地方文化"。对它们的理解,从社会学角度来看,则伴随着一种权力关系。不难看出,大卫·莱的话语里不乏法兰克福学派学者哈贝马斯的话语痕迹。与此同时,阿雷恩·鲍尔德温等人从民族主义角度来讨论"家园":"民族主义等同于接纳与排他"(National-

---

① 〔英〕迈克·克朗:《文化地理学》,杨淑华、宋慧敏译,南京:南京大学出版社,2003年,第92页。

② 〔英〕阿雷恩·鲍尔德温等:《文化研究导论》,陶东风等译,北京:高等教育出版社,2005年,第145页。

③ 同上书,第147页。

④ 同上书,第146页。

⑤ 同上。

⑥ 同上书,第147页。

ism:inclusions/exclusions)①,"民族经常是被建立在一个对文化同质性(cultural homogeneity)的创造和把特定的想象这个共同体的方式优先化的'工程'之上的。这是一种接纳,同时也是一种排斥。所有种类的身份与其说是通过对一个人是什么的陈述来形成的,不如说是通过对一个人不是什么的陈述来形成的。创造群体和个人身份的过程是确定差异并使这种差异具有意义的过程。……另外一套排斥是那些建立在同一民族内部的对性别身份的界定之上的,……这同样适用于阶级"。② 在这样的前提下,家园=民族主义=接纳与排斥(排他)。

由以上较为漫长的"家园之旅",我们不难看到,家园政治完全是一个文化研究议题,一个主体得以不断建构的问题,深深浸润于精神分析、存在主义、文化政治、女性主义批评、后殖民批评、民族主义、意识形态、身份、设计、时间、空间、地形、文化地理、建筑、疾病、战争、权力、欲望、抵抗、协商等重重资源之中,其内涵分别指涉以下层面:(1)家园=流亡/放逐;(2)家园=暗恐心理/非家幻觉/飞散;(3)家园="世界大厦"——天地人神的"四方关联体";(4)家园=所有小说的表达主题;(5)家园=空间=民族;(6)家园=忧郁=个人的消沉=心灵的整体性或经验的统一性的被粉碎;(7)家园=世界;(8)家园=空间—知识—权力;(9)家园=想象的共同体;(10)家园=怀旧=对总体性的向往(连贯、秩序、任务、和谐、富庶、共识、共同体;异化、碎片、无序、冲突、矛盾、系列化、疏离);(11)家园="民族寓言"=移民者的隐喻=边缘化空间;(12)家园指潜在的殖民者/被殖民者、男性/女性之间的权力机制;(13)家园指冲突、缺失、记忆、欲望及"挑战性在场";(14)家园是被人设计出来的经济层面与意识形态层面上的雕像;(15)家园=海外殖民;(16)家园指家庭妇女对家庭、休闲、求爱、亲缘关

① 〔英〕阿雷恩·鲍尔德温等:《文化研究导论》,陶东风等译,北京:高等教育出版社,2005年,第166页。
② 同上。

系行使权力的场域;(17)家园指影响日常生活之社会实践的权力化"地形";(18)家园＝历史的、地理的、文化的、心灵深处的、想象的疆界;(19)家园＝想象＝回忆＝过去＝失落＝心理错位(处处有家/处处无家);(20)家园指充满着与"死亡的冲动"、"阉割的恐惧"、"期盼回到子宫的不可能的欲望"密切关联的"暗恐观念"的建构;(21)家园指以"女性在何处"为标识的、充溢着特殊品质的和静谧与友爱的,且能在较广层面上影响着男性行动的空间与港湾(22)家园指战争与和平时期的"女性所居之处"、"心脏所居之处"、战争中"生死存亡的一切",充溢着公开的性暴力、家庭暴力并对堕胎、保健、儿童保育、报酬工作等采取隐性忽略形式的"家中之战",与艾滋病患者相提并论的美国士兵们的"由'黄色勋带'的不断递增所彰显着"的"家园的缺席";(23)家园＝栖身于两种文化冲突之中且被两种文化所摈弃的"无家"之感;(24)家园＝充满"极端的疏离与异化"的不断搜寻中的场所;(25)家园＝云游四方/旅居他乡;(26)家园指建构差异之方式,与性别/性行为、种族、阶级一起,在意识形态层面上决定着主体—地位——"家园"与"自我"呈流动不已的协商的态势。'家—国'一体隐喻着归属的概念和与故土的远离。家园包含着血液、种族、阶级、性别、宗教在内的亲缘关系,同时,家园是人人为之奋斗但只被少数人建构为"排他性"领地的充满欲望的地方。所以,家园既是"接纳性",又是"排他性"的;(27)家园是对欧洲大家庭或民族国家大家庭的渴望,是面对剧烈帝国主义竞争时所发出的担忧;(28)家园是塑造文化的地点和"呵护场所";(29)家园是暖意融融的空间;(30)家园＝"外国的"、"非西方的",帝国主义竞争;(31)家园指潜在的殖民者/被殖民者、男性/女性之间的权力机制。

第二节　家园政治/后殖民小说/文化研究

萝丝玛丽·玛瑞戈莉·乔治女士认为,"对自我处于居家(at

home)状态的场所的搜寻是 20 世纪英文小说的重要项目之
一①,并期盼着"通过对……文学中'家'的喻说的解读的方法有
时能颠覆和强化这些二元对立"——私人场域/公共场域,两类性
别,殖民者/被殖民者、西方文学/世界其他地方文学。② 在乔治女
士眼中,20世纪殖民小说负载着民族、事件、帝国方面的深刻内涵:
第一,"帝国文学/宗主国文学可以读作某国的(国内的)意识形态
在一个扩张的空间内的想象行为。无论这类充满想象力的扩张背
后的动机是否等同于家园化(domestication)、爱情、勾引、强奸,完
全随文本的不同而不同。不过,随着帝国小说的出现,逐一变得清
晰的是,'女主人操持家务'方面的故事与任务远远迥异于民族和
帝国层面上的'受雇男性管理家务'方面的故事与任务"③。第二,
"被殖民者(或者说,曾经的被殖民者)创作的小说,通过无数的方
式,被捆绑至'英语文学'这一宏大叙事中。不过,从一开始我就乐
于坚持这一主张:将英语全球化文学读作昔日的朋友馈赠之礼物,
就开始进入了死胡同。当然,存在着一个特定的首先是强压于他
人而后是为他人所共享的共通语言。来自殖民地的作家所书写的
一些小说的形式也大量地依赖于英国的文学传统。此番对称,并
不总是扩展至小说的内容层面,因为这些被殖民者为了提升他们
的声音,常常改变英语小说的内容——即便他们的首次言说采用
'陛下的声音'。被殖民者们沿着民族主义运动和随之而来的对帝
国主义的反抗两条路径进行书写,使用同样的文学手段来维护他
们自身的和他们所期望展现的共同体的主体地位——这一主体地
位是从与现在能专属于'我们人民'的空间的新的约定中汲取效力
和能量的"④。第三,"20 世纪文学不像那种针对'能生存的自我'

---

① Rosemary Marangoly George. *The politics of home: Postcolonial relocations and twen-tieth-century fiction*. New York and Melborn: Cambridge University Press, 1996, p. 3.

② Cf. Rosemary Marangoly George. *The politics of home: Postcolonial relocations and twentieth-century fiction*. New York and Melborn: Cambridge University Press, 1996, p. 3.

③ Rosemary Marangoly George. *The politics of home: Postcolonial relocations and twen-tieth-century fiction*. New York and Melborn: Cambridge University Press, 1996, pp. 4—5.

④ Ibid. , p. 5.

（viable selves）而言的'能生存的家园'（viable homes）的'搜寻'那样，关注'民族寓言'的'获取'。文学（甚至创作于民族主义斗争巅峰时期的文学）不是讲述与民族主义叙述完全相同的故事。民族主义运动叙述一个故事；文学，通过略为触及的'搜寻'，塑造其家园。文学因此可以像民族主义一样，作为一个抵抗主流意识形态之场域发挥着作用"。[①] 不言而喻，这指向了一种归依于所谓"后殖民文学"大家族中的"后殖民小说"，流放与移民系其一大特点和重要的文学风格[②]——"诞生于反抗帝国主义监禁与摧残之中，以追求解放为目的的知识使命，已从安顿稳定的居家乐园的文化动态转化为无家可归、四处奔走、浪迹天涯的动力。而今天，这种动力的代名词便是移民。他们的思想意识和被流放的知识分子、艺术家一样，犹如夹杂在国家之间、形式之间、家庭与社会之间、语言之间的政治家。从这个角度来看，天下万物的确是对立的、独到的、简朴的和奇妙的。只有站在这个角度，我们才能欣赏到整个乐队'对位性的'同欢共舞"。[③] 在这个意义上，"后殖民文学/小说"似乎可以称为"移民文学/小说"（Immigrant Literature/Fiction）或"散居文学/小说"（Diasporic Literature/Fiction），其所表征的"主题"就当然地指向文化研究，理由在于文化研究，在一定层面上，就是着眼于分析殖民"声音"，将它们组装于三种文学理论与实践的路径之一的"后殖民主义"之中。[④] 不过，后殖民文学/小说、移民文学/小说、流散文学/小说三者之间还是有所区别。

"后殖民文学/小说"是指"开始于'殖民化时刻'并延伸至'当下'的'帝国化过程'所影响下的"文学/小说[⑤]；"移民小说"概念来

---

① Rosemary Marangoly George. *The politics of home: Postcolonial relocations and twentieth-century fiction*. New York and Melbourn: Cambridge University Press, 1996, p. 5.

② Bill Ashcroft, Gareth Griffiths and Helen Tiffin. *The Empire Writes Back: Theory and Practice in Post-Colonial Literatures*. London and New York: Routledge, 1989, p. 2.

③ 祁寿华等主编:《文学》,北京:中国人民大学出版社,2007年,第243页。

④ Charles E. Bressler. *Literary Criticism: An Introduction to Theory and Practice*. New Jersey: Pearson Education, Inc, 1994, p. 199.

⑤ Cf. Bill Ashcroft, Gareth Griffiths and Helen Tiffin. *The Empire Writes Back: Theory and Practice in Post-Colonial Literatures*. London and New York: Routledge, 1989, p. 2.

源于"移民文学"概念。而"移民文学"系当代西方批评家芭芭拉·哈罗（Barbara Harlow）之言说，指涉这样一个文学现象："搜寻家园"（"location"）或"误置家园"（"dislocation"）的政治、经历成为作品主要叙事方式的文学样式。① 芭芭拉·哈罗的言说又来源于尼日利亚英语作家尼古基·瓦·西昂戈（Ngugi Wa Thiong）的言说——后者打破传统的以形式区分文学文本的作法，将文学分为"压迫性文学"和"为争取解放的斗争性文学"两类②。"移民文学"诞生于全球性殖民主义的历史之中，是"解殖民话语"（decolonizing discourses）运动中的参与者，虽不同于整体意义上的后殖民书写和流亡文学，但又与它们密切相关。重要的特征是对"无家"经历所进行的令人新奇的超然性解读——通过对精神层面、物质层面的"行李"隐喻的过度使用来予以补偿。③ 其中的"移民小说"关注移民至西方国家之经历，是跨语言的、跨国度的，是处于"高质量旅行"之中的。它近年聚焦文学上的"国际主义"和"世界主义"，是一种移民、迁徙、流亡过程所滋生的文本本身层面上的解读。④ "散居文学／小说"则指那种由散居他国的人群所进行的书写或小说创作，更多地是指"后殖民语境下……跨民族、跨文化的第三世界裔知识分子在另一民族的文化土壤中进行的英语写作"⑤，与"散居研究"（Diaspora Studies）、"散居批评"（Diaspora Criticism）等概念一起共同构成自成一体的散居话语，为文化研究、身份研究、后殖民研究等跨学科领域提供了新的言说方式。⑥

　　尽管以上三者之间在相对的准确层面上有细微区别，但考虑到国内学界的习惯叫法，考虑到"后殖民"（postcolonial）这一概念本已包括移民、迁徙等内涵。加之，影响甚大的比尔·阿什克罗夫

---

① Cf. Barbara Harlow, *Resistance Literature*. New York: Metuuen. 1987, pp. 1—30.

② Cf. Rosemary Marangoly George. *The politics of home: Postcolonial relocations and twentieth-century fiction*. New York and Melbourn: Cambridge University Press, 1996, p. 243.

③ Ibid., p. 171.

④ Ibid., p. 172.

⑤ 参见王晓路等编：《文化批评关键词》，北京：北京大学出版社，2007 年，第 316 页。

⑥ 同上书，第 306—314 页。

特、伽里斯·格里菲斯的《后殖民主义研究读本》(*The Post-Colonial Studies Reader*)在 2006 年新版中就增添了移民离散、全球主义、生态环境和神圣观念等章节①,并参用萝丝玛丽·玛瑞戈莉·乔治女士的"后殖民迁徙"一语。本书因此在大致层面上统一采用"后殖民小说"这一称谓。值得注意的是,虽然后殖民文学作品的流放与移民叙述最近似乎表现出某种"复归"的愿望,但不是单纯的怀旧和回顾,而是一种道德转移,重返到人权主义、生态环境、本土社区建设等政治题材。② 用英国当代文学史家博埃默的话说,"'后殖民'、'后后殖民'的文学探讨的不仅是归来离去的移民题材,更注重社区复兴,以及在新的国家中由多种经历研磨出来的自我发现。找到重新开始的方式便是当前的迫切任务"。③

研究后殖民小说的家园政治问题,是"将创作小说与阅读小说隐喻为'居家状态'(in living),认同一种'归属于家园、小区、民族/国家'的'诱人的娱悦'(seductive pleasure),不断地变换那个主导性的排他与接纳原则"(the governing principle of exclusions and inclusions)(萨义德语)。《家园政治:后殖民小说与文化研究》可以说是一番萨义德所说的"深情地、批判性地思考"家园政治之实践。

本书以后殖民批评和女性主义批评为其主要研究方法。

它的学术创新价值在于:(1)着眼于大量的第一手英文文献的收集与阅读,首次为学界系统疏理了一笔可贵的"家园政治"英文资源,并注重整体的甄别与思考,力争建构一个属于本研究报告可用的家园政治概念的内涵与外延,对于丰富文化地理学理论宝库有着重要意义;(2)注重宏观与微观的有机结合,既注重理论阐释,又注重对一些后殖民小说文本的细读,特别注重挖掘其后的动态的主体性建构的文化碰撞问题,力图作到审美批评与文化批评相结合,使学术阐释更加合理、有效;(3)为从文化地理学的微观角度研究文学问题提供参考性思路,因为"家园"从属于关注地形、

①　参见祁寿华等主编:《文学》,北京:中国人民大学出版社,2007 年,第 244 页。
②　同上书,第 245 页。
③　同上。

权力、表征之间互动关系的文化地理学框架。这能积极推动文学研究与文化研究的联姻，从而一如既往地延续整个文化研究学科后面的文学研究传统；（4）更加有效地实现后殖民批评的文本化实践，因为国内对后殖民批评，理论介绍多，而用此理论来研究具体文本的情况少，这无疑阻碍后殖民批评所隐含的一套文本分析传统之传播与张扬，从而不利于国内学界全面地理解后殖民批评精神；（5）能提醒学界注意，仅关注中东问题的后殖民批评而忽略华裔美国人文化身份的研究，是不完善的，因为他们漂泊、流放至他国，遭遇了作为"边缘人"不得不遭遇的潜意识层面的失落、"冷冻"、焦虑、矛盾、抗争，和期盼融入主流社会而又遭主流社会拒绝的尴尬、郁闷，以及伴随其中的一系列质疑、思考、张力，是足以引起全球批评家关注的；（6）民族、女性、流亡、放逐务必纳入家园"问题丛"（problematics）之中予以审视，"关切"、"议题"、"话语"、"预设"、"问题意识"以及歧义、洞见及"耐读性"伴随其中；（7）竭力倡导文学研究与文化研究的联姻，从而参与当下中国文化批评的建构。

本著作由以下章节构成："第一章　家园政治与后殖民小说"系统梳理和讨论"家园政治"和后殖民迁徙小说两概念的内涵以及整个项目的学术意义；"第二章　英国家园政治小说传统"由"发轫期"、"形成期"、"成熟期"、"高潮期"四部分构成；"第三章　华裔美国小说中的家园：思念/迷失/拒斥/恐怖/批判/尴尬"喻指着由张爱玲、白先勇、陈若曦等作家所承继的，在汤婷婷、谭恩美、严歌苓、严力、哈金等人手中达到峰巅的华裔美国小说（英语小说/汉语小说）传统的家园/故国从来就不是固定的抽象符号，而是充满着爱恨交加的复杂情感，与"世界性"密切粘连着、互动着、协商着、碰撞着。飞散者们可以自由频繁地出入"家园"，他们内心深处的那种凄凉无助已渐渐淡化，更多地是以一种跨民族的、跨文化的视野审视故园、批判故园、反思人性、表达人性。

第二章

英国家园政治小说传统

第一节 发轫期:从丹尼尔·笛福到 亨利·菲尔丁笔下的家园: 殖民扩张/充满冲突的场所

英国小说恰似整个欧洲小说,其起源均有一个明显的轨迹:神话—史诗—传奇—小说,而英国小说更为特殊,在18世纪兴盛之前,"传奇"阶段之后还经历了"流浪汉小说"、"传记"和伊丽莎白时期约翰·黎里、菲利普·锡德尼等大学才子们的"散文叙事作品"阶段。它在18世纪的兴盛主要取决于哲学上的现实主义、个人主义、清教主义和当时占优势地位的中产阶级的读者大众的欣赏趣味、文化程度、经济能力等方面。而萝丝玛丽·玛瑞戈莉·乔治女士声称,"所有的小说都是患'恋家症'的"。即家园是小说的永远主题。源远流长的英语"家园政治小说"传统中,"家园"之内涵可以指向"殖民扩张"、"家庭冲突"、"柔情绵绵"、"生活琐事"、"'小资'情调"、"女性抗争的场域"、"殖民征服"等层面。

"英国现实主义小说之父"丹尼尔·笛福(1660—1731)于1719年发表的"与欧洲早期殖民经验平行对应的"小说《鲁滨逊漂流记》(Robinson Crusoe)生动地展现了英国资本主义原始积累时期的创业意识和冒险精神,成功地塑造了一个充满个人主义精神的中小资产阶级理想中的英雄人物形象。它可以视作西方英语世界家园小说和后殖民小说的源头,因为"鲁滨逊这个唯一的海难幸存者为了免于挨饿,为了驱除对于未知世界的恐惧,他给自己建造了一方小小的领地"①,显然,作为主体的鲁滨逊将之想象为"家园"。"他把这块土地据为己有,……他投入了自己的劳动,他按照真正的新教传统建设它,并修筑了高墙保卫它。他从沉船上打捞来工具,严格按照他所能回忆起的方法和规则进行操作。在一个与世隔绝的情况下,书写日志便成了他将周围世界对象化和加以肯定的一种方式。他还训练了一只能叫他的名字的鹦鹉"。② 俨然一副"居家过日子"之架势。于是,"象征他过去的指代符号便又在他的身边得到了恢复"。③ 可是,"鸟和家园仍不能真正再现他在故乡的经历。院墙正说明了他的虚弱。那个呼唤他姓名的活物并不是他所熟悉的东西,它只不过是一只鸟,一只异国的鸟。正如殖民文学所一再告诉我们的,从英格兰或苏格兰转借来的符号命名,到了新的环境中早晚都要发生变异。作为殖民者原型的鲁滨逊,无论他怎样努力去确立他的现实和他在这个岛屿'王国'的权利,那个未知世界却始终是他的一块心病,其表现就是他对食人生番的恐

---

① 〔英〕艾勒克·博埃默:《殖民与后殖民文学》,盛宁等译,沈阳:辽宁教育出版社/牛津:牛津大学出版社,1998 年,第 18 页。
② 同上。
③ 同上。

惧"。① 这喻指着欧洲殖民者时刻盘算着向弱者、向异地的征服,但却时刻遭遇着反抗、威胁,正如萨义德所说,"欧洲所要做的就是继续使自己成为……'一种强大的机器',尽可能地从欧洲之外的地方吸取营养,从心智上和物质上将一切转变为自己可以利用的东西,……然而,……除非使东方继续保持目前的状态,否则其力量——军事的、物质的、精神的——迟早会淹没欧洲。那些强大的殖民帝国、强大的压制系统之所以有存在的必要主要是为了避免出现这一令人害怕的结果"。② 无疑,《鲁滨逊漂流记》中的家园等于"殖民扩张"/"海外扩张"。1747—1748 年间,英国感伤主义小说家塞缪尔·理查逊(1689—1761)创作了一部描写家庭生活的书信体小说《克拉丽莎》(Clarissa)。它"是最长的一部英国小说,也是最优秀的悲惨小说之一,约有 100 万字"③。"它叙述了这样一个故事:'少女克拉丽莎不顾家庭反对,爱上了青年男子罗伯特·洛弗拉斯,但是洛弗拉斯只想玩弄她,并不真心想娶她。以后克拉丽莎被他强奸,悲愤而死。她的亲戚莫登上校和洛弗拉斯决斗,杀死了他,替克拉丽莎报了仇'"④。充满冲突的"家庭"是理查逊刻画人物的一个重要场域,他自己就公开说过:"具有不同地位的所有的人物,都得到了完全的描绘,这种描绘不仅涉及他们肉体和心理方面的性质,还涉及……他们家庭的支脉以及人物之间的关系"⑤。我们在小说中显然看到了克拉丽莎家庭的支脉莫登上校、克拉丽莎、洛弗拉斯之间的恋爱关系、仇敌关系,及莫登上校的家庭关系。更有趣的是,该小说表现了"哈娄家庭的同根相煎"⑥:首先是克拉

① 〔英〕艾勒克·博埃默:《殖民与后殖民文学》,盛宁等译,沈阳:辽宁教育出版社/牛津:牛津大学出版社,1998 年,第 18 页。
② 〔美〕爱德华·W. 萨义德:《东方学》,王宇根译,北京:生活·读书·新知三联书店,1999 年,第 321 页。
③ 《中国大百科全书·外国文学 I》,北京:中国大百科全书出版社,1982 年,第 610 页。
④ 同上。
⑤ 〔美〕伊恩·P. 瓦特:《小说的兴起》,高原等译,北京:生活·读书·新知三联书店,1991 年,第 240 页。
⑥ 黄梅:《推敲"自我":小说在 18 世纪的英国》,北京:生活·读书·新知三联书店,2003 年,第 166 页。

丽莎与家人的冲突。洛弗拉斯最初是作为克拉丽莎的姐姐阿拉贝拉的追求者来到哈娄家的，而后才将注意力转向克拉丽莎。这就注定了克拉丽莎与姐姐的冲突；其次是刚从苏格兰归来的克拉丽莎的哥哥、家中唯一的男性继承人小詹姆斯与洛弗拉斯及其克拉丽莎的冲突。洛弗拉斯是小詹姆斯大学时代的同学，相互间有很深的积怨，加上小詹姆斯担心妹妹克拉丽莎会与他争夺祖父遗留财产的继承权，所以对洛弗拉斯追求妹妹一事忍无可忍，随后在公众场合出言羞辱洛弗拉斯，还与之决斗，并与妒火中烧的阿拉贝拉结盟，千方百计地阻挠洛弗拉斯和迫害克拉丽莎。这一切使得整个哈娄家族对洛弗拉斯的态度发生根本转变，不再允许他与克拉丽莎接触，还强迫克拉丽莎嫁给索尔米斯先生；再者是从海外归来的家中主持公道的表亲莫登上校与家人的冲突。他回来后发现克拉丽莎已奄奄一息，便对家人进行了最严厉的谴责和惩罚，威胁说要把克拉丽莎立为自己的唯一继承人。[①] 理查逊使我们不知不觉地进入了那个时代的家庭隐秘之中。理查逊与已经谈到的笛福和将要谈到的亨利·菲尔丁一起，被称为英国现代小说的三大奠基人。他笔下的"家园"，正如康乃尔大学的德语文学与女性研究助理教授彼蒂·马丁、女性理论研究员江德拉·特尔培德·莫哈蒂在 1986 年所说，等于"人物矛盾冲突的场所"，即富于所谓"主观能动性"的人物之间彼此互动、碰撞、协商的"场所"。

亨利·菲尔丁（1707—1754）于 1749 年推出的长篇小说《弃儿汤姆·琼斯的历史》（*The History of Tom Jones, a Foundling*）也是一部"家庭冲突"小说，因为它的第一部分就发生在英国南部萨默塞特郡的乡绅甄可敬（Allworthy，也译奥尔华绥）的充满冲突的"家"里。[②] 同时，该小说与《克拉丽莎》一样，"都展现了这样的情节：女主人公被迫接受她们的父母为其选择的而她们本人非常厌恶的求

---

① 参见黄梅：《推敲"自我"：小说在 18 世纪的英国》，北京：生活·读书·新知三联书店，2003 年，第 166—170 页。
② 参见《中国大百科全书·外国文学 I》，北京：中国大百科全书出版社，1982 年，第 303 页。

婚人的求爱;两部作品又都描绘了后来由于女主人公拒绝与这一求婚者结合而引起的父女之间的冲突"。① 而这一冲突也发生在奥尔华绥的"上司"魏斯顿(Western)的家里。他"一门心思地认定保有并增加家族财产是天经地义的"②,因此蛮横地强迫女儿索菲亚(Sophia Western)与当地最富有的大户人家布力菲(Blifil)家攀亲,以这样的话来威胁她:如果不从,"就是看到你在街上饿得快要死掉,我也决不会给你一口面包,把你救活";还串通他妹妹来给女儿做"攻心"工作:"此事关系的远不止你一人,……这门亲事关系到咱们家族的荣誉,……你应该把家族的光彩看得比个人幸福更重要"。③ 显然,在这里,家族已成为一种吞并个人主体意识的权力。感伤主义小说的开创者劳伦斯·斯特恩(Lawrence Sterne,1713—1768)于1759—1767年间推出的小说《项狄传》(*The Life and Opinions of Tristram Shandy*)1—9卷描写主人公项狄的出世、命名和幼童时期,还描写他的喜好哲学的父亲瓦尔特和从部队退下来的叔叔托比的经历,等等,也有家园小说的影子。

第二节　形成期:简·奥斯汀笔下的家园: 充满冲突的场所

18世纪的梳理仅仅涉及家园小说"发轫"阶段。"发轫"毕竟只是"发轫",而真正的英语家园小说的繁荣出现在19世纪,因为"在19世纪的英语小说中几乎没有哪一个语词像'家园'语词一样,承载着如此丰富的内涵"④,特别是维多利亚时期更将家园概念推向了扑朔迷离的层面(complexities)——将之视作"成年人所作

---

① 〔美〕伊恩·P.瓦特:《小说的兴起》,高原等译,北京:生活·读书·新知三联书店,1992年,第302页。
② 黄梅:《推敲"自我":小说在18世纪的英国》,北京:生活·读书·新知三联书店,2003年,第222页。
③ 同上书,第225页。
④ Rosemary Marangoly George. *The politics of home*: *Postcolonial relocations and twentieth-century fiction.* New York and Melborn: Cambridge University Press, 1996, p.70.

出的旨在抚平（或许是无意识地）'童年记忆中的家园'（the home of childhood memory）与'当下的家园'（the home of the present）之间距离的诸多尝试之结果"。① 这是一种对待家园的感伤行为（sentimentalizing），它"完全是因为一种拒绝的态度所致——拒绝细致地审视'家园真是什么'（what home really was），以免其魅力会被揭示为'人为化'的设计，与过去的断裂会暴露无遗"。② 当时的一位学者朱丽娅·麦克奈尔·莱特（Julia McNair Wright）在其 1870 年的畅销书《完整的家园》（The Complete Home）的"前言"中写道："在建构于伊甸园中的家园之间，矗立着一幢幢连绵不断的世俗的家园（the Homes of Earth），因此，促使我们的家园达到与它们的血统、天意和谐一致的标准，就变得异常重要了"。③ 这里十分关注我们当下的家园/现时的家园——二者是或多或少缺乏"家园"功能的家园。此番建构于感伤主义之上的"家园政治"可以起到"意识形态功能"（function of ideology）——可以"在社会意识层面上解决那些实践中没有解决的矛盾"④的一种功能。19 世纪初，创作成就颇丰的女性小说家简·奥斯汀（1775—1817）是倡导此番"功能"的始作俑者。

有学者认为："如果说瓦尔特·司各特把历史传奇小说推到了一个前所未有的高度，那么简·奥斯汀……则以其独特的风格把描写日常生活的风俗小说锤炼成了真正的艺术精品。简·奥斯汀善于用幽默、嘲讽的笔调真实而细致地刻画英国乡镇生活，生动地再现了一个由乡村绅士、纨绔子弟、富家淑女、家庭主妇和其他一些乡镇居民组成的小型世界。"⑤即是说，她十分关注表面上不引人注目但实际上蕴涵政治权力色彩的日常生活，并对家庭生活有

① Frances Armstrong. *Dickens and the Concept of Home*. Ann Arbor, MI: UMI Research Press, 1990, p.4.

② Rosemary Marangoly George. *The politics of home: Postcolonial relocations and twentieth-century fiction*. New York and Melborn: Cambridge University Press, 1996, p.21.

③ Ibid.

④ Jorge Larrain. *Marxism and Ideology*. London: Macmillan Press, 1983, p.28.

⑤ 刘文荣：《19 世纪英国小说史》，北京：中国社会科学出版社，2002 年，第 43 页。

不同凡响的兴趣,因为她自己就明确说过:"三四户乡绅家庭,就是我要写的东西"①。《曼斯菲尔德庄园》(*Mansfield Park*, 1814)、《傲慢与偏见》(*Pride and Prejudice*, 1813)、《爱玛》(*Emma*, 1815)、《沃森一家》(*The Watsons*, 1805)等均是这方面优秀的作品。《曼斯菲尔德庄园》是奥斯汀用了 28 个月完成的一部共有 48 章,约 16 万字的小说。小说的表面情节就是两个乡村绅士家庭之间的感情纠葛②:一家是托马斯·伯特伦爵士(Sir Thomas Bertram)及其妻子玛丽亚·沃德(Maria Ward)和子女汤姆(Tom)、埃德蒙(Edmund)、玛丽亚(Maria)、朱莉娅(Julia)以及伯特伦爵士夫妇的外甥女范妮·普赖斯(Fanny Price),另一家是他们的亲戚范妮自己的家——普赖斯(Price)家。范妮这个主要人物形象的塑造就是围绕着"家园"的冲突而动态进行的。她被接到伯特伦家抚养后,是"生活在一个从根本上说与其陌生且不冷不热的家庭氛围中的外姓人,她的地位赋予她一种常常牵动人们恻隐之心的特性,此其一。这个小小的外来人也很容易同主人家的儿子浪漫一番,明显的冲突便由此产生,此其二。作为这个家庭日常生活的超然的观察者与参加者的双重身份又使她成为作者便利的代表,此其三"。③ 当然,这样一种温柔、美丽、善良的少女形象,在狄更斯、陀思妥耶夫斯基、托尔斯泰等作家的作品中也同样存在。当她回到自己家里时,"家园"又是一个令范妮这一人物失望与厌倦的空间:"家里的吵闹,房子的狭小,环境的肮脏,以及饭菜烧得不可口,女佣邋里邋遢,母亲不停抱怨,这一切均让范妮头痛。生活在无休无止的吵闹声中对于范妮这样一个身心都很脆弱的人来说,简直是莫大的不幸。"④奥斯汀的《傲慢与偏见》仍然是写发生在中产阶级"家庭"中的女儿们的婚姻大事:首先写了女主人公伊丽莎白为豪门子弟达西所爱,

---

① 刘文荣:《19 世纪英国小说史》,北京:中国社会科学出版社,2002 年,第 47 页。
② 参见〔美〕弗拉基米尔·纳博科夫:《文学讲稿》,申慧辉等译,上海:上海三联书店,2005 年,第 6 页。
③ 同上。
④ 同上书,第 40 页。

但她拒绝了对方的爱情,原因是伊丽莎白误信谗言。最后误会消除,达西又出资帮助她的一个私奔的妹妹完婚,挽回她家的声誉,才赢得她的爱情;然后写了伊丽莎白的几个妹妹和女友的婚事,旨在与女主人公理想的婚姻观相对照——"为了财产和地位而结婚是错误的,但结婚不考虑财产也是愚蠢的"。①《爱玛》也是写一个富家女子的故事:主人公爱玛是个独生女,既单纯直率,又任性、势利、自以为是。她武断地安排孤女哈丽叶特的恋爱、婚姻而又屡遭失败。最后她们各自都赢得了门当户对的婚姻。门第财产同样重要。该小说较之作者前面的作品更为成熟,结构更为谨严,夸张减少,现实主义成分较多。奥斯汀去世前未写完的《沃森一家》(The Watsons)写的同样是一个叫爱玛·沃森(Emma Watson)的美丽、懂事的女孩与抚养她成人的富庶的姨妈家之间的故事。奥斯汀在此尝试了一种新的小说技巧。总之,奥斯汀深刻书写了平凡的日常生活,显示了非凡的才能,难怪司各特说:"这位年轻的小姐在描写人们的日常生活、内心感情和许多错综复杂的琐事方面确实很有才能,这种才能极其可贵,是我从未见到的。……要我用这样细腻的笔触,把这样平凡无奇的事情和人物,描写得这样惟妙惟肖,那我实在很难做到。"②可以说,奥斯汀是英国的最后一位风俗小说家。不难看到,奥斯汀笔下的家园是众多人物间频繁接触后而生发的日常生活琐事。与此同时,奥斯汀也为我们建构了一个"殖民扩张"意义上的家园,因为她的《曼斯菲尔德庄园》"与帝国主义扩张的理由有更多的联系"。③ 如其他小说一样,《曼斯菲尔德庄园》是关于一系列空间中大大小小的迁徙与定居的小说,其中的人物范妮·普莱斯由一个庄园上被人忽视的小女孩到与自己一直喜欢的庄园二少爷埃德蒙·伯特伦结婚,最终成为庄园上的精神主人。

---

① 《中国大百科全书·外国文学Ⅰ》,北京:中国大百科全书出版社,1982年,第81页。

② 刘文荣:《19世纪英国小说史》,北京:中国社会科学出版社,2002年,第51页。

③ 〔美〕爱德华·W.萨义德:《文化与帝国主义》,李琨译,北京:生活·读书·新知三联书店,2003年,第116页。

而"庄园本身则由奥斯汀放在横跨两个半球、两个大海和四块大陆之间的一个利害与关注的圆弧的中心点"①。在这些美丽的爱情故事背后和庄园背后,隐藏着简·奥斯汀强烈的文化帝国主义思想。殖民地庄园由托马斯爵士看管。萨义德认为"奥斯汀把范妮所做的事看作是与托马斯爵士的较大的、更公开的殖民主义活动相对应的、国内的、小规模的空间运动"②。作品中反复提及"安蒂瓜"的重要性。它是英国的殖民地,其"所使用的全部资本是英国的;经营的工业几乎全部都是为英国服务的;生产的几乎都是基本需求品。而这些商品要运到英国去,……是要在英国出售,使那里的资本所有者获利"③。所以,我们似乎可顺着奥斯汀的思路得出一个结论,"无论英国某个地方多么与世隔绝……,它都需要海外的支撑"④。萨义德还指出:"《曼斯菲尔德庄园》中对伯特兰姆有用的殖民地预示着《诺斯特罗姆》中的查尔斯·高尔德的圣多美矿;或者福斯特的《霍华德山庄》中的威尔科克斯的英帝国橡胶公司;或者《远大前程》、《黑暗的心》中任何遥远但又唾手可得的宝藏之一——这些地方……由于本地宗主国的利益而被欣赏。"⑤我们的批评家最后指出:"在我们把《曼斯菲尔德庄园》当作一个正在扩张的帝国主义冒险的结构的一部分加以阅读之后,就不能再把它仅仅归结为一部伟大的文学杰作。……这部小说虽然不引人注目,却稳步地开拓了一片帝国主义文化的广阔的天地,没有这种文化,英国后来就不可能获得它的殖民领地。"⑥

---

① 〔美〕爱德华·W.萨义德:《文化与帝国主义》,李琨译,北京:生活·读书·新知三联书店,2003 年,第 116 页。
② 同上书,第 122—123 页。
③ 同上书,第 125 页。
④ 同上书,第 123 页。
⑤ 同上书,第 129 页。
⑥ 同上书,第 132 页。

第三节　成熟期:从威廉·萨克雷、查尔斯·狄更斯 到罗德亚德·吉卜林笔下的家园:完全的 殖民扩张/本土与异域之间的第三空间

英国小说进入维多利亚时期(1837—1901)后,走向辉煌。它不仅继承了 18 世纪英国散文的幽默传统,并将之发扬光大,风格上形成了所谓"维多利亚幽默",而且大多题材广泛,风格多样,富于深刻的思想、高尚的情操和感人的故事情节。同时,由于维多利亚中期的社会"特别强调一夫一妻制和家庭生活的好处"①,"家园"主题更是成为当时许多小说家们的首选嗜好。威廉·梅克皮斯·萨克雷(1811—1863),这位与狄更斯旗鼓相当的小说家,其小说描写的对象"是以上层市民的家庭生活为主"②,因为"在萨克雷看来,社会由家庭组成,复杂的社会关系最初就导源于人们的家庭关系,因而描写家庭就是描写社会"③。他在 1847—1849 年间以连载形式推出的成名小说《名利场》(Vanity Fair)就是一部成功的家园小说,描写了"通过对诸多无序因素(disruptive factors)的排斥或抑制(exclusion or repression)"④而"得以保证和建构"的"和谐美好的家庭场景"(idyllic domestic tableau)⑤,如最后段落的描写:"简女士与朵宾夫人成为伟大的朋友——在大厅与作为上校居所的长青厅之间,存在着一个永久性的众多小轮马车穿越的交汇点。那位尊贵的女士是朵宾夫人孩子的教母,该孩子有着她的名字呢。"很明显,这里的"伟大的朋友"、"永久性的交汇点"、"……是朵宾夫人孩子的教母"、"……有着她的名字呢"等话语均给我们建构了一

---

　　① 〔美〕安德鲁·桑德斯:《牛津简明英国文学史》(下),谷启楠等译,北京:人民文学出版,2000 年,第 585 页。

　　② 同上书,第 175 页。

　　③ 同上。

　　④ Rosemary Marangoly George. *The politics of home*: *Postcolonial relocations and twentieth-century fiction*. New York and Melbourn: Cambridge University Press, 1996, p.70.

　　⑤ Ibid.

幅家庭关系中朋友间彼此和谐相处的温馨画面。随后,萨克雷描写了克洛里(Craley)和奥斯本(Osborne)两个家庭以及他们的儿子们尔后成为好朋友并上剑桥大学以及坠入爱河等方面的故事。①不过,却有不少的"排他物"(exclusions)。下面一段就是这样开头的:"罗登·克洛里太太的名字从未被任何一家提起……"。未改造好的某位贝基·夏普小姐或罗登·克洛里太太,在萨克雷期盼于小说结尾处留给读者的"那个按照宽厚、仁慈方式构建的家庭世界"里,根本没有地位,被强硬地、蛮横地推向边缘:异域的国度、铤而走险的手段和与日俱增的心计。② 无疑,家园政治在《名利场》中的表征走向两极化倾向:既是暖意融融的空间,又是女性被压抑的充满宰制的场所。萨克雷的其他作品,如《亨利·艾斯芒德的历史》(*The History of Henry Esmond*, 1852)、《弗吉尼亚人》(*The Virginians*, 1857—1859)、《潘登尼斯》(*Pendennis*, 1848—1850)、《巴利·林顿的遭遇》(*Barry Lyndon*, 1844)、《纽科姆一家》(*Newcomes*, 1852—1854)等,均以各种方式充分想象"家园"。所以,"萨克雷小说……是将他的各种各样的故事以某种方式连贯为一部松散的家庭史诗这一设想的发展"③,"他为此在小说中编织了一个庞大的家庭关系网络或家族宗谱,并像巴尔扎克在《人间喜剧》中所作的那样,让某些家庭和人物反复出现在多部作品中,以此显示这个网络的持续性和稳定性"。④ 更有甚者,萨克雷在《名利场》中还对帝国的"海外家园"、"帝国的自我沉醉"进行了形象的描述:"凡是对海外英国殖民地有所了解的人都知道,我们不论到哪里安家,总是将我们的傲慢、药丸、偏见、哈维酱、辣椒粉和别的看门神一股脑儿统统带上,将所到之处变成小英国。"⑤ 当然,"萨克雷的'小

①　Rosemary Marangoly George. *The politics of home*: *Postcolonial relocations and twentieth-century fiction*. New York and Melbourn: Cambridge University Press, 1996, p. 71.

②　Ibid.

③　〔美〕安德鲁·桑德斯:《牛津简明英国文学史》(下),谷启楠等译,北京:人民文学出版社,2000年,第614页。

④　刘文荣:《19世纪英国小说史》,北京:中国社会科学出版社,2002年,第175页。

⑤　〔英〕艾勒克·博埃默:《殖民与后殖民文学》,盛宁等译,沈阳:辽宁教育出版社/牛津:牛津大学出版社,1998年,第74—75页。

英国'内部存在等级、阶级、宗教信仰的差别和层次,但相对于外部世界,在当地人面前,他们却是一个行动整体。也许殖民地生活中最有聚合力的命令就是坚守自己一方"。① 萨义德认为"萨克雷……——所见到的,实际上是在全球范围内未受到遏止的英国力量的国际大显示"。② 不难看出,《名利场》刺激了帝国幻梦,帮助认定并管理了帝国的势力范围③,可以看做一部殖民主义小说。萨克雷笔下的英国人的"家园",同笛福《鲁滨逊漂流记》中的"家园"一样,等于"殖民征服"或"海外扩张"。夏洛蒂·勃朗特(Charlotte Bronte, 1816—1855)于 1847 年出版的小说《简·爱》是令萨克雷"非常感动,非常喜爱"的小说。《简·爱》(*Jane Eyre*)也是维多利亚时期的一部重要的家园叙事作品,因为小说的大部分情节均发生在两个"家庭"中:舅妈里德太太(Mrs. Reed)家和雇主罗切斯特先生(Mr. Rockester)家。不过,它与萨氏《名利场》有一点不同的是,在建构家园上,"不用那些幻想许多会促使家庭'团结一致'的排他物"④,因为"一开篇,年幼的简就需要在里德太太和她的孩子们能将自己安排于炉边之前,被放逐至通风的窗座上"。⑤在这里,《简·爱》开篇就为里德太太家建构了一个理想的纵享天伦之乐的空间,一个浸润着爱与女人气的维多利亚家园,传递着当时英国最伟大的艺术评论家、学者约翰·罗斯金(John Ruskin)在《芝麻与百合》(*Sesame and Lilies*)中论及"王后的花园"(Queen's Garden)时所称的"维多利亚家园意识形态"(the Victorian ideology of home)⑥,即维多利亚家园政治问题:"……家的真谛——安详静

---

① 〔英〕艾勒克·博埃默:《殖民与后殖民文学》,盛宁等译,沈阳:辽宁教育出版社/牛津:牛津大学出版社,1998 年,第 76 页。

② 〔美〕爱德华·W. 萨克雷:《文化与帝国主义》,李琨译,北京:生活·读书·新知三联书店,2003 年,第 147 页。

③ 〔英〕艾勒克·博埃默:《殖民与后殖民文学》,盛宁等译,沈阳:辽宁教育出版社/牛津:牛津大学出版社,1998 年,第 74 页。

④ Rosemary Marangoly George. *The politics of home: Postcolonial relocations and twentieth-century fiction.* New York and Melbourn: Cambridge University Press, 1996, p. 71.

⑤ Ibid.

⑥ Ibid.

谧的地方,一个避难所,远离所有的伤害,远离一切的恐惧、怀疑和分离。如果达不到上述要求的话,那么还不能称之为家,只要外界生活的焦虑渗透其中,有来自外界的言行不一、无知无爱、仇视社会的思想得到丈夫或者妻子的默许跨入自家门槛,那么家也就名存实亡了,于是,家就变成了一个带屋顶的,有光照耀的外部世界的一部分。然而,到目前为止它还是一个圣地、一座神庙、一座家庭守护神保佑的庙宇,只有那些心怀仁爱的人方可踏足其中,只要它还能保持原貌,屋顶和炉火代表的不过是更为高尚的纳凉之所和光明所在,以荒野中耸立的岩石为所,汹涌大海中的灯塔为光,只要刻在上面的名字依稀可辨,就仍然会得到'家'的赞许"。① 当然,里德太太的家同时也是简·爱这位外表柔弱的女子同他者进行抗争的战场——她捍卫尊严,维护个性,义正词严,同表哥约翰进行了针锋相对的斗争。在这个家里,她是一个绝不向男性低下高贵头颅的真正的女性主义者,诚如美国18世纪后期女性主义批评家玛丽·沃斯通克拉夫特在里程碑著作《女权辩》(*A Vindication of the Rights of Woman*)中所言,"我爱男人,就像爱我的同胞;但是绝不允许他那根本不论是实有的还是篡取的权力之杖,伸到我的头上来,除非他的个人智慧令我敬仰;即便那样,我也是服从于理性而不是那个人"②。如果将这场家庭之争比喻为战争,那么这里的家园恰如艾芙瑞·戈登所说的那样——"在战争……时期,家园通常就是女性所居之处"。③

查尔斯·狄更斯(1812—1870),这位代表了维多利亚时期"英国小说之巅"④的大作家,其作品毋庸置疑地弥漫着家园情结——由于他无论是在童年时期还是在成年时期,均每时每刻地纠缠于

① 〔英〕约翰·罗斯金:《芝麻与百合》,王大木译,桂林:广西师范大学出版社,2005年,第82页。

② 〔美〕玛丽·沃斯通克拉夫特:《女权辩》,谭洁等译,广州:广东经济出版社,2005年,第26页。

③ Michael Ryan Gordon. ed. *Body Politics*:*Disease*,*Desire*,*and the Family*. Boulder, Sanfransisco and Oxford:Westview Press,1994, p.32.

④ 刘文荣:《19世纪英国小说史》,北京:中国社会科学出版社,2002年,第109页。

父亲的债务、与妻子的不和睦、与其他女性的有染、家庭的四处漂泊、养家糊口等令人头疼的家事之中,"他多年来一直在热情赞美家庭幸福"①,同时"又担心家庭关系的破裂……很可能会招致种种谣言"。② 美国学者弗朗西斯·阿姆斯特朗(Frances Armstrong)认为狄更斯小说中的"家园概念"典型地代表了"扑朔迷离的维多利亚时代的家园概念"(the complexities of the Victorian concept of home)——那种"由成年人所做的旨在抚平'童年记忆中家园'(the home of childhood memory)与'当下家园'(the home of the present)之裂痕的尝试"③。狄更斯在国外旅行期间(1841—1847)撰写的收入《圣诞故事集》(Christmas Tales)里的中篇小说《圣诞欢歌》(A Christmas Carol, 1843)就是一篇家庭故事——一篇写"小蒂姆全家的幸福靠鲍勃·克拉奇特的雇主、吝啬鬼斯克鲁奇的改变而获得"④的故事。他创作于鼎盛期(1848—1861)的《董贝父子》(Dombey and Son, 1848)、《大卫·科波菲尔》(David Copperfield, 1850)、《荒凉山庄》(Bleak House, 1853)、《小杜丽》(Little Dorrit, 1857)、《远大前程》(Great Expectations, 1861)五部几乎均可以"称得上是英国文学史的经典之作"⑤的小说,更是将这种家园主题推向了炉火纯青之境。在《董贝父子》中,主人公董贝无论何时何地都行使着至高无上的父权,认为自己是统治全世界的社会力量的代表,地球、太阳、月亮都只能为董贝父子公司而存在,妻子只能为了给公司养个继承人而存在,儿子应该在他的教育下知道金钱万能的力量,不许儿子与姐姐玩耍,不许妻子与女儿接近。这本身就是一个隐性的目中无人、专横跋扈的殖民者形象。显然,董贝的"家"是一个压抑女性、"阉割"童心的牢狱。这里的父亲无疑承载

---

① 刘文荣:《19世纪英国小说史》,北京:中国社会科学出版社,2002年,第119页。
② 同上书,第109页。
③ Frances Armstrong. *Dickens and the Concept of Home*. Ann Arbor, MI: UMT Research Press. 1990, p. 4.
④ 〔美〕安妮特·T.鲁宾斯坦:《英国文学的伟大传统》(下),陈安全等译,上海:上海译文出版社,1998年,第139页。
⑤ 同上书,第122页。

着狄更斯青少年时期深恶痛绝的父亲的影子。同时,《董贝父子》中还负载着浓烈的帝国话语:帝国以财富和商贸的形象进入小说,如华尔特答应从巴巴多斯寄回海龟、酸橙和生姜①;与董贝父子同名的商号完全按照"以它们自己为中心的商贸体系"来看待整个世界,而"江河湖海之所以形成,为的是让他家的船只驶向'董贝父子商号'"②。萨义德甚至断言:"狄更斯笔下几乎所有的商人、任性妄为的亲戚和令人生畏的外来人,都与帝国有着一种相当正常的、稳定的联系。"③这里的英国人的"家园"仍然同萨克雷、笛福笔下的英国人"家园"一样,等于"海外殖民"或"海外扩张"。被誉为"在狄更斯的生涯中占有中心的地位"④的半自传体小说《大卫·科波菲尔》,"写的是几乎不加掩饰的狄更斯本人童年和青少年时代的故事"⑤,主要围绕着孤儿大卫·科波菲尔分别在摩德斯通家、威克菲尔德家、米考伯家、辟果提家生存、拼搏,而后苦尽甘来,成长为一个著名作家的故事来展开情节。这里的家园喻指着一种矛盾的共同体:一种暗恐心理/非家幻觉⑥、记忆的痛苦、奋斗的欲望⑦和静谧与爱的港湾⑧。小说在结构上"运用了两种叙述方式,一个用现在时态,一个用过去时态"⑨,实现了阿姆斯特朗所说的"抚平

① 参见〔英〕艾勒克·博埃默:《殖民与后殖民文学》,盛宁等译,沈阳:辽宁教育出版社/牛津:牛津大学出版社,1998 年,第 29 页。

② 同上书,第 29 页。

③ 〔美〕爱德华·W. 萨义德:《文化与帝国主义》,李琨译,北京:生活·读书·新知三联书店,2003 年,第 8 页。

④ 〔美〕安德鲁·桑德斯:《牛津简明英国文学史》(下),谷启楠等译,北京:人民文学出版社,2000 年,第 597 页。

⑤ 〔美〕安妮特·T. 鲁宾斯坦:《英国文学的伟大传统》(下),陈安全等译,上海:上海译文出版社,1998 年,第 150 页。

⑥ Cf. Sigmund Freud. "The Uncanny" in Vincent B. Leitch ed. *The Norton Anthology of Theory and Criticism*. New York and London: W. W. Norton,2001, pp. 929—952.

⑦ Cf. Rosemary Marangoly George. *The politics of home: Postclonial relocations and twentieth-century fiction*. New York and Melbourn: Cambridge University Press, 1996, p. 9.

⑧ Gillian Rose. *Feminism and Geography: The Limits of Geographical Knowledge*. London: Blackwell. 1993, p. 17.

⑨ 〔美〕安德鲁·桑德斯:《牛津简明英国文学史》(下),谷启楠等译,北京:人民文学出版社,2000 年,第 598 页。

'童年记忆中的家园'与'当下的家园'之间的裂痕"的目的。① 同《董贝父子》一样,《大卫·科波菲尔》中充塞着大量的帝国话语——一切发生在帝国的范围之内,虽说遥远,却总可以预见,导致了一种封闭的叙事策略。② 小说中的米考伯先生相信,澳大利亚是"一个不能以常理去衡量的春天","某种异乎寻常的东西将会在那个海滩上出现"。③ 这是一种镜像似的白人殖民地的构想。在那个边远的地方,社会问题反倒可以被解决或回避④。辟果提先生把失足的爱弥丽带到澳大利亚,开始一种新生活,因为"那里没有人会指责我可爱的小宝贝"。⑤ 再说,迁徙能像死亡或结婚一样,让一些多余人有一个结局,米考伯在那里当上地方官,不过他的性属和阶级等级还是英国式的。⑥ 所以,殖民问题成了小说《大卫·科波菲尔》中"说让情节复杂就复杂、说让它解决就解决的一帖灵丹妙药。即使一切都失败了,仍有一条出口通道——可以到帝国去"。⑦ 狄更斯接着创作《小杜丽》,英国现代作家约翰·怀恩说,"凡是仔细阅读过这部小说的人都会注意到作为全书基础的两个比喻:监狱和家庭"⑧。它以象征性的手法写了小杜丽全家老小因无力偿还债务,先后被判终身监禁而投入马歇尔西监狱的故事。在这里,出生在监狱里的小杜丽,个头虽小,但心胸开阔,对父亲极尽孝道,以便减轻他的痛苦。她有一个身为舞蹈演员但为人十分势利的姐姐范妮,和一个游手好闲的哥哥梯普,还有一个与她家交往甚好并最终为她所爱的中年男子亚瑟·克伦南姆。⑨ 该小说有狄更斯童年

---

① Cf. Frances Armstrong. *Dickens and the Concept of Home*. Ann Arbor, MI: UMT Research Press. 1990, p. 4.

② 〔英〕艾勒克·博埃默:《殖民与后殖民文学》,盛宁等译,沈阳:辽宁教育出版社/牛津:牛津大学出版社,1998 年,第 30 页。

③ 同上。

④ 同上。

⑤ 同上书,第 30—31 页。

⑥ 同上书,第 31 页。

⑦ 同上书,第 30 页。

⑧ 罗经国编选:《狄更斯评论集》,上海:上海译文出版社,1981 年,第 279 页。

⑨ Cf. Sir Paul Harvey. *The Oxford Companion to English Literature*. Oxford: Oxford University Pres, 1967, p. 481.

和成年家庭屡遭不幸的影子。有学者认为,该小说是"狄更斯最富有悲剧色彩的一部小说……用悲惨的笔调描写了社会以及人和人之间的关系"。① 它同时是一个喻说,喻指"19世纪的英国是一个家庭;这个家庭的生活是按照监狱的方式建立起来的"。② 《荒凉山庄》则围绕大法官主题,讲述"庄迪斯家族遗产案,拖沓多年,悬而未决"③的故事。

被称为是"狄更斯作品中最令人满意和爱不释手的一部"的《远大前程》讲述了主人公匹普从孩提时代和成人时代起就纠结于姐姐家和郝薇香家的"剪不断、理还乱"的故事:匹普是个孤儿,在乔·戈吉瑞家由姐姐抚养,后受雇于豪宅主人郝薇香家,与主人养女艾丝黛拉相爱,一心一意想成为上等人,无意中搭救了一个逃犯阿伯尔·马格韦契。这名逃犯后来在国外发财致富,为报答救命之恩,送他去伦敦接受上等教育,并继承一笔遗产。正当匹普沾沾自喜之际,他心仪已久的艾丝黛拉却另嫁他的敌人本特里·特鲁姆雷,并受后者的非人的虐待。同时,祸不单行,原本打算报答他的逃犯被擒,遗产充公。匹普万分失望之余,只得前往海外谋生。由于在外闯荡艰辛,他不得不回到乔·戈吉瑞家,并继续在郝薇香家干老本行,以便与艾丝黛拉相聚,并在艾丝黛拉的丈夫故去后,与其结为终身伴侣,双双离开象征着吞噬一切的黑暗力量的地主郝薇香颓败的旧宅。小说还塑造了其他颇有个性的人物,如乔的舅舅、江湖骗子鲍伯楚克、律师杰吉斯、杰吉斯的好心肠办事员文米克以及匹普的伦敦朋友赫伯特·坡基特等等。④ 不过,"匹普为人左右,成为富贵之人,可最后留给他的仍是空虚"。⑤ 这种人物塑造上的"分裂的自我观念"不单单是一部作品的问题,而存在于狄

① 罗经国编选:《狄更斯评论集》,上海:上海译文出版社,1981年,第280页。
② 同上。
③ 〔美〕弗拉基米尔·纳博科夫:《文学讲稿》,申慧辉等译,上海:上海三联书店,2005年,第59页。
④ Cf. Sir Paul Harvey. *The Oxford Companion to English Literature*. Oxford:Oxford University Pres, 1967, p.350.
⑤ 〔美〕安德鲁·桑德斯:《牛津简明英国文学史》,谷启楠等译,北京:人民文学出版社,2000年,第599页。

更斯后期的几乎所有作品中,"成功地戏剧化了个人的困境、冲突分裂和承诺"。① 同时,《远大前程》第 37 章中文米克先生的那幢在沃伍尔斯的"沟壑交错的(moated)、木制的村间别墅(cottage)"②是一个不同凡响的"家园":"每晚,格林尼治时间,9 时,这里炮声四起、吊桥高悬——'带着一种特殊的颤饰音,不单单是机械性的上下动作'。文米克先生将之看做是他的小巧玲珑的保险性城堡"。③无疑,此处的村间别墅已超越了一个物质结构层面的"家",更多地是一个"温柔富贵乡"。专程去造访"村间别墅"的"我","觉得此身如在安乐窝中,好似那条城壕足有三丈来宽、三丈来深,把我与沃伍尔斯的外界天地隔绝了。城堡中一片静谧,声息全无……"。④这里承载着一番家园意识形态:此地"家园"颇有几分"小资"情调,正如弗朗西斯·霍格森·贝内特(Frances Hodgson Burnett)所说,"张扬了引领资产阶级普适性(bourgeois universality)构想的信心"。⑤ 总之,狄更斯在创作中对属于发生琐事的"家园"问题"用心良苦",源于他对"人性自身的大声疾呼"⑥之前提。而这一点从宏观层面上讲,又源于他童年生活的艰辛、接触面广泛的记者生涯和戏剧表演经验;从微观层面上讲,又源于他的传统基督教伦理思想和维多利亚时期的英国中产阶级立场。这一切正是其小说的成功层面。汉弗莱·豪斯(Humphrey House)在《狄更斯的世界》中说得好:"对生活琐事的详尽描绘赋予狄更斯的小说极好的完整性:每一部小说都是一个丰富多彩的世界,其中的人物都有充分的个

---

① 〔美〕安德鲁·桑德斯:《牛津简明英国文学史》,谷启楠等译,北京:人民文学出版社,2000 年,第 598 页。

② Rosemary Marangoly George. *The politics of home: Postcolonial relocations and twentieth-century fiction.* New York and Melbourn: Cambridge University Press, 1996, p.71.

③ Ibid.

④ 〔英〕狄更斯:《远大前程》,王科一译,上海:上海译文出版社,1979 年,第 358 页。

⑤ Frances Hodgson Burnett. *The Little Princess.* New York: Lippincott, 1985, pp. 116—118.

⑥ 刘文荣:《19 世纪英国小说史》,北京:中国社会科学出版社,2002 年,第 123 页。

性,哪怕他们做的事是最微不足道的"。① 19 世纪和 20 世纪初期英语小说中的"家园"均是如此。它同时也不是女性排斥一切的领地。19 世纪后期英国著名思想家约翰·斯图亚特·穆勒(John Stuart Mill)在《女性的征服》(*Subjection of Women*,1869)中就记述了 19 世纪的男性向家庭琐事的转向,一种来自 18 世纪资产阶级男性的咖啡馆日常事务的转向:"日常生活中男性与女性的联合比以前更加密切和完整。男性的生活更加家庭化……文明的进程和反对狂欢豪饮的新一轮意见……均使得男性更加依赖家园及邻里……妇女所受教育的种类、程度,某种程度上,已经使得她们能够成为男性思想观念上、智力情趣上的同伴。"②这是一份出现在 19 世纪的来自所谓"家庭生活"的充满夫权制的"'男性需求'清单"。穆勒所描写的这种结伴而行的"试婚"正是维多利亚时代和爱德华时代小说的中心议题。康拉德的小说也涉及这些问题,特别关注求爱、婚姻、贸易与冒险中"熟悉"与"陌生"之间的碰撞,但在这种交流的进程中所有的家园文化(home culture)均被展示出来供人们细察。③

鲁迪亚德·吉卜林(Rudyard Kipling,1865—1936),这位以正式身份开殖民小说之先的印度裔英国作家④,将家园建基于印英文化之间。他在短篇小说集《山里的故事》(*Plain Tales from the Hills*)、《原来如此的故事》(*Just So Stories*)、《普克山的拨克》(*Puck of Pook's Hill*),故事集《丛林故事》(*Jungle Books*),中篇小说《消失的光芒》(*The Light that Failed*),长篇小说《基姆》(*Kim*)等作品中,一方面揭露了征服者贪婪地掠夺印度本土资源的罪恶,同时又大肆认同殖民有理的神话——"白人所带来的是对自由的信仰,是对

① 〔美〕安妮特·T.鲁宾斯坦:《英国文学的伟大传统》(下),陈安全等译,上海:上海译文出版社,1998 年,第 140 页。

② John S. Mill. *The Subjection of Women*. London:World Classics,1912, p.540.

③ Cf. Rosemary Marangoly George. *The politics of home*:*Postcolonial relocations and twentieth-century fiction*. New York and Melbourn:Cambridge University Press, 1996, p.72.

④ 参见任一鸣、瞿世镜:《英语后殖民文学研究》(代序),上海译文出版社,2003 年,第 3 页。

错误的纠正……英国人征服的目的是为了教育;他们甚至还会把本地人培养成法官和工程师"①;特别是他所鼓吹的"丛林法则"更是这样:第一,动物为了保护自己,务必有"无声无息的脚步,明察秋毫的锐利眼光,识别方向的耳朵和尖锐的白牙",它们因此不仅可以避开危险,还可以任意厮杀和捕猎食物;第二,母兽、幼兽必须受到保护,后代的繁衍才能得到保证。② 这简直是在赤裸裸地宣传"弱肉强食"的强权统治,为帝国主义的疯狂侵略鸣锣开道③。即是说,吉卜林眼中的家园,继承了先辈的传统,是殖民扩张的同义语。英语家园政治小说在他手中走向成熟。但这只是问题的一方面。其作品中的家园还有更为复杂的层面。

吉卜林的主要作品是在 1900 年前后创作的,正是其走红的时代,但在 1907 年获诺贝尔奖之后他便淡出了人们的文学视野,只是在儿童文学创作方面人们还依稀记得他的名字。在历史进入新千年的时候,吉卜林又回到人们的视野之中。1999 年 2 月 19 日和 10 月 15 日的英国《泰晤士报》文学增刊、2000 年 1 月 6 日和 2002 年 3 月 8 日、4 月 25 日《伦敦书评》以及 2002 年 7 月 18 日《纽约书评》上相继出现评介最新吉卜林传记的文章。这些文章及传记力图将吉卜林从帝国主义意识形态中解脱出来,特别注重对吉卜林早年生活的描写,认为吉卜林是印度文化哺育出来的作家,或按照印度学者阿希斯南帝的说法,吉卜林尽管在思想上、政治上、道德上是西方帝国主义文化的鼓动者,但在文化上则是印度孩子。④

他于 1865 年生于印度孟买,6 岁之前一直与家里的印度仆人生活在一起,首先学会说的语言是印地语,6 岁后被送往英国接受教育,但因父母难以供他上大学,16 岁又回到印度旁遮普省拉哈尔市(今属巴基斯坦)做记者和编辑,并痴迷于拉哈尔市的集市、鸦

---

① 〔英〕艾勒克·博埃默:《殖民与后殖民文学》,盛宁等译,沈阳:辽宁教育出版社/牛津:牛津大学出版社,1998 年,第 46 页。

② 参见〔英〕吉卜林:《丛林故事》(前言),文美惠等译,北京:人民文学出版社,2004 年,第 5 页。

③ 同上。

④ 石海军:《后殖民:印英文学之间》,北京:北京大学出版社,2008 年,第 158 页。

片、妓院及奇异、肮脏、神秘的蚁穴等方面。由于自幼就与印度人生活在一起，使得他能观察、理解印度而非谴责印度。他熟悉印度习俗、语言、思维，可以走遍印度，可以与任何一个印度人自由交谈，并且由于外貌上"皮肤黝黑"等迥异于多数英国人的特征，使得他更易于接近印度人。但后者却使得他在3岁回到英国时招致英国亲戚的不满和愤懑。而长大后，在英国同伴中，他也因此常常成为不受欢迎的对象。因此，吉卜林在潜意识深处表达了一种特殊的家园意识：一方面借助殖民帝国的梦想进一步培养他倔强的性格，一方面通过创作不时地表现心中莫名其妙的身份困惑。如长篇小说《基姆》中的主人公基姆曾经自问："我是谁？穆斯林，印度教徒，耆那教徒还是佛教徒？"这一则体现了白人的优越性和白人的文化价值观，一则体现了他的身份的含混和游移不定。《长篇退场诗》(The Long Recessional)更多表现了吉卜林的漂泊无根的文化心理，既做着帝国的梦想，又深切地感受到帝国将从历史舞台"退场"之必然趋势，因此他在竭力重塑他心目中的帝国形象。① 他在大肆为"白种人"在殖民地开创的"道路"欢呼时，积极描写白人"对有色人种承担行政责任这一长久的传统，它所获得的光荣及其所面临的艰难"②："啊，这就是'白种人'所开踩的道路/当他们开疆拓土之时——/脚踩乱石，头顶荆棘/双手无傍无依/我们已经踏上这条道路——暗湿且布满风霜的道路——/指引方向的是我们所选择的星辰/噢，当'白种人'开踩出一条接一条的大道时/他们心中怀想的是整个世界！"③这里隐含着"我们"与"他们"之间的二元对立。"做'白种人'既是一种观念又是一个现实。……它意味着特定的判断，评价，姿态。它是一种权威形式，在它的面前，非白

① 石海军：《后殖民：印英文学之间》，北京：北京大学出版社，2008年，第158—159页。

② 〔美〕爱德华·W.萨义德：《东方学》，王宇根译，北京：生活·读书·新知三联书店，1999年，第288页。

③ 同上书，第287—288页。

种人,甚至是白种人自己,不得不温顺地俯首称臣"。①

"《基姆》在鲁迪亚德·吉卜林的一生和事业中,乃至在英国文学中都是独一无二的。它是在 1901 年,即吉卜林离开印度 12 年以后问世的"。② 它是在他定居英国的贝特曼后写成的。"他在那里住到 1936 年去世。他很快地声名鹊起,并赢得了广大读者。1907年吉卜林获得了诺贝尔奖"。③ 萨义德认为,"我们在理解《基姆》时必须记住两个因素"④:"一是,无论你喜欢与否,作者在写作时不只是从一位住在殖民地的白人统治者的观点出发,而是从一种其经济、功能与历史已经获得自然地位的巨大的殖民体系出发的。吉卜林认为存在着一个基本上无可抗争的帝国。"⑤"二是,正像印度本身一样,吉卜林既是一位大艺术家,也是历史的产物。《吉姆》(《基姆》)是在他的经历中的特定时刻,在英国和印度人民间的关系正在改变的时候写成的。"⑥他们有着共同的相互依赖的历史。在这一历史中,敌对、恶意与同情时而使他们分开,时而又走到一起。《基姆》这样一部卓越的、复杂的小说是对那段历史清晰的反映。"像任何伟大的艺术品一样,它因有强调、有曲折、有意识地包括和排除一些东西,而变得更加有趣。因为在英印关系中,吉卜林不是个中立的人物,而是其中一个显著的行动者。"⑦该小说的情节是:基姆鲍尔·欧哈拉系驻印度军队中的一位上士的 孤儿,妈妈是白人。他时常出现在拉哈尔集市上,携带着护身符和证明其出身的证件。一个偶然机会,他遇到一个来自西藏的圣人般的喇嘛。喇嘛正在寻找一条据说可以洗涤身上罪孽的河,基姆成为他的弟子。于是两个人在拉哈尔博物馆英国解说员的帮助下,作为托钵

---

① 〔美〕爱德华·W. 萨义德:《东方学》,王宇根译,北京:生活·读书·新知三联书店,1999 年,第 289 页。
② 〔英〕爱德华·W. 萨义德:《文化与帝国主义》,李琨译,北京:生活·读书·新知三联书店,2003 年,第 187 页。
③ 同上书,第 189 页。
④ 同上书,第 190 页。
⑤ 同上。
⑥ 同上书,第 191 页。
⑦ 同上。

僧在印度各地游荡。与此同时,基姆卷入一项英国特务机关的计划之中,该计划旨在挫败俄国策动的在旁遮普邦某省发动叛乱的阴谋。基姆充当联络员,负责一个为英国人工作的马贩子马赫巴布·阿里与人种学家、特务机关首领克莱顿上校之间的联络。后来,基姆会见了代号为"大游戏"计划中克莱顿小组的两个成员勒甘·萨希布和哈里先生,后者也是一个人种学者。而当克莱顿见到基姆时,才发现原来这个男孩是白人,而非土著。他于是被送进圣·扎哈维尔学校,以便完成白人孩子应该接受的教育。喇嘛师傅设法为他筹措学费。假期里,师徒俩又结伴旅行,途中遇到很多俄国间谍。基姆从他们那里设法偷走秘密文件。可是这些俄国间谍却毒打了喇嘛一顿。虽然阴谋败露,师徒二人随后却变得郁郁寡欢,终致病倒。最后,基姆康复,师徒二人重新接触大地,双双痊愈。这使得喇嘛老人明白,他通过基姆,找到了那条可以洗涤身上罪孽的河。基姆回到所谓"大游戏"中,从而加入了英国殖民事务中。这样的情节表面上看来只是"强有力地把帝国经验当做主要题材来写"①,实际上是为了以此写印度,写东西方的相遇——即现代性对前现代社会所发生的影响,"描写英属印度是吉卜林的特长"。② 这样的话题在当下语境中仍然令人着迷,因为它表现了不同文化之间交流的可能、困难、含混以及自我、民族或种族身份如何建构的大问题。它们是殖民时代的吉卜林一直深感困惑的问题③。所以,吉卜林并没有将印度表现为不可理喻的他者,《基姆》中的基姆与喇嘛的关系正是建立在相互依存、相互理解的基础之上,而且并未妄下断语,仅告诉我们英属印度历史本身是一部倒错的、身份不确定的喜剧,并深知喜剧的背后隐藏着无尽的悲剧色彩。也就是因为这一点,吉卜林在英殖民统治的鼎盛时期就有着莫名的危机感,此危机感并不是通过殖民主义思想体系或意识形

---

① 〔英〕爱德华·W. 萨义德:《文化与帝国主义》,李琨译,北京:生活·读书·新知三联书店,2003 年,第 187 页。

② 石海军:《后殖民:印英文学之间》,北京:北京大学出版社,2008 年,第 163 页。

③ 同上。

态可以解释的，更多地产生于不同文化在差异之间如何共生、共融的问题。与大多数英国作家相比，吉卜林更为真切地感受过印度生活和印度文化。但与此同时，吉卜林又深知自己无法归属于印度，本质上还是英国人，一个高高在上的白人殖民统治者，其结果是，尽管他竭力在两种文化间寻求融合，但得到的却是深深的困惑。①

此番困惑，此番夹缝中生存的尴尬，就是吉卜林建构的主观世界的精神家园，主人公因此成为一个无家可归者，摒弃"亲在"（Das Sein），竭尽全力地寻找着海德格尔所说的"在"（Sein），以此"归家"，回归到天地人神的关联之中，回归到作为命运的"中间"。②

有学者分析，吉卜林小说中的此番家园意识形成的原因在于吉卜林从小生活在印度，少一些其他英语作家那种对印度的偏见，对印度怀有特殊的感情，却认为自己在英国接受的正规教育充满痛苦。他后来回到印度后，在拉哈尔市做报刊记者，对英印殖民社会有了更深一步的了解，对军官、工程师、医生、律师以及印度各阶层的生活更为熟悉。尽管他在1889年离开印度后再也没有回到过印度，但创作的灵感却一直来源于在印度的经历和感受——"他的艺术都是把他在印度度过的早年生活当做养料的"。③ 他大多数小说的背景都是殖民时代的印度社会，心灵深处对印度充满爱慕。吉卜林唯一经久不衰的长篇小说《基姆》正是如此。《基姆》的创作并非为了宣扬殖民与被殖民者的二元对立，相反，是吉卜林对早年在印度生活的回忆与怀念，带着文化"思乡"的情愫，当然，正像吉卜林的人格分裂为"印度人吉卜林"和"英国人吉卜林"一样，他心目中的或文化上的家乡既是英国又是印度，是一种对立的存在，但

---

① 石海军：《后殖民：印英文学之间》，北京：北京大学出版社，2008年，第163—164页。

② 〔德〕海德格尔：《荷尔德林的大地与天空》，载《荷尔德林诗的阐释》，孙周兴译，北京：商务印书馆，2000年，第200页。

③ 〔美〕爱德华·W.萨义德：《文化与帝国主义》，李琨译，北京：生活·读书·新知三联书店，2003年，第189页。

在吉卜林的创作中二者彼此难分难舍地捆绑在一起。①

吉卜林深深启发了康拉德，二者"都属于殖民主义的表征传统"。②

第四节 高潮期:约瑟夫·康拉德笔下的家园:
从海外殖民到本土回望

4.1 康拉德小说中的家园:疯狂的海外扩张

康拉德(Joseph Conrad, 1857—1924),这位从波兰贵族家庭走出的小说家,很小的时候,就跟随富于浪漫情调的父亲开始漫长的浪迹天涯之旅。无祖国可言的动荡不安的流放生活,父母的早逝(12 岁丧父,17 岁丧母,由舅父抚养),更加剧了这种流放。他时常是一个"暂居的外乡人"。所以,"他对'家园搜寻的政治'问题异常敏感。……家园因此或在船上(即国家疆界之外)或在抽象化的并反思性极强的书写世界里予以建构"③——他驾船在法国、西印度群岛、英国、南美、南洋群岛、马来半岛、澳大利亚、非洲、刚果等地航行,并在 1894 年后放弃航行,开始自己的文学生涯。④ 他创作了大量作品,如海洋小说《白水仙号上的黑水手》(*The Nigger of the Narcissus*,1897)、《台风》(*Typhoon*, 1903)、《阴暗线》(*The Shadow Line*,1917),丛林小说《阿尔迈耶的愚蠢》(*Almayer's Folly*,1895)、《吉姆老爷》(*Lord Jim*, 1900)、《黑暗的心》(*Heart of Darkness*, 1902),社会小说《诺斯特罗莫》(*Nostromo*,1904)、《在西方的眼光下》(*Under Western Eyes*,1911)等等。不过,这一切伴随着资本主义扩张而进行,因为康拉德自己就在"瞧两书"("A Glance at Two

① 石海军:《后殖民:印英文学之间》,北京:北京大学出版社,2008 年,第 160 页。

② 〔英〕艾勒克·博埃默:《殖民与后殖民文学》,盛宁等译,沈阳:辽宁教育出版社/牛津:牛津大学出版社,1998 年,第 80 页。

③ Rosemary Marangoly George. *The politics of home: Postcolonial relocations and twentieth-century fiction*. New York and Melbourn: Cambridge University Press, p.74.

④ 刘文荣:《19 世纪英国小说史》,北京:中国社会科学出版社,2002 年,第 343 页。

Books")一文中说过:"书写是一种像殖民地征服一样的'产业'"①,而且"英国人的历史就发生在海外"。② 而所谓的"在海外",用萨义德的话说,"模模糊糊地意味着在外面,感觉很特别……或者,海外是我们所要控制的地方,我们可以随意买卖。当地人若是在政治或军事上公然反抗,我们还得镇压"。③ 众所周知,19世纪中叶,英国工业生产居全球之冠,殖民地因此遍布世界各地,"每天24小时之内,总有一部分悬挂英国国旗的殖民地处于阳光照耀之下,……号称'日不落帝国'"。④ 这类文学文本,按照英国当代批评家艾勒克·博埃默的话说,兼含着殖民主义文学和后殖民文学的双重身份——既"充满了欧洲文化至上和帝国有理的观念"⑤,又"对于殖民关系作批判性的考察"。⑥

康拉德以海外扩张建构英国的家园,检视"异域",旨在对家园文化作出令人骚动的评估(disturbing assessment),从社会化层面建构"差异",描写"恐怖"。⑦ 它们"削弱了地形、文类:差异与距离充斥着小说页码。这旨在建构'半冒险故事'(semi-adventure)、'半传奇'(semi-romance)、'半存在主义之旅'(semi-existential journey)的叙事,或是对行动、欲望、动机进行'半哲理性思考'(semi-philosophical brooding)的叙事,但是,康氏小说时常回归的一个压倒一切的问题就是寻找家园并将之拥立为'我们中一员'的问题,即便这类叙事阻碍了'令人欣慰的结点'"。⑧ 康拉德对家园、家

① Ian Watt. *Conrad in the Nineteenth Century*. Berkeley, DA: University of California Press, 1979, p. 48.

② Salman Rushdie. *The Satanic Verses*. New York: Viking Press, 1998, p. 337.

③ 〔美〕爱德华·W. 萨义德:《文化与帝国主义》,李琨译,北京:生活·读书·新知三联书店,2003 年,第 101 页。

④ 任一鸣、瞿世镜:《英语后殖民文学研究》(代序),上海:上海译文出版社,2003年,第 1 页。

⑤ 〔英〕艾勒克·博埃默:《殖民与后殖民文学》,盛宁等译,沈阳:辽宁教育出版社/牛津:牛津大学出版社,1998 年,第 3 页。

⑥ 同上。

⑦ Cf. Rosemary Marangoly George. *The politics of home: Postclonial relocations and twentieth-century fiction*. New York and Melbourn: Cambridge Unicersity Press, 1996, p. 67.

⑧ Rosemary Marangoly George. *The politics of home: Postclonial relocations and twentieth-century fiction*. New York and Melbourn: Cambridge Unicersity Press, 1996, p. 67.

庭、女性的再现在历时已久的英国小说传统中的隐喻层面上进行着。康拉德的一些短篇和长篇主要写晚期帝国,如《骚动不安的故事》(1898)中的《进步的前哨》、《吉姆老爷》、《黑暗之心》(1899)等。稍后的《诺斯特罗莫》(1904)探索了新兴帝国主义无情追逐物质利益的行径。《黑暗之心》作为殖民主义叙述受到最为细致的讨论,现在已像《天方夜谭》一样,被当做范型。但《黑暗之心》声望太高,以至于有一点遮蔽康拉德写殖民前沿贸易站生活的其他强有力的故事。①《吉姆老爷》有启示作用,不仅因为它强调了《黑暗之心》业已揭示的"文明化"使命的重重矛盾,而且对于进入成熟期的帝国中的英勇冒险行为表现出一种警觉,尽管这种警觉中仍不失钦羡。

4.2 康拉德处女作《奥尔迈耶的愚蠢》:种族与包办婚姻

康拉德处女作《奥尔迈耶的愚蠢》(1895)以印度尼西亚丛林为背景,主人公奥尔迈耶(Almayer)出生于印度尼西亚,但父母均为荷兰人。他娶本地人为妻(小说中无名),生出混血女儿妮娜(Nina)。故事便围绕父女两人的冲突展开:妮娜爱上了马来(Malay)酋长的儿子戴恩(Dain),死也要嫁给他,不认同父亲所属的白人殖民者社会;父亲奥尔迈耶对此当然反对,但终究无法阻止她,最终只得成全他们。在这里,康拉德对家园的再现从以下层面进行:

4.2.1 标题

小说的标题"Almayer's Folly"("奥尔迈耶的愚蠢")正好是主人公荷兰贸易者奥尔迈耶为他在马来群岛的殖民地上正在新盖的房子而取的名字,他抱着这一愚蠢的希望——"英国婆罗洲公司(the British Borneo Company),而非荷兰人,哪一天会占领这一地盘——来建造这一房子的。"②当他一切希望破灭后,房子的建造也

① 〔英〕艾勒克·博埃默:《殖民与后殖民文学》,盛宁等译,沈阳:辽宁教育出版社/牛津:牛津大学出版社,1998年,第69页。

② Rosemary Marangoly George. *The politics of home: Postcolonial relocations and twentieth-century fiction.* New York and Melbourn: Cambridge Unicersity Press, 1996, p.77.

随之结束。康拉德在此开始了他从一而终的象征叙事策略,因为他认为,"所有伟大的文学都是富于象征意义的,只有这样,它们才能显得那么丰富,感人和美丽"。① 小说中房子那风雨飘摇的结构是一种反讽式的象征,象征了奥尔迈耶各个方面的失败②——贸易、婚姻、对女儿的期望、自尊以及作为白人的失败,等等。这一点也揭露了白人殖民者贪得无厌的本性和由此导致的鲁莽轻率。这显然是一种愚蠢,是典型的"奥尔迈耶的愚蠢"。③

4.2.2 结构

小说是以奥尔迈耶"站在他的全新而又腐朽不堪的房子的长廊上"④幻想他辉煌前途的场景来开始作品的:

> 他们或许住在欧洲——他和他女儿。他们或许会很富有,会很令人尊敬。在他女儿绝代佳人般的美貌和他本人的巨大财富面前,没有人会想到她的混血儿身份。他亲眼目睹了女儿的成功,一下子再次变得年轻起来,会忘记自己像囚犯一样在海岸边奔跑的那 25 个令人心痛的充满拼斗的年月。所有这一切几乎近在咫尺。⑤

在这里的全知叙述中,奥尔迈耶由于受母亲的影响,将阿姆斯特丹幻想为"他梦中的充满世俗人情味的乐园",在那里他会像人间仙境中的王子一样生活。显然,这里的"乐园"是充满着浓郁的欧洲白人文化至上的殖民主义色彩的"家园"。⑥

这一切发生在奥尔迈耶与当地女人的 17 年"包办婚姻"之后,康拉德以奥尔迈耶夫人发出的"KASPAR！Makan"之类的尖叫声来

---

① Robert C. Rathburn. *From Jane Austen to Joseph Conrad*. Minneapolis：University of Minnesota Press，1958.

② Cf. Rosemary Marangoly George. *The politics of home：Postcolonial relocations and twentieth-century fiction*. New York and Melbourn：Cambridge University Press，1996，p. 77.

③ 参见阮炜等：《20 世纪英国文学史》,青岛:青岛出版社,2004 年,第 106 页。

④ Joseph Conrad. *Almayer's Folly：A Story of Eastern River*. London and Toronto：J. M. Dent & Sons Ltd，1923，p. 4.

⑤ Ibid.，pp. 3—4.

⑥ Cf. Charles E. Bressler. *Literary Criticism：An Introduction to Theory and Practice*. New Jersey：Pearson Education，p. 203.

书写小说的第一个句子,此番"尖叫声"完全打碎了奥尔迈耶的白日梦。[①] 这似乎隐含着康拉德本人对西方中心主义的批判。

在随后而来的情节叙述中,奥尔迈耶的"家园"远远不是风平浪静的港湾,而是一个由"乱石、朽木、半锯横梁,彼此'难分难舍'地胡乱堆砌"[②]而构成的危机四伏的区间。在他的"老房子"里,他夫人时常动怒,焚烧家具、撕毁漂亮窗帘,并时常为他不能交好运训斥他、恨他。而此时的他"由于被此番野蛮本性的暴烈宣泄所吓倒,只得以沉默为最好的方式来回避她。他想到了每件事,甚至计划以一种不确定的、微弱的方式进行谋杀,但什么也不敢做"。[③] 显然,家园/房子成为女性与男性抗争,并以男性的最后屈从为归属的场域,是性别诗学驰骋的田野,正如英国学者吉利安·萝丝在《女性主义与地理学:地理学知识的局限》中所说:"对女性日常活动……的某个平常的日子遂成为一个夫权制得以重建与遭遇抗争的竞技场……更多的是一种日常生活的政治。尖锐点就在那里:'斗争的意识、压制与反驳的负荷。'"[④]

4.2.3 人物塑造

家园也成为康拉德《奥尔迈耶》塑造人物性格的场景。奥尔迈耶由于害怕被东方妻子毒杀,专门为她新盖了一幢河滨房舍,她可以从此过着完全隐居的生活。[⑤] "房子"为此负载着奥尔迈耶夫人凶恶可怕的性格特征。而更有甚者,女儿妮娜在新加坡一家修道院修道 10 年归来后,自由地游走于两个寓所之间,丝毫一点不拒绝她的母亲,在此之前,在奥尔迈耶所称的"可怕的日子"里,"还曾常去河滨小屋拜见她的妈妈,并待上很长的日子,出门时带着一如

---

① Cf. Rosemary Marangoly George. *The politics of home: Postcolonial relocations and twentieth-century fiction.* New York and Melbourn: Cambridge Unicersity Press, 1996, p.77.

② Joseph Conrad. *Almayer's Folly: A Story of Eastern River.* London and Toronto: J. M. Dent & Sons Ltd, 1923, p.12.

③ Ibid., p.26.

④ Gillian Rose. *Feminism and Geography: The Limits of Geographical Konowledeg.* London: Blackwell, 1993, p.17.

⑤ Rosemary Marangoly George. *The politics of home: Postcolonial relocations and twentieth-century fiction.* New York and Melbourn: Cambridge Unicersity Press, 1996, p.78.

既往的神秘表情,并用鄙夷的目光和极短的语词来随时准备回答父亲的任何言语"。① 这里的小屋成了刻画妮娜倔强性格特征的政治化空间,特别是她"用鄙夷的目光和极短的语词来随时准备回答父亲的任何言语","小屋"所昭示的家园,再次隐喻着"男性的终结"(The End of Masculinity):"现代性系统地瓦解了父权制(男人凭借他们的性别及与他人的血缘关系而确立的男人的统治)。"②

妮娜爱上马来亲王,并准备去做丛林内部(interior of jungle)王国的王后,他们之间的爱建基于物质诱惑力之上,为政治阴谋所缠绕。在她离家之际,她妈妈对她面授机宜,教她如何"驯服"心上人:

> "将会有其他的女人",她以坚实的口吻重复道:"我告诉你,这一点是因为你有一半是白人,并会忘记他是一个伟大的元首和此类情形一定会发生的事实。隐藏着你的愤怒,别让他看到你脸上因忧伤过度带来的痛苦。带着你眼睛里的喜悦、带着你嘴唇上的智慧,去同他见面吧,因为对你,他或是将交出悲伤,或是将交出疑惑。只要他偷窥许多女人,你的权力就将持久不衰,但是如果有一个他似乎就会同她一起将你忘掉的人,那么——"
>
> "我不能活下去了",妮娜狂叫道,用双手捂着脸。
>
> "别这样说,妈妈;不可能那样。"
>
> "然后,"奥尔迈耶夫人继续坚实地说道,
>
> "对那样的女人,妮娜,千万别仁慈。"
>
> "你在哭?"她以严厉的目光质问女儿……
>
> "记住,妮娜,千万别仁慈,如果你必须打,就用你的铁拳去打吧。"③

---

① Rosemary Marangoly George. *The politics of home: Postcolonial relocations and twentieth-century fiction.* New York and Melbourn: Cambridge Unicersity Press, 1996, p. 31.

② 〔英〕约翰·麦克因斯:《男性的终结》,黄菡等译,南京:江苏人民出版社,2002年,第2页。

③ Joseph Conrad. *Almayer's Folly: A Story of an Eastern River.* London and Toronto: J. M Dent Sons Ltd, 1923, pp. 153—154.

这是维多利亚时代或爱德华时代母亲对女儿婚姻大事所作的司空见惯的建议①,由此,我们不难看到一个"将其对权力,对处理阴谋之技艺所怀着的强烈欲望实施于女儿即将离家远行之时刻的女性形象"。② 奥尔迈耶夫人承载一种所谓"教化功能"(civilizing project)。演绎这一幕故事的"家园"富于巨大的政治色彩:代表着女性/男性之间的权力机制与性在这里进行突围与抗争,在琐碎现实与至高爱情不同领域内设置着男人的命运,建构着自己的女性理想,即进行着如何给男人命名的课题。③ 与此同时,在家中奥尔迈耶力劝女儿放弃与戴恩的婚事。此时这种鲜明的女性形象更加发展到登峰造极的地步。妮娜在听到父亲的劝诫后作出如下回答:

> 不……我记得很清楚。我记得它该如何终结。为嘲弄而嘲弄,为鄙视而鄙视,为憎恨而憎恨。我与你不是一个种族。在你和我之间也存在着不可逾越的障碍。你问我为什么想去,我要问你为什么我应该待在原地不动……我打算好好生活。我打算跟着他。我已在嘲弄中被他人所拒绝;现在我可是堂堂的马来人了!他将我挽在他的手臂上,将我的生命与他相连。他勇猛刚健,将会权倾一时;他的骁勇,他的力量,均攥于我手中,我将使他辉煌。他的名字,在我们的身体置放于尘土之后的很长时间内,都将为我们所铭记,我爱你,不会少于从前,但我将永远不会离开他,因为没有他,我无法生活。④

这里,妮娜公开宣称自己是"堂堂的马来人",颠覆了父亲对戴

① Rosemary Marangoly George. *The politics of home: Postcolonial relocations and twentieth-century fiction*. New York and Melbourn: Cambridge University Press, 1996, p.78.

② Ibid., p.79.

③ 李有亮:《给男人命名——20世纪女性文学中男权批判意识的流变》,北京:社会科学文献出版社,2005年,第2页。

④ Joseph Conrad. *Almayer's Folly: A Story of an Eastern River*. London and Toronto: J. M Dent Sons Ltd, 1923, pp.179—180.

恩所持的种族偏见,因为奥尔迈耶开口闭口就称戴恩为"粗鲁无礼者"(savage)。① 这种颠覆,这种对非欧洲民族/种族主体位置(national racial subject position)的挪用,在整个殖民小说中极为罕见。② 父亲终究阻止不了女儿,最后不得不成全他们。康拉德以此嘲笑了白人殖民者的傲慢、无知③,赞扬了东方人的伟力与崇高,成功地塑造了妮娜这样一位女性主义后殖民批评者的形象。萨义德说得好:"虽然帝国主义在19世纪与20世纪里得到了大发展,对它的反抗也在增强"。④ 康拉德因此有资格进入当然的后殖民批评家之行列。

4.2.4　语言

康拉德对语言的运用颇为考究,认为小说应通过对词句音调结构的精心锤炼而达到雕塑的造型美、绘画的色彩美和音乐的节奏美。《奥尔迈耶》在语言上的最大特点就是通过对英国小说传统中业已存在着的大量隐喻的运用,来再现"家园"、"女性"⑤,其中掺杂着异域与本土家园的抗争,特别是妮娜的语言更多地建构了一部女性主义化的情节剧(feminized melodrama)。她与父亲对话的语言因此导致了模糊不清的两种解读⑥:第一种是欧洲人的家园、爱情、婚姻观念不具有普适性,它们不能促使那些不能满足种族、阶级、财富等方面条件的人适应。妮娜深知这一点,故使用的语言与"妈妈"的语言极为相像,使用了中世纪骑士"传奇"文类的语言。这正符合整个欧洲小说发展传统,因为欧洲小说正是从中世纪传奇逐渐演进而来的,父亲不知道这一点,仅采用狭隘的自以

---

① Cf. Joseph Conrad. *Almayer's Folly: A Story of an Eastern River*. London and Toronto: J. M Dent Sons Ltd, 1923, p. 178.

② Cf. Rosemary Marangoly George. *The politics of home: Postcolonial relocations and twentieth-century fiction*. New York and Melbourn: Cambridge University Press, 1996, p. 80.

③ 参见阮炜等:《20世纪英国文学史》,青岛:青岛出版社,2004年,第106页。

④ 〔美〕爱德华·W. 萨义德:《文化与帝国主义》,李琨译,北京:生活·读书·新知三联书店,第19页。

⑤ Cf. Rosemary Marangoly George. *The politics of home: Postcolonial relocations and twentieth-century fiction*. New York and Melbourn: Cambridge University Press, 1996, p. 67.

⑥ Ibid., p. 80.

为是的"白人"传奇语言;第二种是资产阶级的家园观念具有普适性,我们在小说中所目睹的是这些亘古已久的价值观念在异域土地和人们的污浊的、充满暴力的、颓废的影响力之下,发生了令人惊愕的解体。对奥尔迈耶夫人的性格刻画,就证明这种解读的正确性。这种情形下,奥尔迈耶或许就成为这样一个角色:软弱、无工作成效、为污浊的环境所拖累,但又在他步履蹒跚的生命前行与财富积攒的过程之中无畏地紧紧拽住欧洲观念。这或许就是伊格尔顿所称的"康拉德意识形态"(Conradian ideology)给我们带来的悖论。

4.3 《吉姆爷》:牧师家与帕图桑

《吉姆爷》"这部对晚期帝国充满疑虑的小说"[①],主角是英国人吉姆。这部小说可以整齐划一地分为两大部分,第一部分叙述吉姆在帕特纳号(Patna)船上的经历,第二部分叙述吉姆隐姓埋名,辗转于东方各地,最后在丛林深处一个马来人的居住地帕图桑(Patusan)岛上充当所谓"吉姆爷"的故事。首先应该指出的是从比较层面上来看,该小说中的帕特纳与帕图桑系表达同一主题的两个话语变体。[②]"正如吉姆一生中诸多重要事件彼此遥相呼应一样——帕特纳号船上的'一跳'(jump)重复着他受训期间小船上那'本能一跳'的失败,并正在……被帕图桑跨过围栏上的一跳所重复着(帕图桑令人想起帕特纳),布瑞尔里船长的自杀因此是模糊地重复着吉姆之跳(ambiguously duplicating Jim's jumps)。"[③]这似乎应验了一个人生的常识性现象:人要吃饭就要排泄,这是一种终生反复的行为,在某个特定时空看去,谁都可能永远待在自己的粪便上。不过,小说《吉姆爷》的重要贡献还是在"家园"的表

---

① 〔英〕艾勒克·博埃默:《殖民与后殖民文学》盛宁等译,沈阳:辽宁教育出版社/牛津:牛津大学出版社,1998 年,第 69 页。

② Cf. Rosemary Marangoly George. *The politics of home: Postcolonial relocations and twentieth-century fiction.* New York and Melbourn: Cambridge University Press, 1996, p. 80.

③ Harold Bloom ed. *Modern Critical Views: Joseph Conrad.* New York, New Heaven and Philadelphia, 1986, p. 173.

现上。

吉姆一心希望做个"忠于职守的模范,就像书里的英雄那样坚定不移",可实际上他有缺陷。他是个理想主义的殖民者,与以前冒险小说中的诸多殖民者不同,无法采取行动。在殖民主义自我塑造的戏剧中,欧洲人将自己的统治和规范强加于另一种文化,从而实现自我,而到了吉姆这里,这种实验却遭到灾难性失败。①

康拉德与吉卜林是同时代人,可气质上却属于稍后的历史时刻,即殖民占领变得更成问题、欧洲文化大势将去的时刻。《吉姆爷》比《基姆》还早一年出版,但对殖民统治的描写却远不够自信。②《基姆》中的帝国主义是刺探情报的"大把戏",可是在《吉姆爷》中帝国主义俨然成为一个事关白人荣誉的令人烦恼的重大问题。吉姆只沉湎于美丽的梦幻而不付诸行动,有着强烈的自我意识,他即使不属于早期现代主义,肯定也是个世纪末的形象。与罗伯特·路易斯·斯蒂文森在 19 世纪 90 年代写的南太平洋故事以及早些时候的《化身博士》(1886)中所表现的一样,康拉德也怀疑一个原始的、使人道德败坏的"他者"就蛰伏在白种人的内心。这种怀疑威胁到欧洲的扩张计划,《吉姆爷》可以看做一个对此怀疑起了界定性作用的故事③。

4.3.1 作为吉姆成长之地的牧师家与作为吉姆度过的最后岁月之地的帕图桑二者之比较

对于帕图桑,吉姆犹如一个大家长,其"任务与在汽船上一样,就是对深肤色的种族行使权力,后者被描写成一帮散漫的人,需要领导和管教。这也是吉姆爷的第二次机会,使他能够按照青春时期的梦想重新造就自己的'男儿本色'形象。在一个时期内,他确实翻造出一部新的成功史。对于岛上的居民来说,他成了'吉姆

---

① 〔英〕艾勒克·博埃默:《殖民与后殖民文学》,盛宁等译,沈阳:辽宁教育出版社/牛津:牛津大学出版社,1998 年,第 69 页。
② 同上。
③ 同上书,第 70 页。

爷',赢得了这样一个尊称"。① 马洛几次巧妙、甚或语焉不详地点出吉姆事业的虚构成分。在帕图桑岛上,吉姆成了他本人传奇英雄故事的作者。岛屿为他提供了"全新的条件,使他得以施展想象力","围绕着他的名字形成了一个力量和勇武的传说"。他讲述的是十分惊险的冒险故事,正如所有的殖民戏剧都以鲁滨逊为原型那样,吉姆的这部殖民戏剧也有鲁滨逊式的背景:热带岛屿、浪漫传奇、胆量、危险等一切必备的因素:作为信物相赠的戒指,高尚的土著勇士,堕落的白人背信弃义者,还有身处危境的女主人公、一个叫珠儿的混血"公主"。同鲁滨逊一样,吉姆也为他最亲近的土著人起名,珠儿学会了像他那样说话。② 这里,吉姆似乎"将他成就传奇业绩的个人理想置于一切之上,置于他对别人的责任之上"。③ 同《黑暗之心》里的库尔兹一样,吉姆的命运象征着殖民主义使命之罪恶:在臆想和文化自大症的驱使下,怀揣着个人利益而"一头扎进了冥冥不可知之中"。④ 他的自我塑造的传奇有其意识形态的根基,是脆弱的。他和吉卜林笔下的基姆差不多,后者不管怎样伪装、掩饰,人家仍说他是一个下人,而吉姆虽然被宣布为他那东方小岛之王,却并未丧失他的欧洲人自我意识。他利用本土人来证明自己的才干,但在他的观念中,他们的尊敬终归还是不那么重要。吉姆的两难处境表明,不管殖民者的英雄主义戏剧在多么遥远的地方上演——这英雄主义包括吉卜林所说的"为了这方热土而成就伟业"(《只不过是个下级军官》,收入《想当国王的人》,1987 年)——它仍然以西方的价值尺度衡量一个人的成就。在这出戏中,本土人还是本土人:他们是淳朴简单的儿童,诡秘难测的野蛮人。殖民主义者正是以其为对立面来界定自我的:他首先是个欧洲人,是"优等族类"的一分子,而且他还是个男人,因为殖民

---

① 〔英〕艾勒克·博埃默:《殖民与后殖民文学》,盛宁等译,沈阳:辽宁教育出版社/牛津:牛津大学出版社,1998 年,第 70 页。
② 同上书,第 70—71 页。
③ 同上书,第 71 页。
④ 同上。

主义行动也是以男子气概为特征的。①

　　就像任何身处异国他乡的欧洲人一样,吉姆有着分裂的人生故事:个人理想扎根于欧洲中心,人生经验的舞台却在处于边缘位置的殖民地之中。一方面,他的权威通过与本土人的关系获得界定;另一方面,这个自觉优越的白种男人又相信自己同当地人的生活并无关联,他所寻求的是欧洲方面对他的赞赏。因此,当一群寡廉鲜耻的欧洲人找到吉姆时,他即以同类相待,结果大难临头。②这种"分裂"或许就是他们乐此不疲的"家园"。

　　马洛在理论上,直到故事结尾,始终维护着团体忠诚和自我克制,这些道德准则捍卫了他所深信的西方文明。马洛的塑造者亦然。尽管帝国在某些方面有点走火入魔,但对于康拉德来说,作为殖民主义欧洲的文化使命之根基的根本价值观并没有出现问题。③

　　至于"帕特纳沉船事件"(the Patna debacle),吉姆最感遗憾的不是他已践行过的那份耻辱,而是在丑闻公之于世后不能"回家"的尴尬:④

　　　　……他现在绝不会回家了。他是不会的。绝不会。假使他能够绘声绘色地表现出来,他会一想到那个念头就发抖,而且让你也发抖。但是他不是那种人,尽管他以他的方式也是够有表现力的。在回家的念头面前,他会绝望地僵硬起来,不能动弹,垂着下巴,撅着嘴唇,坦率的蓝眼睛在皱起的眉头下目光暗淡,就像面对着什么不能忍受的事,就像面对着什么令人嫌恶的事……故乡的灵魂,有如雄心勃勃的统治者,对无数生命是不理会的。流落他乡的人们好凄惨啊,我们只有在抱成一团时才存在。他却在某种程度上离了群;他没有抱团;但

　　① 〔英〕艾勒克·博埃默:《殖民与后殖民文学》,盛宁等译,沈阳:辽宁教育出版社/牛津:牛津大学出版社,1998 年,第71—72 页。

　　② 同上书,第 72 页。

　　③ 同上。

　　④ Cf. Rosemary Marangoly George. *The politics of home: Postcolonial relocations and twentieth-century fiction*. New York and Melbourn: Cambridge University Press, 1996, p. 80.

他强烈地意识到这一点,那强烈使他令人感动,正如一个人的生命比较热烈,才使得他的死比一棵树的死更感人。①

这一段落生动地描写了"人在曹营(帕特纳号船)"、"心在汉(故乡)"的殖民者吉姆的异常复杂的心理状态:目空一切、狂妄自大、惧怕、失落、温馨,等等。而这一切与他的现实家园"牧师家"遥相呼应:

> 我还寄给你一封信——一封很旧的信。这是在他的文件箱里发现的,保存得很仔细。是他父亲写的,根据日期你可以看出他必定是在加入"帕特纳号"几天之前收到这封信的。因此这也必定是他收到的最后一封家信了。这些年来他一直珍藏着它。那善良的老牧师很喜爱他当海员的儿子。我在信里这儿看一句,那儿看一句。除了爱,没别的。他告诉他"亲爱的詹姆斯"说,他的上一封长信非常"诚恳而且有意思"。他不愿意他"苛刻或匆忙地对人做出判断"。信有四页,都是平易的道德规劝和家事。汤姆已经"受了圣职"。嘉莉的丈夫"亏了钱"。这老先生继续心平气和地信任着天意和宇宙间既定的秩序,但是也很明白它小小的危险和它小小的慈悲。人们几乎能看得见他,头发灰白,清朗宁静,在他那放了一排排的书、陈旧却舒适的书房里,那正是他不可侵犯的庇护所,四十年来,他在那里一遍又一遍真诚地进行他对信仰和道德以及关于生活的准则和死亡的唯一正当方式的例行的小小思考;他在那里写了那么多的布道文稿,他此刻就坐在那里,同他远在地球那一边的儿子谈话。但是距离又算得了什么呢?全世界的美德都是一回事,而且只有一个信仰,一种可以想见的生活准则,一种死亡的方式。他希望他"亲爱的詹姆斯",永远不要忘记,"一个人,一旦屈服于诱惑,当即便有完全堕落和万劫不复的危险。因此要下定决心,无论出于什么动机,决不做你

① 〔英〕约瑟夫·康拉德:《吉姆爷》,熊蕾译,北京:人民文学出版社,2004年,第158—159页。

认为是错误的事"。①

显然，这里的"牧师家"是色彩单一且宁静致远的居所，父亲由此表达出对儿子深深的爱，同时，坚信"全世界的美德都是一回事"。他的四页的家信"都是平易的道德规劝和家事"，他"那不可侵犯的庇护所"，"四十年来，他在那里一遍又一遍真诚地进行他对信仰和道德以及关于生活的准则和死亡的唯一正当方式的例行的'小小思考'"。但这一切"准则"是吉姆未能遵守的，那"本能的一跳"成为他一生中挥之不去的阴影。叙述者马洛认为老爷子的"小小思考"在充满着帝国贸易、政治的世界里是多么不合时宜②，因为从19世纪后期开始，维多利亚女王统治的不列颠就大肆进行海外扩张，使英国成为拥有众多殖民地的"大英帝国"。

同时，《吉姆爷》的牧师家园描写中所使用之语言昭示了"充满着未受侵扰的'平和的道德'的世纪岁月"（centuries of untroubled "easy morality"）③：

> 他原本生在一个牧师家。很多出色商船的船长都来自这些虔诚恬静的人家。吉姆的父亲对于不可知的事物了解得很透彻，那是为了住茅舍的平民百姓的道德炮制出来的，却不会打扰由准确无误的上帝安排住在深宅大院里那些人心灵的平静。那座小山上，透过杂乱的树叶看去，有一种长满了苔藓的岩石的那种灰色。它立在那里已有几百年了，不过周围的树木或许还记得安放第一块基石的情景。下面，牧师住宅的红色正面在一块块草坪、花床和一棵棵杉树的掩映下透出暖暖的亮色，房后是一片果园，左边是铺了地面的马栏，花房的玻璃顶棚紧靠着一面砖墙倾斜下来。这块教产归这一家已经好几代了；但是吉姆还有四个兄弟，所以，在他看了一些供假日

① 〔英〕约瑟夫·康拉德：《吉姆爷》，熊蕾译，北京：人民文学出版社，2004年，第247页。

② Cf. Rosemary Marangoly George. *The politics of home: Postcolonial relocations and twentieth-century fiction*. New York and Melbourn: Cambridge University Press, 1996, p.81.

③ Ibid.

消遣的文学作品,明确了要以海为业之后,他就立即被送上了一艘远洋商船队指挥员训练舰。[①]

詹姆逊认为这里隐含地缘政治学色彩:"平房、大宅和'小教堂'(使其相互协调的意识形态产地)的地理景观要求任何一种阶级立场都不能聚焦于、实际上是不可能看到另一种。吉姆对这种由于意识形态的盲目而与之和谐的地理体验是不同寻常的:他选择的使命可以使他完全走出所有……三个阶级领域,远距离地平等视之,就仿佛观看大地景色一样"。[②] 同时,字里行间透出叙述人马洛对来自宗教的那番资产阶级式"温馨"的鄙夷:"那座小教堂在一座小山上,透过杂乱的树叶看去,有一种长满了苔藓的岩石的那种灰色"。[③] 同时,它们又透视着一种粉饰这一不变"家园"之欲望:"牧师住宅的红色正面在一块块草坪、花床和一棵棵杉树的掩映下透出暖暖的亮色,房后是一片果园,左边是铺了地面的马栏"。[④] 这里强调了连续性,强调了与童年的诸多粘连。显然,位居于这些场景之外的全知叙述人马洛对于虔诚行为的息事宁人效果是稔熟于心的。

4.3.2 全知叙述者马洛的家园情结

马洛尽管老于世故,但心里明白,完全有必要呈现一个有关居家的体面的自我叙述:

> 而当时,我再说一遍,我正要回家去——回到遥远的家乡,回到所有的炉石就像一块炉石一样,我们当中最卑贱的人也有权靠在这炉石边坐下。我们成千上万地在地球上面漫游,有的大名鼎鼎,有的默默无闻,却都是到海外挣得我们的名声,我们的金钱,或者仅仅是一片面包壳;但是在我看来,我

---

① 〔英〕约瑟夫·康拉德:《吉姆爷》,熊蕾译,北京:人民文学出版社,2004年,第2页。

② 〔美〕弗雷德里克·詹姆逊:《政治无意识》,王逢振等译,北京:中国社会科学出版社,1999年,第197页。

③ 〔英〕约瑟夫·康拉德:《吉姆爷》,熊蕾译,北京:人民文学出版社,2004年,第2页。

④ 同上。

们每一个要回家的人都像是要去报账一样。我们回去要面对我们的长辈，我们的亲戚，我们的朋友——我们所服从的人，我们所爱戴的人，但是，即使是这两种关系都没有的人，那些最自由，最孤独，最没有担当，失去了一切牵挂的人，——即使是那些对他们来说家乡不再有亲爱的面孔，不再有熟悉的声音的人，——即使是他们不得不与留驻那块土地上的灵魂相会，在家乡的天空下，空气里，山谷中，山坡上，田野中，河流里和树林里——一个沉默不语的朋友、法官、激励者。随你们怎么说好了，要得到它的欢乐，要呼吸它的和平空气，要面对它的真理，一个人就必须带着干净的良心回去。这一切对你们来说可能似乎纯粹是感伤主义；而我们之中也确定很少有人有那个意志或能力，认真地透过熟悉的情感表面深入看看。那儿有我们所爱的姑娘，有我们敬重的男子汉，有亲情，有友谊，有机会，有欢乐！但是这个事实是不变的，你必须用干净的手来接触你的酬报，否则它就会在你握有它的时候变成枯死的树叶，变成荆棘。我想就是这些孤独的人，这些没有可以称为他们自己的家庭生活或温情的人，他们回去不是为了回到一个住处，而是要回到那块土地本身，去会见那脱离了躯体，成为永恒且不可改变的灵魂——是那些人最理解家乡的严厉，家乡的超度能力，家乡要我们效忠、服从的世俗权利的恩泽，是的！我们没有几个人明白这些，但是我们都感觉到了，我说"都"，没有例外，是因为感觉不到的那些人不算数。①

在此段落中，存在着"明显地与其彼此并置，既可以称做通俗文化又可以称做大众文化的东西"。② 马洛仍将家园视做"房产"，认为一个人如想"要得到它的欢乐，要呼吸它的和平空气，要面对它的真理，一个人就必须带着干净的良心回去"，并且"孤独的

① 〔英〕约瑟夫·康拉德：《吉姆爷》，熊蕾译，北京：人民文学出版社，2004 年，第157—158 页。
② 〔美〕弗雷德里克·詹姆逊：《政治无意识》，王逢振等译，北京：中国社会科学出版社，1999 年，第192 页。

人……回去不是为了回到一个住处，而是要回到那块土地本身，去会见那脱离了躯体，成为永恒而不可改变的灵魂——是那些人最理解家乡的严厉，家乡的超度能力，家乡要我们效忠、服从的世俗权利的恩泽"。此番叙事似乎是对吉姆的谴责，因为吉姆的"本能的一跳"已使他失掉了所有的这些亲缘关系。[1] 在帕特纳沉船事件发生后，在吉姆告诉马洛"这件事的是非之间还不到一页纸的厚度"[2]时，马洛回答道："你还想怎么的？"[3] 换言之，马洛的"海员规则"认为，抛弃承载着乘客的船只而不顾一切的逃生是一种犯罪行为。不过，马洛尽管怀疑吉姆，却始终对他有一份强烈的认同感，"帝国在排斥外族而保持自身的紧密联系这一点上是同类相吸、异类相斥的"[4]，正像萝丝玛丽·玛瑞戈莉·乔治所说，这种"家园"是建立在一种"接纳与排他模式"之上的。

整部小说，由于马洛这个"君临天下"的"明君"的叙述，显露了对马洛的海员准则之"赞赏"。[5] 吉姆的父亲居住于一个充满资产阶级基督教化的普世性色彩的"栖身世界"（sheltered world）之中，距离对他而言毫无意义，对他仅仅是一种生死之方式。马洛的准则更有可变性、伸缩性，但仅仅是出于"运用于所有不同殖民语境"之实际原因。正像牧师的准则深深地浸润于天堂与港湾意识形态（ideology of heaven and haven）中一样，此番准则深深地浸润于殖民主义的/资本主义的开发意识形态（ideology of colonial/capitalist exploitation）之中。[6] 这两种准则——一种是供家国牧师和市民（特别是女性）生存的准则，一种是针对那些冒险进入"黑暗之心"（heart of darkness）的所谓"真实男性"而定的准则——均是互为关

---

[1] Rosemary Marangoly George. *The politics of home: Postcolonial relocations and twentieth-century fiction.* New York and Melbourn: Cambridge University Press. 1996, p. 82.

[2] Ibid., p. 91.

[3] Ibid.

[4] 〔英〕艾勒克·博埃默：《殖民与后殖民文学》，盛宁等译，沈阳：辽宁教育出版社/牛津：牛津大学出版社，1998年，第7页。

[5] Cf. Rosemary Marangoly George. *The politics of home: Postcolonial relocations and twentieth-century fiction.* New York and Melbourn: Cambridge University Press. 1996, p. 83.

[6] Ibid., p. 91.

联的。不过,在这两种准则之中心均矗立着一种不变的意识形态的忠诚——这是一种将"我们"与"那些感觉不到并因此说话不算数的人"区别开来的意识形态。① 无疑,《吉姆爷》通过家园的找寻,"分离并反映了帝国的自我沉醉……,也帮助认定并管理了帝国的势力范围"。②

4.4 《黑暗之心》:"两个'可靠地址'"与"荒野"

很多评论家认为,《黑暗之心》仅是长篇故事,决非小说。当然,这并不重要,重要的是这部作品的社会历史内涵和创作技巧③。英国杰出的现代批评家利维斯认为,它"是康拉德最优秀的作品之一——T. S.艾略特所作《空心人》的卷首引言:'库尔兹先生——他死喽'——正是源出于此"。④ 它还是像《吉姆爷》一样,主要由无所不知的叙述者马洛讲述故事:某汽船从泰晤士河口出发,到达非洲。船沿刚果河深入非洲荒原。路上,船长马洛不断地听说非洲腹地有一个叫库尔兹的白人代理商脱离"文明世界",与土著混在一起,土著将其奉为神明,尊为领袖。这唤起了马洛极大的好奇心,千方百计想见他。后来,马洛历尽艰辛,终于见到库尔兹。可这时的库尔兹已生命垂危,即将死去,死前连呼"恐怖!"、"恐怖!"。(The horror! The horror!)。至此,马洛已算真正找到了代号为"黑暗之心"的家园。这一切均有一个共同的主题:欧洲人在非洲、或在非洲问题上表现出来的帝国主义控制力量与意志。⑤《黑暗之心》从政治和美学的角度来看,都是帝国主义式的。⑥ 作品中明确

---

① Cf. Rosemary Marangoly George. *The politics of home: Postcolonial relocations and twentieth-century fiction*. New York and Melbourn: Cambridge University Press. 1996, p. 91.

② 〔英〕艾勒克·博埃默:《殖民与后殖民文学》,盛宁等译,沈阳:辽宁教育出版社/牛津:牛津大学出版社,1998 年,第 74 页。

③ 参见阮炜等:《20 世纪英国文学史》,青岛:青岛出版社,2004 年,第 108 页。

④ 〔英〕F. R.利维斯:《伟大的传统》,袁伟译,北京:生活·读书·新知三联书店,2002 年,第 287 页。

⑤ 〔美〕爱德华·W.萨义德:《文化与帝国主义》,李琨译,北京:生活·读书·新知三联书店,2003 年,第 29 页。

⑥ 同上书,第 30 页。

宣称:"征服地球——这至多只意味着将其从那些肤色与我们不同或鼻子比我们稍平的人那里抢走——并非一件令人愉快的事,如果你反复思考它的本质的话。唯一能解救它的东西只有理念。行为背后的理念;不是虚情的矫饰而是理念;以及对此理念的绝对信赖——某种你能够创立、向其致敬并且甘愿为其牺牲的东西……"。① 马洛在与自己对立的自然与社会环境中向着反复耳闻但未曾目睹的目标前进,旨在在"黑暗之心"中发现理想的人物,显然成了"寻找圣杯的骑士",在黑暗中追寻真理,重演了传承千年的西方基督教传统中的"追寻"(Quest)母题。

4.4.1　人物塑造

《黑暗之心》继续突出《吉姆爷》中两种彼此互补的准则(codes):一种是位居殖民地宗主国里的无忧无虑的生活,一种是位居殖民世界里的重重考验。② 正像康拉德的其他小说一样,该作品不可能只是马洛的冒险历程的坦诚再现,同时也是马洛这个人的戏剧化再现。他是昔日在殖民地里游荡的人,在某一时间、某一地点把他的故事讲给一群英国人听。这群人大部分来自商业界。康拉德以此强调,19 世纪 90 年代,一度是冒险而且是个人行为的帝国已变成商业帝国。马洛叙述的近乎逼人的力量给我们留下了一种十分亲切的感觉,使我们觉得无法逃脱帝国主义的历史力量。同时,帝国主义具有代表它所统治的一切发言的力量。③

康拉德非常有意识地把马洛的故事从叙述的角度来表达。他使我们认识到帝国主义不但远远没有吞掉自己的历史,而且正发生在一个更大的历史背景下,并且为它所限制。这个更大的历史处在"奈利"号甲板上那一小圈欧洲人之外。④ 在叙述的关键点上,

---

①　〔美〕爱德华·W.萨义德:《东方学》,王宇根译,北京:生活·读书·新知三联书店,1999 年,第 256 页。

②　Cf. Rosemary Marangoly George. *The politics of home: Postcolonial relocations and twentieth-century fiction*. New York and Melbourn: Cambridge University Press. 1996, p. 83.

③　参见〔美〕爱德华·W.萨义德:《文化与帝国主义》,李琨译,北京:生活·读书·新知三联书店,2003 年,第 29 页。

④　同上书,第 30 页。

马洛脱口而出:

> 当你想到讲点什么的时候,最糟糕的就是这个。……你们现在全都在这里,每人都有两个可靠的地址,安然停泊着,好像一艘抛了两只锚的大船,这边街口上一家肉铺子,那边街上一个警察,胃口顶好,体温正常——你们听着——一年到头都正常。
>
> ……
>
> 你们不可能理解。你们怎么可能理解呢?——你们脚下是坚实的人行道,周围是一团和气的、随时准备为你欢呼或者向你进攻的邻居,你们小心翼翼地往来于那个肉铺子和那位警察之间,心怀对流言飞语、绞刑架和疯人院的神圣的恐慌——你们怎么能够想象一个人的一双无拘无束的脚会把他带进怎样一个特殊的太初时代的境界呢?通过荒凉的道路——绝对的荒凉,连一个警察也没有——通过寂静的道路——绝对的寂静,听不见一位一团和气的邻居悄声提醒你留意社会舆论的警告声。这些细枝末节往往是影响巨大的。当没有它们时,你必须求助于你自己天生的气力,求助于你自己忠于信仰的能力。①

马洛的叙述承载着强烈的政治色彩:宗主国主宰者与异地探寻者两种身份彼此共融,并明显地突出后者——渴望找到那"原初的混沌",在原始与文明的冲突中来反观西方文明,以此认定东方人的"家园"应该在英国,而不在他们自身。在马洛看来,需要用来处理文明事宜的技能比需要用来征服荒原的技能更加容易,更加有界线②。由于整个文本"都是帝国主义的",马洛就必然地以一种形而上学式的殖民主义者眼光来看待欧洲之外的所有空间:"荒原

---

① 〔英〕约瑟夫·康拉德:《康拉德小说选》,袁家骅等译,赵启光编选,上海:上海译文出版社,1985 年,第 551—554 页。

② Cf. Rosemary Marargoly George. *The politics of home: Postcolonial relocations and twentieth-century fiction.* New York and Melbourn: Cambridge University Press, 1996, p.84.

剥夺了文明所赋予的所有居所与安全(shelter/security),能洞悉某人唯一能做之事就是某人的'天生的力气或忠于信仰的能力'。这种'忠于'就是忠于'它背后的观念'——一个可以补偿英国殖民主义者伟业的观念"。① 因此,伦敦泰晤士河上,乘着"奈利"号的马洛②对他的英国主人和朋友们说:"使我们避免产生这种感觉的是效率(efficiency)——对效率的热衷。不过这些家伙实际上也算不了什么,他们并不是殖民主义者"。③ 这更加突显了康拉德的欧洲中心主义偏见。他"无法……看到帝国主义必须结束,以便使殖民地人民在没有欧洲统治的情况下自由地生活"。④

实际上,马洛与库尔兹在进入这片荒原之际,均属于"新派——道德派——的人"⑤(new gang—the gang of virture),但他们并不是丛林里的幸存者。富于反讽意味的是,只有那位在丛林深处做了9年经理的欧洲普通商人才会做到"既不能引起别人的爱戴,也不能引起别人的恐惧,甚至也得不到别人的尊敬"⑥——"他没有知识,也没有才智……他所以会爬上现在的地位——……也许就因为他从来不生病……在这个健康状况普遍恶化的环境中,强健的体格(triumphant health)本身就是一种力量"。⑦ 在这片非欧洲的丛林深处,铁拳的欧洲人几乎主宰一切。"商人"的形象凸显了回归欧洲家园的主流资产阶级意识形态。⑧

---

① Rosemary Marargoly George. *The politics of home：Postcolonial relocations and twentieth-century fiction*. New York and Melbourn：Cambridge University Press, 1996, p. 84.

② 〔英〕约瑟夫·康拉德:《黑暗的心》,黄雨石译,北京:人民文学出版社,2002年,第13页。

③ 同上。

④ 〔美〕爱德华·W.萨义德:《文化与帝国主义》,李琨译,北京:生活·读书·新知三联书店,2003年,第38页。

⑤ 〔英〕约瑟夫·康拉德:《康拉德小说选》,袁家骅等译,赵启光编选,上海:上海译文出版社,1985年,第517页。

⑥ 〔英〕约瑟夫·康拉德:《黑暗的心》,黄雨石译,北京:人民文学出版社,2002年,第58—59页。

⑦ 同上书,第58—61页。

⑧ Cf. Rosemary Marargoly George. *The politics of home：Postcolonial relocations and twentieth-century fiction*. New York and Melbourn：Cambridge University Press, 1996, p.84.

4.4.2　批判性象征与拟人化荒原

象征主义手法在《黑暗之心》中比比皆是:黑与白、黑人与白人、光明与阴暗、阴性与阳性之对比不断出现。有学者认为,《黑暗之心》对白人殖民者的罪行进行了更为直接而具体的揭露①。而这一切康拉德是通过许多拟人化象征符号来实现的,如马洛曾说到:"荒野……曾经亲切地抚摸过他,所以——罗!——他枯萎了;荒野抓住了他,爱上了他,拥抱了他,侵入他的血管,耗尽他的肌体,还用某个魔鬼仪式上的种种不可思议的礼节使他的灵魂永远属于荒原所有"。② 这里,"荒野"是一个被喻为"女性化"的符号,施行"抚摸"、"抓住"、"爱上"、"拥抱"、"侵入"、"耗尽"等动作,库尔兹这位白人因此"枯萎",遭受"阉割",明显地指涉着女性对父权话语的反抗。"亚马逊河"将"丛林"与"女性"二者融为一体,而成为一个强悍的、有威慑力的"丛林女性"(jungle woman):

> 在他身上缺少某个东西——某个小小的东西,当急迫的需要抬头的时候,在他娓娓动听的雄辩中便找不到这个东西。我说不出他本人是否知道他的这个缺陷。我想到最后他会知道的——而只是他真正最后一刻才会知道。但是这片荒野却早就认清了他,并且对他异想天开的侵犯,给予了可怕的报复。我想,这片荒野曾经对他悄悄诉说过那些关于他本人的、他从前并不知道的事情,那些直到他听取这片伟大荒漠的忠言以前,不曾有过任何具体概念的东西——而这种悄悄的诉说已证明具有不可抗拒的迷惑力。它在他的体内引起巨大的回响,因为他从内心深处是一片空虚……③

毫无疑问,这里的"'女性化'权力"(feminine power)是对纯粹的白人男性探险者的颠覆或否定,而征服这一"黑暗"的"'女性

---

① 参见阮炜等:《20 世纪英国文学史》,青岛:青岛出版社,2004 年,第 109 页。

② 〔英〕约瑟夫·康拉德:《黑暗的心》,黄雨石译,北京:人民文学出版社,2002年,第 33 页。

③ 〔英〕约瑟夫·康拉德:《康拉德小说选》,袁家骅等译,赵启光编选,上海:上海译文出版社,1985 年,第 567 页。

化'的权力"之唯一方法就是铲除它。此类所谓"弱者"权力是通过
"库尔兹的毁灭"(destruction of Kurtz)、"马洛对'未婚妻'(the In-
tended)之撒谎"和"'未婚妻'与马洛认可的'亚马逊河'之间的亲
缘关系"来再现的。① "对马洛而言,'亚马逊河'就像荒原本身一
样,是一个女性、动物与承载着自然财富的不可驯服的大地三者彼
此遭遇之场。与此形成对比的是,'未婚妻'是作为'文明'拟人化
而予以呈现的,因为此种'拟人化'最大限度地偏离了这样一种能
力——一种应对竞争性贸易世界与殖民世界的生活之能力。她是
作为埋葬她的坟墓般的布鲁塞尔市的家园的妇女形象(feminity)而
呈现的。马洛看到了禁闭'未婚妻'之安全感,其结果是,由于她忽
略了关于男性失败之真实情况,便不能滑入'亚马逊河'角色之
中"。② 马洛暗示她有潜力成为一个在性行为方面力大无比的人
物:"在我有生之年,我都将看见这个能言善辩的阴魂,而我也将看
见她……现在的这个姿态下很像另外一个同样悲惨的浑身挂满无
用的符咒的幽灵"。③ 这似乎是弗里丹在《女性的奥秘》中揭示的
女性形象:"除了搞家务,保持自己体态优美,找到男人并与之保持
关系外,她什么也不干"。④ 它暗示着康拉德对女性的贬抑。

　　"马洛为此建议道,征服白人妇女手中'亚马逊河'的唯一方法
是'通过美丽而与众不同的谎言的救赎'(ransom of pretty, shining
lies),使她麻木不仁。之前,马洛在小说中对其全然男性化的读者
说:'他们——我指女人们——都跟这个无关——也应该无关。我
们必须帮助她们停留在她们自己那个美丽的世界中,否则我们的
世界就会变得更糟了'"。⑤ 这一点将我们带入一个小说逻辑上令

---

① Cf. Rosemary Marargoly George. *The politics of home: Postcolonial relocations and twentieth-century fiction.* New York and Melbourn: Cambridge University Press, 1996, p.85.

② Ibid.

③ 〔英〕约瑟夫·康拉德:《康拉德小说选》,袁家骅等译,赵启光编选,上海:上海译文出版社,1985年,第595页。

④ 〔美〕弗里丹:《女性的奥秘》,程锡麟等译,广州:广东经济出版社,2005年,第23页。

⑤ 〔英〕约瑟夫·康拉德:《康拉德小说选》,袁家骅等译,赵启光编选,上海:上海译文出版社,1985年,第552页。

人始料未及的死胡同。马洛感到深陷于文明化世界的家庭之中——这些家庭同时由女性和女性化的荒原所主宰着①,如马洛在小说第二部分的一段叙述就是如此:"深深的阴影当中一条狭窄又荒凉的大道,高大的房屋,数不清的挂着软百叶帘的窗户,死一般寂静,石板缝里冒出春草来,左左右右都是神气十足的能走四轮马车的拱道,巨大的双扇门沉甸甸地张开一条缝。我从一个这样的门缝中溜进去,踏上一条打扫干净、不加修饰的楼梯。像荒野一般死气沉沉。我推开我遇见的第一扇门。两个女人,一个胖,一个瘦,坐在草垫椅子上结着黑绒线。"②同一部分的后面一段也有同样的叙述:"树,树,千千万万棵树,黑压压,雾沉沉,高耸入云霄;而在它们的脚下,这只小小的满身泥污的汽船在爬行着,紧贴着河岸逆流而上,仿佛一只在高大的圆柱门廊下的地板上蠢蠢蠕动的小甲虫。让你感觉非常之渺小,非常之迷茫,然而也并不十分压抑,我说的是那种感觉。归根到底,即使你很渺小,那只肮脏的甲虫却在向前蠕动——你想象它做的正是这一点……我们便爬得非常缓慢。一段段的河道在我们面前展开,又在我们身后合拢,似乎森林优哉游哉地一步跨过了河水,切断了我们的归途。我们愈来愈深地钻进了黑暗的心,那儿非常安静。"③实际上,女性不应该满足这样的现状,波伏娃所以呼吁:"现在是时候了,让她为了她自己的利益,为了全人类的利益去冒险吧!"④

对马洛来讲,一方面存在着一个由"两个可靠地址"构成的世界(the world of "two good addresses")——其中,他就像《吉姆爷》中的吉姆一样自身不能解释或者不能在历经世间艰辛后位居家园

---

① Cf. Rosemary Marangoly George. *The politics of home*: *Postcolonial relocations and twentieth-century fiction*. New York and Melbourn: Cambridge University Press, 1996, p. 86.
② 〔英〕约瑟夫·康拉德:《康拉德小说选》,袁家骅等译,赵启光编选,上海:上海译文出版社,1985 年,第 493 页。
③ 同上书,第 532 页。
④ 〔法〕西蒙娜·德·波伏娃:《第二性》II,陶铁柱译,北京:中国书籍出版社,1998 年,第 809 页。

（*at home*）；另一方面存在着殖民主义伟业①，即"欧洲所委托给我们的……事业"②——其中，"单一的目的"、"效率"、"背后的观念"是唯一的反对"黑暗"的盾牌③。

由以上的讨论，我们不难看出，在《黑暗之心》中康拉德似乎要刻意拒斥流行的家园之理想化阐释所赖以建立的意识形态基石。婚姻与家庭之世界似乎非常遥远。当然，库尔兹去刚果是为了相亲，但他似乎已满足于他在河之心脏——林中空地——里的家园。这里，他将"亚马逊河"作为伴侣，将人类头颅作为"篱笆栏子"。④小说中有关马洛滞留总部的前一部分，他被人们告知库尔兹有一次是如何回到白色群体的，想不到的是他是在最后一刻才回来的。马洛想象了这样的场景：

> 至于我，却仿佛第一次真正见到了库尔兹。那一瞥的形象是非常鲜明的——独木舟，四个划船的野蛮人，和那个忽然转身逃开公司总部，逃开安逸生活，逃开——也许是——思家之念的孤独的白人；他把他的脸转向荒野深处，朝着他的空无所有的荒凉的站上走去了。⑤

在接下来的小说情节中，库尔兹企图通过手脚爬行回到亚马逊。他或许已经"疯"了，他对文明的厌恶——"这位孤独的白人突然藐视起总部来了"——为叙事者马洛所分担着，马洛已经成功地使之看起来更加言之成理。这种所谓"阳性化的窘境"是：马洛、库尔兹之类的男性毫无任何促使"他们能完全成为自我"的终点等待

---

① Rosemary Marangoly George. *The politics of home*：*Postcolonial relocations and twentieth-century fiction*. New York and Melbourn：Cambridge University Press, 1996, p. 85.

② 〔英〕约瑟夫·康拉德：《黑暗的心》，黄雨石译，北京：人民文学出版社，2002年，第71页。

③ Cf. Rosemary Marangoly George. *The politics of home*：*Postcolonial relocations and twentieth-century fiction*. New York and Melbourn：Cambridge University Press, 1996, p. 86.

④ Ibid.

⑤ 〔英〕约瑟夫·康拉德：《黑暗的心》，黄雨石译，北京：人民文学出版社，2002年，第93页。

着他们①,因为"独立是属于白人和欧洲的;低等人或臣民是要加以统治的;科学和历史是从欧洲发源的"。② 它是那个艰难地根除"帝国野蛮暴行"的家庭世界和那个"带着道德感和赢弱身体的人们不能生存"的粗暴的公共世界之间的可行的选择。其他一个唯一的居所是船只和大海。

康拉德很想促使他们的有教养的白人男性读者知晓国内、海外两方面向他们走来的威胁。这种威胁就是不能看到世界是一个粗暴的、令人恐惧的场域。为了在其中生存,每个人不得不学会在没有"美丽的、与众不同的谎言的救赎"之情况下生存,并能为那些没有从事殖民事业的"女士"与他者保持住此番"托词";同时,又能在智力上胜过总部经理、"艾尔多拉多远征队"成员之类的"普通伙计们"——他们的诡计和下层人的强健身躯将会从其他方面促使他们获取/掠夺殖民地。③

说到《黑暗之心》中的象征符号,不能不说到全篇的关键词"黑暗"(darkness)的复杂难解的文化象征意义:它可能是指未知事物或一种精神分析意义上的潜意识、一种道德上的黑暗、一种存在论意义上的空虚感,也可能是指人类生活的神秘性。但有人认为,它作为道德意义上的黑暗,或许更符合作者本意:刚果河流域,殖民主义者恣意妄为,带着镣铐的黑人奴隶在遭受监工皮鞭的抽打,伤痕斑斑的土著人尸体上弹孔累累;而土著人内部"同室操戈",黑人监工在白人主子的唆使下对其同类残酷迫害,原始森林中的土著部落用活人作牺牲"仪式",等等,都表明所谓"黑暗"是一种本质属性,人皆有之。④ 而且,"'黑暗'是独立存在的。库尔兹和马洛承认了'黑暗',前者是在他临死时,后者是当他事后回想库尔兹遗言

---

① Cf. Rosemary Marangoly George. *The politics of home: Postcolonial relocations and twentieth-century fiction.* New York and Melbourn: Cambridge University Press. 1996, p. 86.

② 〔美〕爱德华·W. 萨义德:《文化与帝国主义》,李琨译,北京:生活·读书·新知三联书店,2003 年,第 30 页。

③ Cf. Rosemary Marangoly George. *The politics of home: Postcolonial relocations and twentieth-century fiction.* New York and Melbourn: Cambridge University Press, 1996, p. 87.

④ 参见阮炜等:《20 世纪英国文学史》,青岛:青岛出版社,2004 年,第 109 页。

意义的时候。他们(当然还有康拉德)有先见之明:因为他们懂得,他们所说的'黑暗'有其独立的性质,并且能再侵入并重新获取帝国主义已有的东西。但是马洛和库尔兹也是他们时代的产物。他们无法更进一步承认,他们所见到的那种伤害和摧残人的非欧洲的'黑暗',实际上是一个非欧洲的世界在反抗着帝国主义的暴行。有一天它将能重新获得主权和独立,而不是像康拉德简单地说的那样重新制造黑暗"。①

被"全欧洲"所"造就"的库尔兹临死时喃喃发出的"恐怖!"、"恐怖!"(The horror! The horror!)不失为一种喻指"悔罪"、"觉悟"的象征符号,而对于作为具有"现代博爱主义价值观的"上帝的康拉德来说,此番行为旨在让库尔兹"除去世人的罪孽"②。通过库尔兹的悔悟,康拉德传达出对殖民主义罪恶行径的批评,即一种具体的社会历史批判,而非一般意义上的笼统的道德关怀。《黑暗之心》开篇的一个段落同样是该方面一个值得重视的经典个案:

> 海员们的故事都是简单明了的,它的全部意义都包容在一个被砸开的干果壳中。但是马洛这个人(如果把他喜欢讲故事的癖好除外)是很不典型的,对他来说,一个故事的含义,不是像果核一样藏在故事之中,而是包裹在故事之外,让那故事像灼热的光放出雾气一样显示出它的含义来,那情况也很像雾蒙蒙的月晕,只是在月光光谱的照明下才偶尔让人一见。③

这里,普通故事与马洛的故事之区别就在于使用了一个以两个同轴球体(concentric spheres)的对比性安排为基石的隐喻。④ 在第一种安排中,典型的海员的故事之安排——即赋予我们心灵之

---

① 〔美〕爱德华·W.萨义德:《文化与帝国主义》,李琨译,北京:生活·读书·新知三联书店,2003年,第38页。
② 阮炜:《20世纪小说评论》,北京:中国社会科学出版社,2001年,第58页。
③ 〔英〕约瑟夫·康拉德:《黑暗的心》,黄雨石译,北京:人民文学出版社,2002年,第8页。
④ Cf. Harold Bloom. ed. *Modern Critical Views: Joseph Conrad*. New York and New Hawen: Chelsea House Publishers, 1986, p.85.

走向——就是使用一个来自牛顿物理学的术语"向心力的"（cen-tripetal）；叙述的媒介是"干果壳"，是那个封闭着一个作为"真理内核"的较小球体的球体之外的较大球体；并且作为读者的我们被邀请去寻找这一意义的核心。另一方面，马洛的故事是典型的"离心力的"（centrifugal），众球体之关系是倒置的；而现在之叙述媒介是球体内的较小球体，其作用仅仅是为了揭示一个环绕性的意义空间——这些意义在正常情况下是难以显现的，难以看清的——除非它们与整个故事相联系，正像"雾气"只有在存在着"灼热的光"时才会出现一样。① 康拉德的隐喻，述说着总体性叙述的印象主义与象征主义层面的互补性、共生性（symbiotic）关系。象征主义层面主要依赖于"雾气"的几何性质，即较大意义上的外部球体（outer sphere）。它是不可捉摸的，理论上也是无限的，正像圣·奥古斯丁的上帝一样（并非像坚果之壳[husk of a nut]），缺少任何"可以得以弄清的圆周线"（ascertainable circumference）；并且它依赖着有限的"光"。② 因此，马洛的两个球体融为一体，准确地构成了托马斯·卡莱尔意义上的象征符号——"无限被迫与有限合二为一，被迫显现，似乎被迫弄清"③。在这个层面上，"象征……是战略地安排各种符号的一种特殊方法，目的是使这些符号脱离它们的编码意义，并能变成负载内容的模糊性东西"。④

康拉德在小说中对文明进行了批判。他认为，文明被不恰当地准备用来应对现代世界的复杂多变性。在一篇题为《独裁与战争》（*Autocracy and War*, 1905）的文章中他历数了他对文明的诸多忧虑："……它已经诉诸努力将战场的奇观与声音从我们门前的石阶上移走，但不能期望它总是取得、在每一种可变的情况下取得功

---

① Cf. Harold Bloom. ed. *Modern Critical Views: Joseph Conrad*. New York and New Hawen: Chelsea House Publishers, 1986, p.85.

② Ibid.

③ Harold Bloom. ed. *Modern Critical Views: Joseph Conrad*. New York and New Hawen: Chelsea House Publishers, 1986, p.85.

④ 〔意〕翁贝尔·艾柯：《符号学与语言哲学》，王天清译，天津：百花文艺出版社，2006年，第293页。

绩。有一天,它一定会失败的,并且我们那时将会具备丰富的令人震惊的不愉快之感——它们已经通过'有几分痛苦的亲昵举止',被我们犹如感受家园一样深切地感受到了。"①实际上,"土著野蛮人的世界对于那些逃避文明现实的人是一种完美的环境。在无情的阳光下,被充满敌意的自然包围着,他们面对的人类既无未来的目标,也无以往的成就,像疯人院里的疯子一样令人难以理解"。②《黑暗之心》如是说:"这种史前人咒骂我们,吞噬我们,欢迎我们——谁说得清他们会对我们怎么样?我们被阻断了对周围环境的理解;我们如鬼魅般游走而过,在一般疯人院的突发激情之前,我们这些正常人只会惊愕,被悄悄地吓瘫。我们不能理解,因为我们已经记不清遥远的历史,因为我们走进了人类初始阶段的黑夜,那些逝去的史前时期在我们心中未留一丝痕迹,也未留下任何记忆。地球好像不是地球……而这些人呢……不,他们并非动物。人总是慢慢地变化的。他们吼叫,跳跃,旋转,扮出各种可怕的脸相;不过一想起他们也是人类,便会使你感到兴奋,你会想起你同这些粗野而充满激情的咆哮有着遥远的血缘关系。"③

康拉德将"文明的忧虑"直接地移入了《特务》(*The Secret Agent*, 1907)的情节之中。

4.5 《特务》

康拉德的《特务》,这部就"新见解之成熟和表现这一体裁的手法之高超完美而言"④,被英国现代批评家利维斯誉为"真正的一流杰作"⑤的后期小说,以伦敦为地点,以魏洛克夫妇(the Verlocs)为主角,"说的是惊险小说的'故事'——恐怖分子的密谋、大使馆的

① Joseph Conrad. "Autocracy and War", *Notes on Life and Letters*. New York: Doubleday, 1928, p.110.
② 转引自〔美〕汉娜·阿伦特:《极权主义的起源》,林骧华译,北京:生活·读书·新知三联书店,2008 年,第 265 页。
③ 同上书,第265—266 页。
④ 〔英〕F. R. 利维斯:《伟大的传统》,袁伟译,北京:生活·读书·新知三联书店,2002 年,第 349 页。
⑤ 同上书,第350 页。

诡计、炸弹暴行、侦探、谋杀和自杀"。① "尽管魏洛克夫妇卷入了阶级起义和国际间谍活动的'战场',他们仍然诉诸努力'将'战场的'奇观与声音'从他们的家庭港湾中'移走',直到妻弟斯迪威(Stevie)之死,通过'略带几分痛苦的亲昵举止',使得他们犹如感受家园一样深切感受到他们令人震颤的共谋行为为止。"② 显然,斯迪威之死,在一定程度上,系他们夫妇俩的"共谋行为",因为根据F. R. 利维斯的叙述:"魏洛克满脑是与弗拉迪米尔先生的面孔连在一起的恐惧和困惑,整天心神不宁,然而,面对推到他眼皮底下来的斯迪威的生存问题,他意识到了斯迪威的有用潜能,并及时心生一计。结果便是斯迪威身携炸弹,绊倒在格林尼治公园里,被炸得粉身碎骨,而警察在破布碎片堆里找到的标签,又即刻清楚地显示了魏洛克与此的干系——那是温妮为防备斯迪威丢失而缝在他外套衣领下面的记号。"③ 同时,颇具反讽意味的是,"魏洛克夫妇,在正经的家庭生活中,彼此形同陌路"④,遭遇着精神隔绝的处境,最终导致妻杀夫之惨剧。

值得注意的是,《特务》描写了无政府状态的威胁(threats of anarchy)——它们盘旋在格林尼治公园这样的国家景观之令人熟悉的、表面上不可改变的"地貌"之上。整部小说读起来就像是对无产阶级氓流群体(proletarian rabble)的恐吓行为之警告;这种恐吓行为,这些年来,已经为文明与其所有的附属物——宗教、传统、阶级结构——所竭力包容着。⑤ 小说的最后一段表现了放任恐吓行为所招致的威胁与愚蠢后果:

> 那位不易收买的教授也走了,将目光从那群可憎的人类

---

① 〔英〕F. R. 利维斯:《伟大的传统》,袁伟译,北京:生活·读书·新知三联书店,2002 年,第 350 页。

② Rosemary Marangoly George. *The politics of home: Postcolonial relocations and twentieth-century fiction*. New York and Melbourn: Cambridge University Press, 1996, p.87.

③ 〔英〕F. R. 利维斯:《伟大的传统》,袁伟译,北京:生活·读书·新知三联书店,2002 年,第 356 页。

④ 同上。

⑤ Cf. Rosemary Marangoly George. *The politics of home: Postcolonial relocations and twentieth-century fiction*. New York and Melbourn: Cambridge University Press, 1996, p. 87.

中移开。他没有未来,他蔑视未来,他自身就是力量。他的思绪簇拥着崩溃的意象与毁灭的意象。他行走显得脆弱、卑微、衣衫褴褛,凄惨寒酸;他还呼吁疯癫与绝望参与世界的重塑,这一想法显得多么愚蠢,并有几分可怕。没有人瞧他一眼。他不受怀疑地走过,死一般地走过,犹如人头攒动的街上的一只令人生厌的小害虫。①

康拉德的"紧迫感"由此可见一斑,如"他行走显得脆弱,……世界的重塑"②。手拿橡胶球的教授将人类的努力与愿望之对立面描述为流行话语所规定的一切。另类的无政府主义者中的每个人展示了某种对"家园"之类的社会体制化事物所投以的人性化癖好与欲望,并且这种所谓"易收买性"最终就使得无政府主义者们像那智力迟钝的孩子斯迪威一样,那样的脆弱,那样的对他人无害。③实际上,这里的孩子"表征"了一个"天真与理性成熟匮乏"母题,它频频出现,折射了一系列政治化—家庭化主题。④ 在某些情况下,几乎所有的男性均被作为孩子提及。米歇里斯(Michaelis)的牢狱之灾剥夺了他所有的逻辑性思考或连贯性思考的权力;斯迪威在乡村同米歇里斯的相处进一步加深了他们之间的联系,正像斯迪威的罪行被误认为是米歇里斯的罪行之情形一样。那位教授拥有迟到的名声和易碎的眼镜,几乎像孩子似的天真。魏洛克自己就与斯迪威一起竞争获得温妮(Winnie)的爱与情感慰藉。⑤ 温妮像母亲似的,这是一种"俄狄浦斯情结",弗洛伊德作过经典性的阐释:"在婴幼儿阶段,所有的小男孩均具有一种对母亲的性欲化依

第二章 英国家园政治小说传统

---

① Joseph Conrad. *The Secret Agent: A Simple Tale.* New York and Melbourn: Cambridge University Press,1990, p.231.

② Rosemary Marangoly George. *the politics of home: Postcolonial relocations and twentieth-century fiction.* New York and Melbourn: Cambridge University Press, 1996, p.88.

③ Cf. Rosemary Marangoly George. *The politics of home: Postcolonial relocations and twentieth-century fiction.* New York and Melbourn: Cambridge University Press, 1996, p.88.

④ Ibid. , p.227.

⑤ Ibid. , p.88.

恋。他们总是无意识地希望与母亲进行性欲化合作"。① 温妮确实是一位典型的"母亲"：她保护着自己智力迟钝的弟弟免受父亲的狂怒威胁，并为了魏洛克乐意为其弟弟提供乏味的安全的家园（home）而拒斥一桩以爱为基石的婚姻（即与那年轻的屠夫的浪漫爱情）。当魏洛克导致斯迪威身亡时，温妮杀了他。② 原本同他们住在一起的温妮母亲为了使魏洛克先生不至于反感斯迪威，退回到敬老院，也为斯迪威作出了牺牲。③ 同时，还有一位女庇护人，被简单地描述为一位"狂热的卫士"，其母性的本能为米歇里斯所满足。④ 在这组杰出母亲群像的最后面还有一位奈利夫人（Mrs. Neale），是一个纯净的女人，为她的许多孩子所"吞食着"和"压迫着"。⑤

《特务》中都是一些底层"革命者"形象，⑥他们在康拉德笔下均成为"孩子"，暴露了他自己对革命分子的"厌恶之情"⑦。他总认为，只有上层才能扮演家长/父权之角色。他四年后写的另一部小说《在西方的注视下》（*Under Western Eyes*，1911）就弥补了这一角色的空缺，其中公开使用了大量的家庭隐喻来刻画俄国政治—社会机构——专制的俄国政府就是一个大家长，其权威性在场直接镇压骚乱与异端。⑧ 该小说的故事发生沙俄时代的彼得堡：厌恶革命的拉佐莫夫告发了同学霍尔丁，后者刚暗杀了一个政府部长，霍尔丁因此正被政府处以绞刑。后来，拉佐莫夫在瑞士认识并爱

① Charles E. Bressler. *Literary Criticism: An Introduction to Theory and Practice*. New Jersey: Pearson Education, Inc. 2003, p. 124.

② Rosemary Marangoly George. *The politics of home: Postcolonial relocations and twentieth-century fiction*. New York and Melbourn: Cambridge University Press, 1996, p. 88.

③ Cf. Rosemary Marangoly George. *The politics of home: Postcolonial relocations and twentieth-century fiction*. New York and Melbourn: Cambridge University Press, 1996, p. 88.

④ Ibid.

⑤ Ibid.

⑥ Ibid.

⑦ 〔英〕F. R. 利维斯：《伟大的传统》，袁伟译，北京：生活·读书·新知三联书店，2002 年，第 365 页。

⑧ Rosemary Marangoly George. *The politics of home: Postcolonial relocations and twentieth-century fiction*. New York and Melbourn: Cambridge University Press, 1996, p. 88.

上霍尔丁的妹妹娜塔莉亚,在热恋中向她坦陈了自己出卖霍尔丁之事,但这并不妨碍革命者惩罚他,将他毒打致残,使他在懊悔和忧郁中度过余生。有的学者认为,"康拉德一生对沙俄的仇视在这部小说中得到了充分反映"[1]。与此同时,人们在《特务》中的"慈善的家长的缺席"中读到了对西方资本主义制度下的"权力层懒惰"(slackness of authority)之隐在式批评(implied criticism),[2]小说因此以"教授"高傲地走过大街,随时准备引爆之情节而结束。但这位"教授代表的是最令人不安也最令人厌恶的革命的变态性"。[3]不过,英国左翼批评家佩里·安德森认为有必要对家长制的专制政府予以拒斥和抵抗。

家园与旅行的构想长期以来已经成为文学的、政治化的比喻,这一点远远超出了康拉德对英语文学的诸多贡献。毫不奇怪,康拉德因此成为一个核心人物,成为国际舞台上通过小说促使该类比喻面对其诸多政治化含义时的首当其冲的几位西方作家之一。[4]罗伯·尼克逊(Rob Nixon)在《伦敦在呼唤:V. S. 奈保尔,后殖民的达官贵人》(London Calling: V. S. Naipaul, Postcolonial Mandarin, 1992)中对奈保尔这位特立尼达和多巴哥裔英国作家作了著名的解读——将他的旅行书写和自我认同方式读作永远的流放,并提醒人们注意"那种将康拉德认为是开创者的普遍性感觉"和"那种将康拉德当作基础性阵营来使用"之倾向——而这种基础性阵营是可以为位列他之后的作家们所占有的。[5] 显然,罗伯·尼克逊对康拉德颇有微词。他十分不满意那种"将康拉德视作西方人

① 阮炜等:《20 世纪英国文学史》,青岛:青岛出版社,2004 年,第 112 页。

② Rosemary Marangoly George. *The politics of home: Postcolonial relocations and twentieth-century fiction*. New York and Melbourn: Cambridge University Press, 1996, p.227.

③ 〔英〕F. R. 利维斯:《伟大的传统》,袁伟译,北京:生活·读书·新知三联书店,2002 年,第 364 页。

④ Cf. Rosemary Marangoly George. *The politics of home: Postcolonial relocations and twentieth-century fiction*. New York and Melbourn: Cambridge University Press, 1996, p.88.

⑤ Ibid. , p.89.

理解非洲的'自然的'出发点('natural' starting point)的先在优越性"。① 而有学者认为，"康拉德的小说可以用作非西方人理解西方的一个重要出发点……因为它们包孕着许多'个人化家园搜寻'(personal location)的细节和场域"，②正如批评家萨义德在《第三世界知识分子与宗主国文化》(Third World Intellectuals and Metropolitan Culture)一文中所说："所有的文本都不是成品。它们正如雷蒙·威廉姆斯曾经说过的那样，是标识符号与文化实践。这些文本不仅正像博尔豪斯评说卡夫卡一样，创造着它们的先例，也创造着它们的后继者。过去两百年来的巨大的帝国主义经验是全球化的，是挥之不去的，已经隐性地存在于世界的每个角落，存在于殖民者和被殖民者的心中。"③这一切均颠覆了罗伯·尼克逊的部分较偏激的言说。康拉德作为一位全球化作家无疑是承前启后的。著名批评家 F. 詹姆逊在《政治无意识》(The Political Unconscious, 1981)第五章开篇就明确指出："与自然主义主流风平浪静的封闭性格格不入的莫过于约瑟夫·康拉德的作品。也许还是由于这个原因，甚至在 80 年后，他的地位仍然是不稳定的，悬而未决的，而他的作品则是不可分类的，从严肃文学充溢流出而进入轻松读物和传奇，以最咄咄逼人的风格和文体重申消遣和娱乐的伟大区域，在普鲁斯特和罗伯特·路易·史蒂文生之间不定地漂泊。的确，在当代叙事的呈现中，康拉德标志着一种策略上的断层，这种断层是一个可以从中窥测 20 世纪文学—文化诸多体制的场域……在康拉德的作品中，我们能感觉到的不仅是即将到来的当代现代主义的出现（它本身现已成为文学体制），还有明显地与其相并置、既可以称作通俗文化又可以称做大众文化的东西，在晚期资本主义

---

① Rob Nixon, *London Calling*: *V. S. Naipaul, Postcolonial Mandarin*. England: Oxford University Press, 1992, p. 104.

② Rosemary Marangoly George. *The politics of home*: *Postcolonial relocations and twentieth-century fiction*. New York and Melbourn: Cambridge University Press, 1996, p. 89.

③ Edward Said, "Third World Intellectuals and Metropolitan Culture", *Raritan* ix:3, Winter 1990, pp. 27—50.

中,其商业性文化话语往往被说成是媒体社会。"①正是因为詹姆逊描述的这些原因和康拉德小说给我们提供的整体上的"国际性的20世纪英文书写"样式的虚构式原创性,康拉德小说才会如此鲜活、生动。而康拉德所标识的"策略上的断层"可以视做长期以来其他外来者进入"英国文学"体制的入场券。康拉德小说在滋生新的小说方面显得"鲜活、生动"起来。②

康拉德展现的"奇妙的无家状态"(curious homelessness)和他应付对他显得"异域化/陌生化"的一切——不列颠帝国的意识形态以及随之而来的"家园"的理想化状态——时所展现的轻松自如,均使得他在全球化英语书写的舞台上享有很高位置。③ 同时,康拉德创作中的双语本领也使其作品引起了非西方作家的强烈兴趣。康拉德真是一个语言天才,尽管他20岁以前未说过一点英语,但他的小说在英语的使用上极尽豪华、铺张之能事,为英语文学带来了一种精雕细刻的、张扬过度的用法,旨在准确而真实地传达事件或情感。④ 康拉德作品呈现了他一以贯之的性别意识形态、家园意识形态、种族意识形态、帝国意识形态、效率意识形态和社会秩序意识形态,它们构成了"西方文学政治"话语的重要元素,使得康拉德作为所谓"名人"之首而跻身于"伟大英语传统"之列。⑤具体说来,康拉德小说之所以得以进入"英语小说家园"(the house of English fiction),主要得益于内部的"伟大之书"和外部的"世界"。实际上,从后殖民批评的视角出发,康拉德是个首当其冲的"殖民化臣民"(colonial subject),他促使英国文化和英国文学似乎"异域化"。⑥ 他因此为奈保尔(V. S. Naipaul)、石黑一雄(Kazuo

---

① 该引文主要参用〔美〕弗雷德里克·詹姆逊:《政治无意识》(王逢振等译,北京:中国社会科学出版社,1999年)中第192页的译文,但作了少许修改。

② Cf. Rosemary Marangoly George. *The politics of home: Postcolonial relocations and twentieth-century fiction*. New York and Melbourn: Cambridge University Press, 1996, p. 90.

③ Ibid.

④ Ibid.

⑤ Ibid.

⑥ Rosemary Marangoly George. *The politics of home: Postcolonial relocations and twentieth-century fiction*. New York and Melbourn: Cambridge University Press, 1996, p. 90.

Ishiguro)等人所追随着。康拉德不单是一位现代主义者,更多地是一位"与产生于英语世界中的其他全球化文学(global literatures)密切关联"①的非同寻常的小说家。用佩里·安德森、特里·伊格尔顿、詹姆逊三大当代批评家的话说:"康拉德引领着英语小说的文学样式进入全球化舞台"。②

---

① Rosemary Marangoly George. *The politics of home: Postcolonial relocations and twentieth-century fiction.* New York and Melbourn: Cambridge University Press, 1996, p. 90.
② Ibid.

第三章

华裔美国小说中的家园:思念/迷失/拒斥/恐怖/批判/尴尬

　　有人说,中国的海外移民历史最早可追溯至唐宋,但中国对美国的移民却始自19世纪中叶的"旧金山淘金热"中的大批华工赴美,此后随着60年代横贯东西部的太平洋铁路修筑和70年代的加州农业垦殖又出现两次赴美华人移民高潮,史称"自由移民"时期。[①] 个中原因大致为"内乱和谋生困难、美国诱人的财富传说、便捷的跨越太平洋之航线、廉价的

---

① 参见刘登翰主编:《双重经验的跨域书写 20 世纪美华文学史论》,上海:上海三联书店,2007 年,第 3 页。

船票"。① 有趣的是,在大批华工赴美的同时,中国也开始派出留学生赴美就读,1847—1854 年在耶鲁大学就读的容闳是中国派出的第一个留美学生。"美国早期的华人移民背井离乡,历尽艰辛,遭遇了非人的种族歧视,承受了难以想象的艰难困苦"。② 华裔美国小说同亚裔美国小说一样,均从属于后殖民小说中的"移民小说"(the Immigrant Fictions)。埃迪斯·莫德·伊顿(Edith Maude Eaton,1865—1914),即水仙花(Sui Sin Far),是第一位华裔美国小说家。她和她的后辈们,如张爱玲、白先勇、聂华苓、於梨华、陈若曦、汤婷婷、徐忠雄、严歌苓、严力、哈金等一起创作的华裔美国小说关注"无家"经历中的思念、迷失、拒斥、恐怖、批判、尴尬等"令人新奇的超然性"层面,为华裔美国人建构身份,张扬民族主义、爱国主义、国家主义精神作出了不容磨灭的贡献,为当地移民文化作出了重要贡献。当然,这种重新找寻栖身之所的工作并非一帆风顺,而是困难重重,始终处于持续协商、不断变更之状态中,"不但受到自我主观意识的影响,也深受移民地外在政治文化脉络的左右"。③而且,这种"移民属性并非以本质或纯然性予以界定,而是以相同中必然伴之的异质性及多元性予以界定"。④

　　本章的华裔美国小说既包括用英文写成的小说也包括用汉语写成的小说。

第一节　迷失的家园:从张爱玲到白先勇

1.1　张爱玲的小说

　　1847 年,容闳等三人赴美留学,揭开了中国留美运动的序幕,

---

① 〔美〕尹晓煌:《美国华裔文学史》,徐颖果等译,天津:南开大学出版社,2006年,第 5 页。
② 同上。
③ 冯品佳:《书写北美/建立家园》,载台湾大学外文系《中外文学》1997 年第 12 期(总第 25 卷)。
④ Stuart Hall "Cultural Identity and Diaspora" in Jonathan Rutherford ed. *Identity*: *Community*, *Culture*, *Difference*. London: Lawrence & Wishart, 1990, pp. 222—237.

这一运动并在尔后的庚子赔款返还中得到进一步的推动。胡适、赵元任、梅光迪、陈衡哲、闻一多、梁实秋、冰心、徐志摩、林徽因、林语堂等人均随后赴美留学。他们的身上承载着浓浓的思乡情愁。胡适在他为数不多的留美日记中就表达了对家园的深切关怀与思念——"一九一二年十月十日，今日为我国大革命周年之纪念，天雨朦胧，秋风萧瑟，客子眷顾，永怀故国，百感都集。欲作一诗写吾悠悠之思，而苦不得暇"。① 这一段日记是写轰轰烈烈的国民革命之后，中华民国虽然成立了，但中国仍是"天雨朦胧，秋风萧瑟"。"悠悠之思"中，忧国、思家、伤怀、内疚等复杂的情感跃上心头。显然，回望家园在胡适那里成为一种崇高的义务；而在闻一多的新诗那里，"信美而非吾土"之矛盾和感慨表现得尤为强烈和明显②。他刚到美国时，强大的工业化程度令他震惊，而这一切又伴随着美国人对艺术的欣赏力度。这些均令闻一多感到了东西方文化的强烈反差，因此内心深处升腾出一种故土情结——"归家近于情绪，留学出于理智，情绪与理智之永相抵牾，此生活之大问题亦即痛苦之起源也"。③ 显然，胡、闻二人只能是日记文学家和诗人，绝非小说家。而在 20 世纪 40 年代至 60 年代，由于国内政治局势的变化及美国政府对亚裔和华人的移民政策的调整，中国第二次留学/移民高潮出现④，张爱玲、白先勇、聂华苓、於梨华、陈若曦等人纷纷出国，然后书写故国，他们可以说是第一批书写家园形象的美国华裔汉语小说家。他们经历了政治变动、国家更迭、放逐他乡的命运遭际，对故国的情感复杂至极，既有离别后的思念，也有因失家离国的悲伤而付出的拒斥谪居国文化的心态，故无家可归成为他们这

---

①　胡适：《胡适留学日记》，长沙：岳麓书社，2000 年，第 51 页。

②　李亚萍：《故国回望：20 世纪中后期美国华文文学主题研究》，北京：中国社会科学出版社，2006 年，第 95 页。

③　闻一多："致闻家驷"（1923 年 10 月 2 日），载《闻一多全集》第 12 卷，武汉：湖北人民出版社，1993 年，第 191 页。

④　高小刚：《乡愁以外：北美华人写作中的故国想象》，北京：人民文学出版社，2006 年，第 62 页。

一代人多舛命运的隐喻①。

张爱玲,这位被夏志清誉为"对一个研究现代中国文学的人来说"②的"今日中国最优秀最重要的作家"③,于 1955 年一个深秋的黄昏,乘"克利夫兰总统号"离港赴美④,"借着续读学业为由出去了"。⑤ 此次赴美不同寻常,因为她是以"难民"的身份远走异国他乡,前途未卜,"黯然销魂者,惟别而已矣"。去国千万里,何日是归期? 她的反映漂泊生活的《浮花浪蕊》是理解她出走的好材料。张爱玲曾在 1978 年 8 月 20 日致夏志清的信中说:"《浮花浪蕊》……里面有好些自传性材料,所以女主角脾气很像我"。⑥ 她在小说里明确道出自己"出走"的初衷:出走是因为"天翻地覆",既然日本人来的时候都过来了,难道自己人还有何不可能相信的吗?"光是穷倒就好了,她想。这是后来了,先也是小市民不知厉害"。⑦ 在后来的《忆胡适之》中她更加明确地表达了此番无法承受的精神紧张和压抑,遂与姑妈约定"永不回来,互不通信",从此"张爱玲决定了离开她心爱的家园,成为一个永远的流放者"。⑧ 她在美期间创作或修改的两部重要长篇小说《怨女》(1966)、《半生缘》(1951)就表达了这种"回不去了"的感叹。《怨女》讲述了这样一个故事:"麻辣西施"银娣嫁给患软骨病的富家子弟,忍受着兄嫂的阿谀奉承,妯娌们的冷嘲热讽。但丈夫亡故,儿子成人后,她操起了主宰全家大

①　高小刚:《乡愁以外:北美华人写作中的故国想象》,北京:人民文学出版社,2006 年,第 62 页。

②　夏志清:《中国现代小说史》,刘绍铭、李欧梵等译,上海:复旦大学出版社,2005 年,第 254 页。

③　同上。

④　参见任恕文等:《美丽与苍凉 张爱玲画传》,北京:团结出版社,2004 年,第 245 页。

⑤　李亚萍:《故国回望:20 世纪中后期美国华文文学主题研究》,北京:中国社会科学出版社,2006 年,第 63 页。

⑥　夏志清:"张爱玲给我的信件(十)",台湾《联合文学》1978 年第 7 期,第 140 页。

⑦　高小刚:《乡愁以外:北美华人写作中的故国想象》,北京:人民文学出版社,2006 年,第 62—63 页。

⑧　李欧梵:《上海摩登——一种新都市文化在中国 1930—1945》,毛尖译,北京:北京大学出版社,2001 年,第 285 页。

事的利剑,以十分变态的心理进行报复。作品中的女主人公银娣以决然的心态与娘家诀别,但随着时间的推移又有几分回归的愿望。分家后,兄嫂来家里与她聊起原来开的店铺,勾起她对姓刘的木匠的回忆。那位木匠讨了老婆,偶尔去逛堂子,被她用油灯烫过手——"她顿着脚,把油灯凑到他手上"。① 但她对他颇有隐情,不愿相信他是那种拈花惹草的人——"他从前不是这样",并且"她根本除了那天晚上不许他有别的生活。连他老婆找了来,她都听不进去"。② 如今故乡全然改变了,但银娣不愿承认,仅一味地"躺"在过去的回忆中,以至嫂子大惑不解——"好笑,还叫他小刘先生,他也不小了"。③ 嫂子的疑惑昭示着时间的无情,尽管银娣对当下的故乡予以拒绝,似乎她嫁入姚家后就没有增长过年岁。"年年岁岁花相似,岁岁年年人不同"。可以看到,《怨女》这一"能指"充满着自传成分,隐喻着一个"所指":作者身处异国,无法回去,滋生出一番"回不去了"的伤感和幻灭感。在《怨女》中,张爱玲还强调了银娣与夫家在地域、风俗、方言、肤色等方面的差异,即文化冲突。银娣从穷苦人家嫁入殷实的姚家,因身份、地位的差异颇遭冷眼;这种文化上的弱者被强者征服,令她屈辱,正像作者本人在美国的境遇一样④:从一个有着悠久历史的国度来到美国,由于"漂泊太久的心灵,需要一个可以憩息的岸"⑤,与父亲辈的美国戏剧家赖雅(Fedinand Reyter)结为秦晋之好,但好景不长,他们仅共同走过11年"执子之手"的日子,并且"走"得很艰难,先生先她而去。张爱玲的晚景较之银娣更凄凉,银娣晚年还有兄嫂探望,而张爱玲连亲人的消息都无从获知,20世纪六七十年代中国发生的翻天覆地的变化,她更是无从得知。所以,故国/家园对她而言是陌生的,不敢奢

---

① 张爱玲:《怨女》,载金宏达等编《张爱玲文集》(第三卷),合肥:安徽文艺出版社,1992年,第316页。

② 同上。

③ 同上书,第318页。

④ 李亚萍:《故国回望:20世纪中后期美国华文文学主题研究》,北京:中国社会科学出版社,2006年,第63页。

⑤ 任茹文等:《美丽与苍凉 张爱玲画传》,北京:团结出版社,2004年,第263页。

望的，只能在家园迷失的状态中"回不去"，永远地"回不去"①，所以，故国的"上海，上海，她一阵眩晕，失重感。深深的黑暗。下沉，下沉，下沉"②。《半生缘》是张爱玲唯一以笔名"梁京"发表的小说。该小说原来的名字是《十八春》，于 1950 年 3 月 25 日—1951年 2 月 11 日在上海《亦报》上连载，这是新中国成立后张爱玲首次发表的小说，也是她的第一部完整的长篇小说③，似有投石问路之意，赴美后，作家本人对之进行了大幅度修改，特别将书名改做《半生缘》。《半生缘》同《怨女》一样，在一个苍凉的爱情悲剧之下，仍喻指着作者身处异国，无法回去，滋生出一番"回不去了"的伤感、幻灭感。主人公曼桢是一个如大地之母般善良而坚定的女性，但一个丑恶之徒却偏偏缠上了她。她与男友沈世钧由相识到相爱，走过一条温馨而动人的爱情之路。可因为姐夫祝鸿才的淫欲，姐姐曼璐连同母亲一起合谋导演了一场冷酷悲剧。祝鸿才奸污曼桢，之后将她囚禁于黑屋中，曼桢的男友沈世钧因误会她变心而另结无爱之"婚"，曼桢也因为被迫出生的儿子不得不嫁给将她推至火坑的姐夫祝鸿才④，中间经过了那么多的是非磨难，18 年后再相聚，物是人非了，时代的车轮已滑至 50 年代，18 年来的一切恍如旧梦，人生的韶华已悄然远逝，正如曼桢所说："我们回不去了，回不去了"。⑤"回不去"的包括当年热烈澎湃的情感。曼桢后来与祝鸿才离了婚，带着孩子独自生活；曼璐的初恋情人张慕瑾与太太虽然恩爱，但太太不幸死于分娩；沈世钧与石翠芝从小一起长大，可成婚后同床异梦，石翠芝的意中人是丈夫的好友叔惠，而沈世钧的心中永远装着曼桢⑥……，但曼桢与沈世钧的爱情只能成为一段陈

---

① 张爱玲：《怨女》，载金宏达等编《张爱玲文集》（第三卷），合肥：安徽文艺出版社，1992 年，第 318 页。
② 于青：《最后一炉香》，广州：花城出版社，2002 年，第 295 页。
③ 同上书，第 387 页。
④ 同上。
⑤ 李亚萍：《故国回望：20 世纪中后期美国华文文学主题研究》，北京：中国社会科学出版社，2006 年，第 65 页。
⑥ 任茹文等：《美丽与苍凉 张爱玲画传》，北京：团结出版社，2004 年，第 225—226页。

年老账似的残枝败叶般的回忆，"此情可待成追忆，只是当时已惘然"。不难发现，这里的"曼桢"喻指初到美国的张爱玲本人，而整天纠缠"曼桢"的"祝鸿才"喻指授意她写反共小说《秧歌》、《赤地之恋》的"美国新闻署香港办事处"[①]，通过对"曼桢"这一人物的正面肯定似乎表达她在创作这两部小说时被"逼良为娼"的隐情；而与妻子"石翠芝"同床异梦，心里总装着"曼桢"的"沈世钧"，与丈夫同床异梦、相中丈夫朋友"叔惠"的"石翠芝"两个饮食男女共同喻指着迷失中对故土/上海有几分或多或少牵挂的第二个"张爱玲"；因为身处异国的张爱玲"一旦想到了上海，她仍旧会感到一种亲切。娘家。如果她有家的话，那一定就是上海"。[②] 艺术技巧上，值得注意的是，张爱玲以强烈的"时间"意识统领家园叙事，如开篇就说："他和曼桢认识，已经是多年前的事了。算起来倒已经有18年了——真吓人一跳，马上使他猛地觉得自己老了许多。日子过得真快——尤其对于中年以后的人，十年八年都好像是指缝间的事。可是对于年轻人，三年五载就可以是一生一世，他和曼桢从认识到分手，不过几年的工夫，这几年里面却经过这么许多事情，仿佛把生老病死一切的哀乐都经历到了"。[③] 这里，时间不是单一的客观的、机械的时钟时间，而是特殊语境下人的内心深处的主体性感知。与"曼桢"认识、分手的18年就是作者本人与故国/家园认识、分手的18年，这"18年"被"沈世钧"感知为"把生老病死一切的哀乐都经历到了"的"18年"，是作者本人与故土逐渐远去，在异国经历那么多沧海桑田的"18年"，更加凸显了"我们回不去了"的家园迷失主题，其间充塞着无情、痛苦、恐惧、尴尬……，一言难尽。这里，"18年"转化为一个文化建构物（cultural formation），指向了

[①] 唐金海等主编：《20世纪中国文学通史》，上海：东方出版中心，2003年，第284页。

[②] 于青：《最后一炉香》，广州：花城出版社，2002年，第295页。

[③] 张爱玲：《十八春》，载金宏达等编《张爱玲文集》（第三卷），合肥：安徽文艺出版社，1992年。

以批判现代性为己任的文化研究问题①。在小说第八部分中仍有类似的例子:"在一般的家庭里,午后两三点钟是一天内最沉寂的一段时间,孩子们都在学校里,年轻人都在外面工作,家里只剩下老弱残病。曼桢家里就是这样,只有她母亲和祖母在家"②。同理,这里的"午后两三点钟"之所以是"一天内最沉寂的一段时间",完全是人的主体性感受,这就将曼桢与母亲/遥远的故土过去之间的那种惟妙惟肖的冲突/疏离传达了出来。显然,在时间主宰的前因后果中,充满着太多的难料而又合理的人生偶然,谁都始料未及,"天下的事情常常总是叫人意想不到"。③ 而承受那么多大喜大悲的张爱玲以一个全知全觉的叙事者的身份,在静静地,不露声色地驾驭着这一切。大音稀声,大象无形。所有的人都是时代的沉重的负荷者,太多的负荷,谁都当不了英雄,只能在命运预设的轨道中运行,即便前面是地雷阵和万丈深渊,你也要永不回头地走下去,走下去⋯⋯别了,家园。所有的人,无论是世钧、曼桢、叔惠、翠芝,还是曼璐、祝鸿才,其实都难以主宰自己的命运,前后左右规定着他/她,他/她只有这样,也只能这样④,诚如张爱玲在小说出版20年后在香港对至交宋淇所说:"所有可恨的人,细细探他的内心,终究不过是可怜人"。⑤ 真是凄凉、伤感。扣人心弦!我们不得不为张爱玲洞悉人世的敏锐所折服。正是凭着他人难以比拟的功力,张爱玲的《半生缘》出版后赢得了读者的热烈欢迎,有人认为:"《十八春》(《半生缘》)是张爱玲小说创作的一次沉稳的自信的总结。至此为止,张爱玲的小说,可以说有了一个完满的成就。⋯⋯在此

---

① Cf. Baldwin, Ellaine. et al. *Introducing Cultural Studies*. Beijing: Peking University Press, 2001, p.181.

② 张爱玲:《十八春》,载金宏达等编《张爱玲文集》(第三卷),合肥:安徽文艺出版社,1992年,第99页。

③ 同上书,第269页。

④ 参见任茹文等:《美丽与苍凉 张爱玲画传》,北京:团结出版社,2004年,第226页。

⑤ 唐金海等主编:《20世纪中国文学通史》,上海:东方出版中心,2003年,第107页。

之后,她……都没有超出《十八春》以前的文学成就"。①

这种流落异乡,"回不去了"的忧郁体现了"对总体性的怀旧与向往"———一种回归故国的渴望。这一"总体性"既隐含了和谐、富庶、共识,又隐含了异化、矛盾、疏离②。这是可以理解的。天赋与才华均出类拔萃的张爱玲因"离散"而成为"边缘人",虽然感受到暂时的兴奋与富有,但毕竟脱离本土而又很难进入美国的主流文化,陷入生活与精神的困境之中,恍然不知所依,居无定所,捉襟见肘,举目无亲,哀病相连③,在这种情况下只得依靠对曾经故土的回忆与期盼,来寻找心灵的慰藉。这一点也"播撒"至仰慕她甚久,并作为青年学生为她所接待过的后辈白先勇的短篇小说中。

1.2　白先勇的小说

白先勇,这位国民党高级将领白崇禧的儿子,1937 年生于台湾,被誉为"当代短篇小说家中的少见奇才"、"张爱玲之后最优秀的短篇小说家"。他在 1961 年入台大外文系后,即刻发表作品《金大奶奶》,其早期作品后来主要收入《寂寞的十七岁》中;25 岁赴美留学后,随即发表《台北人》和《纽约客》,尔后声名鹊起。白先勇的作品充满着感伤主义情调,展示多元文化夹缝生存的焦虑,以及对无国别、无文化边界、流动的、多中心的世界景观的几分向往④,伴随着一些洒脱和灵动的美丽。短篇小说集《台北人》标志着白先勇创作的成熟期和高峰期,尽管是写移居台湾的内地人的过去,但由于是栖身美国写作,其中的意图自然不言而喻。它包含了作者最优秀的 14 篇短篇小说,如《游园惊梦》、《永远的尹雪艳》、《国葬》等,集中描写了一群在今与昔、历史与现实、传统与现代之夹缝中挣扎的失根的中国人。台湾评论家欧阳子认为:《台北人》一书有

---

①　于青:《最后一炉香》,广州:花城出版社,2002 年,第 338 页。

②　Martin Jay. *Marxism and Totality: the Adventures of a Concept from Lukacs to Habermas.* Berkely: University of California Press. 1984, p.21.

③　杨匡汉:《中华文化母题与海外华文文学》,武汉:长江文艺出版社,2008 年,第 41 页。

④　同上书,第 41—42 页。

两个主角，一个是'过去'，一个是'现在'。笼统而言，《台北人》中之'过去'，代表青春、纯洁、敏锐、秩序、精神、爱情、灵魂、成功、荣耀、希望、美、理想与生命。而'现在'，代表年衰、腐朽、麻木、混乱、西化、物质、色欲、肉体、失败、委琐、绝望、丑、现实与死亡"。① 显然，该作品同张爱玲的《半生缘》有着惊人的相似，仍然以时间为主要手段讲述着家园的故事。无论是在《永远的尹雪艳》，还是在《游园惊梦》、《国葬》中，"过去"与"现在"交相辉映，主人公都不免从过去显赫的场合淡出，退至台北，成为寓居他乡的放逐者。他们在内地均有着辉煌的过去，而当下寄人篱下，感慨万千，年复一日，成为他们面对"新"生活的负担，总放不下，"去年今日此门中，人面桃花相映红"，总想回到那给自己带来身份、地位、荣耀、鲜花、爱情……的过去，如金大班搂着青年人跳舞，似乎想重现他与月如的爱情，尹雪艳将自己的公馆想象成当年上海的霞飞路，华夫人在园里的"一捧雪"中看到当年南京住宅的影子，赖鸣升追忆台儿庄战役，将窗外烟火的轰隆声当做隆隆炮声，等等。《游园惊梦》中的钱夫人，意识始终穿行于"过去"、"现在"之间，她过去有着青春风采、情人、丈夫乃至动听嗓音，而现在的她人老珠黄，一切不在，丈夫也先她而去，但钱夫人更加愿意沉浸于过去的回忆中而不愿面对自己失魂落魄的现在②。不过，过去是否能成为逃避现实的唯一武器？他们苦苦寻找的家园到底在哪里？"人面不知何处去"，台北毕竟是台北，毕竟不是内地，想挽住时代的步伐，回到过去，已不可能。"抽刀断水，水更流"。"我们回不去了，回不去了。"永别了！同时，时间在白先勇的《台北人》中也不是一个单一的客观的、机械的时钟时间，而是特殊语境下人们内心深处迷失家园的主体性感知。白先勇不仅在《台北人》中表达他的不可返回家园之感叹，在《纽约客》、《谪仙怨》、《谪仙记》、《芝加哥之死》等短篇中也同样如此。

---

① 欧阳子：《白先勇的小说世界——〈台北人〉之主题探讨》，载《白先勇文集·台北人》，广州：花城出版社，2000年，第195页。
② 李亚萍：《故国回望：20世纪中后期美国华文文学主题研究》，北京：中国社会科学出版社，2006年，第65—66页。

吴汉魂、李彤他们拒绝的不仅是残酷的现实,还有"母亲冰冷的尸体",台湾不是家乡,美国也不是。他们仍然有着辉煌的过去——吴汉魂有过心爱的人,李彤曾是个被宠坏的公主,生活优越;而现在物是人非,吴汉魂虽然获得博士学位,但妻子已做他人妇,母亲故去。李彤则在国破之时失去双亲,家随之解体,但打算前往的台湾真是自己的家园吗?前途未卜。为此,吴汉魂哪儿也不去,选择投河自杀,李彤也索性将一缕孤魂抛在威尼斯。[1] 显然,这些人物在陌生的新大陆里,性欲望和个性均受到压抑,生理、心理均得不到很好满足,有着无根的漂泊感。但过去与现实之间何去何从,难以选择,回到过去不能,留下则充满凄凉、孤寂,只得一死了之,以获拯救。

不过,尽管张爱玲、白先勇的小说都写家园的迷失,但二者是有区别的。张爱玲与上海这座城市有着密不可分的关联,上海是她出生、成长、成名的地方,应该说是她生命之脉,可在她来到美国后,却从未有过一次回沪的念头,俨然采取了一种诀别的态度[2];而白先勇与台北这座城市同样有着密不可分的关联,但此番"关联"较之张爱玲充满着更多的灰暗,因为这里见证着他童年的酸楚、父亲的尴尬与台湾政坛的诡谲,虽然是这样,虽然他内心随时清楚"他回不了家",因为他想回去的"家",正如"计程车后,消失在夜黑中的长路;那些属于中国的辉煌的好日子,那——我们五千年的传统"[3],但却依然积极主动地试图保存一些家国的东西,如《台北人》中的《游园惊梦》就源自汤显祖最著名作品《牡丹亭》中的两场戏的名字。《芝加哥之死》中的吴汉魂这一人物形象也负载着一种隐喻:他的背弃本土直接导致母亲的死亡,留学资本主义世界对于自己真正的祖国而言是一次更遥远的背弃。母亲与祖国同构,血

---

① 李亚萍:《故国回望:20 世纪中后期美国华文文学主题研究》,北京:中国社会科学出版社,2006 年,第 66 页。
② 同上书,第 67 页。
③ 林怀民:"白先勇回家",载《白先勇文集·第六只手指》,广州:花城出版社,2000 年,第 611—612 页。

缘归属与历史文化归属同构,能在这个灵魂空洞的异乡人身上聚合起足够瓦解生存勇气的毁灭性力量,从而在行尸走肉般存活的同时就已经燃起生的激情。《谪仙怨》里明艳动人的李彤是遭贬谪的"中国公主",战乱中失去父母,失去祖国,便失去了乐园,最后悲凉地死于威尼斯。美若天仙但遭贬谪的李彤指涉曾经风姿绰约但正遭屈辱的中国,谪居的威尼斯也与中国有着一样的多灾多难的命运①。显然,这种对家国的"守望"如处理不好,会导致另一种负面因素,即中国与美国、东方与西方之类的二元对立,所以,白先勇的作品招致了某种批评:"对传统失去了应有的反思、批判和重构的能力。……长于回顾和缅怀,但不长于前瞻和'与时俱进'"。②所以在这个意义上,与张爱玲相比,白先勇的"回不去"的叹息中包含着更多的现代民族主义的成分,因为现代民族主义学者盖尔纳认为"民族"等于"国家","民族是人的信念、忠诚和团结的产物"。③

第二节　文化乡愁的家园:从於梨华到聂华苓

20 世纪五六十年代的北美出现了一个台湾地区留学生作家群体,极大地推进了长期迟缓、滞后的北美华人中文写作。他们有着中国文化和美国文化的双重修养,既品尝过内战后离开内地的人生苦酒,又有离乡背井的文化失落,整个生命充满戏剧性,在求学和谋生的奔波中,用中文创作了一大批反映他们所遭遇的跨文化体验和精神流放境况的高质量小说④。这些人的文化动力几乎全部来自中国文化,因为他们是在中国传统文化摇篮里诞生的孩子,

---

① 杨匡汉:《中华文化母题与海外华文文学》,武汉:长江文艺出版社,2008 年,第97 页。

② 高小刚:《乡愁以外:北美华人写作中的故国想象》,北京:人民文学出版社,2006 年,第 144 页。

③ 〔英〕厄内斯特·盖尔纳:《民族与民族主义》,韩红译,北京:中央编译出版社,2002 年,第 9 页。

④ 高小刚:《乡愁以外:北美华人写作中的故国想象》,北京:人民文学出版社,2006 年,第 131 页。

也是从中国文化母体内分离出来的一群"边缘人"，他们真切体会到了旅居国外时的中西文化碰撞和"自我"重建及文化归属问题①。实际上，北美华人中文写作早在 19 世纪中叶就开始了，但整体上一方面由于美国主流批评家不谙中文难以深入欣赏华人作品，一方面由于这些中文作品关注的故国/家园题材，难以令美国主流批评家们认同，长期处于边缘地位，极少受到美国主流批评界的重视。只是到了第二次世界大战后，由于大量高素质的华人移民至美国，特别是大量留学生的到来，这种状况开始有了改变。他们将在陌生国度里遭遇到的情感震荡和价值重建用中文表述出来，使中文创作在质和量上迅速攀升，在北美声名鹊起，到了六七十年代酿成了一个以於梨华、白先勇、聂华苓、陈若曦等为杰出代表的中国现代"留学生文学"作家群②。

2.1　於梨华的小说

於梨华这位"长期以来扬名于美国的华语文坛"的作家，1932年出生于上海，1949 年随父母赴台，同年考入台湾大学外文系，后转历史系，1953 年赴美国加州大学洛杉矶分校攻读新闻专业，1956年获硕士学位，随后于 1965 年起在纽约州立大学奥本尼分校讲授中国文学，至今用中文出版作品 15 部之多，有长篇小说《梦回青河》、《又见棕榈，又见棕榈》、《变》、《焰》、《傅家的儿女们》，中篇小说《也是秋天》、《三人行》，也有短篇故事集《归》、《雪地上的星星》、《白驹集》、《官场现形记》和散文集，其创作素材主要取自在美的留学生生活，她被誉为"留学生文学之先驱"③。吊诡的是，"她的中文创作生涯，始于她名为《扬子江头几多愁》(*Sorrow at the End of the Yangtze River*)的英文短篇小说之发表。故事讲述了一名

①　高小刚：《乡愁以外：北美华人写作中的故国想象》，北京：人民文学出版社，2006 年，第 132 页。
②　同上。
③　〔美〕尹晓煌：《美国华裔文学史》，徐颖果主译，天津：南开大学出版社，2006年，第 190 页。

少女沿长江而上,寻找'失散'的父亲之传奇经历。少女在母亲去世后离家寻觅多年前出走的父亲。当她经历千辛万苦最终找到父亲时,父亲却完全认不出自己的女儿,于是她便弹起儿时父亲教给她的一首钢琴曲,熟悉、动人的旋律终于唤醒了父亲的记忆和良知,致使父女得以团聚⋯⋯这个好莱坞式的浪漫故事使於梨华荣获'米高梅文学创作奖'(Samuel Goldwyn Creative Writing Award),并且使她对英语文学创作充满了信心"①。可令人遗憾的是,她接下来的英文小说创作屡屡碰壁,因为美国出版商"只对描写东方异域风情的作品感兴趣,比如小脚女人啦,华人赌棍啦,鸦片烟鬼等等"②。她是一个颇有个性和尊严感的作家,"不想写那类题材",不想去从事迎合美国白人出版商猎奇心理的英文创作,改用中文写作,以便"表现出作品的艺术魅力与自身的人格尊严"③。真是一种"解殖民化"的努力!她以此舍弃所谓"美国性"而更多地诉求"中华民族性",这也可算做作家另觅家园的一次象征性尝试④。

《又见棕榈,又见棕榈》(1967),是於梨华的第三部长篇,也是她最出色的长篇,20世纪80年代初在内地风靡一时,被誉为"当代留学生文学的奠基之作",名列20世纪中国文学百强⑤。该小说以及她的其他作品的具体写作动因,用她自己的话来说,就是深深植根于中国传统文人为时代"立言"、为民众"作传"的创作理念和五四以来的"为人生而艺术"的信仰之中,去力图表现人物"他们的生活面内的思想面。除了要写一个由中国内地到中国台湾到美国的留学生的心态之外,要寻找他们以一个中国人立场为出发点的心

---

① 〔美〕尹晓煌:《美国华裔文学史》,徐颖果主译,天津:南开大学出版社,2006年,第191页。
② 同上。
③ 同上。
④ 〔加〕伊恩·昂:《"陷于自相矛盾之困境":印尼华人受迫害问题与其历史遗存》,载瞿世姬、布雷特·巴里主编:《印迹》2(《"种族"的恐慌与移民的记忆》),南京:江苏教育出版社,2004年,第11页。
⑤ 高小刚:《乡愁以外:北美华人写作中的故国想象》,北京:人民文学出版社,2006年,第135—136页。

态"①,不断地追问一个人"固定的职业后面,发了财以后,是什么"②之类的问题。《又见棕榈,又见棕榈》以在台湾长大的牟天磊去美国留学和回台湾探亲的故事为主线,描写了他在美期间经历的孤独和苦闷,以及回台后无法与亲友沟通的失落。牟天磊是由内地去台湾的青年,大学毕业后正赶上"出国热"就去了美国,拿到了博士学位,却在保险公司签保险单,后来又在一所不知名的学校教美国大学生小学程度的中文。稍取得一点成功后,一个人住着几间宽敞的房间,冰箱、洗衣机等物质方面的东西一应俱全,但寂寞永远伴随着他。牟天磊回到台湾,打算娶妻成家,放松一下"自己的身体和整个精神",干一番属于自己的事业。出国前,他在棕榈树前许了愿:"自己也要像它们的主干一样,挺直无畏,出人头地。"而他回到台湾时,物是人非,面对棕榈树,默默地低下了头。与他长期通信的望子成龙心切的父亲和恋人意珊,都坚持他回到美国,并且意珊还以此作为订婚条件。而他所尊敬的邱尚峰教授却希望他留下在台大执教,办文艺杂志。牟天磊动了心,很想留下,但留下来则意味着会失掉意珊,他为此犹豫不决,此时邱尚峰教授突然遭遇车祸死亡,小说结束于牟天磊去或留的悬念之中。个中艰辛,难以言状,"不足为外人道也",正如闻一多当年所言:"留学苦非过来人孰知之? 做中国人之苦非留学者熟知之?"③牟天磊代表着"无根的一代"和"失落的一代",这一人物形象是作者对六七十年代留学生形象的概括和总结,并指出了它产生的文化、政治、历史等方面的原因④。著名华裔美国学者夏志清将这种"失落"和"无根"的苦闷定义为"故土遥不可及,台湾太小又没有机会,而美国又不是自己的文化的土壤这些原因所带来的志气消沉"⑤。 所

① 於梨华:"也是前言,也是后语",载《傅家的儿女们·序》,台北:皇冠出版社,1991年。
② 高小刚:《乡愁以外:北美华人写作中的故国想象》,北京:人民文学出版社,2006年,第135—136页。
③ 闻一多:《闻一多书信选集》,载《新文学史料》1983年第4期。
④ 高小刚:《乡愁以外:北美华人写作中的故国想象》,北京:人民文学出版社,2006年,第136页。
⑤ 夏志清:《又见棕榈,又见棕榈·序》,香港天地图书,1989年,第136页。

第三章 华裔美国小说中的家园: 思念/迷失/拒斥/恐怖/批判/尴尬

以，在留学生中普遍流行的"怀乡病"，一种"文化乡愁"。关于这一点白先勇有一个经典的论述："台北是最熟的——真正熟悉的，你知道，我在这里上学长大的——可是，我不认为台北是我的家，桂林也不是——都不是。也许你不明白。在美国我想家想得厉害。那不是一个具体的'家'，一个房子，一个地方，或任何地方——而是这些地方，所有关于中国的记忆的总和，是很难解释清楚的。可是我真想得的中国的记忆的总和，很难解释清楚的。可是我真想得厉害"。① 正是此番"记忆的总和"，一种说不清、道不明的对故乡/家园文化的感官和心理上的直接认同，建构了深埋在留学生集体无意识里的"中国情结"和"主体性"。他们的主体性在异国他乡受到错置、轻视、遗忘，滋生了浓烈的思乡情绪，但又不愿意回去，又滋生了难以名状的忧郁与尴尬②，这是留学生文学中最动人的主题。

《又见棕榈，又见棕榈》中，於梨华通过牟天磊这一人物形象，首先表现了这种留学生身上特有的"主体性"。牟天磊在内心不太情愿的情况下去了美国，一去就是 10 年。这是伴随着物质困境与精神孤寂的 10 年。为解决生活上的困难，他白天学习，晚上到餐馆打工，打扫女厕所，暑期到苹果园当苦工，整夜开运冰的大卡车……在贱卖自己劳动力的同时，还得忍受老板的训斥和种族歧视。③ "狭小，屋顶交叉地架着热气管，地下铺着冰冷的石板，只有半个窗子露在地面上，仅靠电灯带来一丝光亮的地下室"，这便是他初来乍到时的美国"住处"。④ 在充满"喧嚣与骚动"的美国，牟天磊感觉自己"像一个岛，岛上都是沙，每颗沙都是寂寞"，因为美国不是自己的祖国，即便成就了轰轰烈烈的事业，除了得到一些表

① 白先勇：《蓦然回首》，香港：尔雅图书，1989 年，第 12 页。
② 高小刚：《乡愁以外：北美华人写作中的故国想象》，北京：人民文学出版社，2006 年，第 137 页。
③ 同上。
④ 同上。

面的名利外,一无所获。① 而当他回到台湾时,苍老、早衰的他,虽然看到了他的棕榈树,见到了亲人,获得政府的热情接待,但他百感交集。眼前,物是人非,与他记忆中的景象、人物不相符合,魂牵梦萦的家乡并没有把他当做主人而是当客人。他的寻亲之路并不能疗治他的思乡病,哪儿都找不到自己的生命之根,他是"无根的一代"。所以,他还是要回到异乡,还是要离乡背井,还是要过那种不是自己家乡的生活,正如牟天磊自己所说:"我回去还是为了我自己。在那边虽然没有根,但是我习惯了,认了,又习惯了生活中带那么一点点怀乡的思念。同时,我发现,我比较习惯那边的生活。最重要的,我会有一个快乐的希望,希望每隔几年可以回来,有了那么样的一个希望,就可以遐想希望所带来的各种快乐"。② 这是别样的乡愁,是既看不见,也摸不着的乡愁,或许这就是当代人乐此不疲建构的自我"主体"得以实现的"家园"。在这样的前提下,乡愁是三言两语难以说清的。

第二,牟天磊的"主体性"还表现在他对美国和美国人的"意识形态层面的"想象上,即对美国和美国人的极端蔑视上。在他眼中,作为"他者"的美国看重物质享受、机械、冷漠、自私、孤独、缺少人性、功利、务实,成天只知道谈这样球、那样球,吃的也是生菜、带血的牛排,喜好追求声色犬马,无艺术品位,俗不可耐。③ "和美国人在一起,你就感觉不到你是他们中间的一个"。④ 牟天磊的看法,显然是建立在一个所谓"社会总体想象物"之上,是"狭隘的"、表面化的、情绪化的、感觉性的,应加以批评。他甚至对美国人的外貌也作了极端的评说:"肥胖呆木,翻着厚唇的黑女人……醉醺醺、脸上身上许多毛的波多黎加人,以及手里一本侦探小说,钩鼻下一支

---

① 高小刚:《乡愁以外:北美华人写作中的故国想象》,北京:人民文学出版社,2006 年,第 137 页。
② 同上。
③ 同上书,第 138 页。
④ 於梨华:《又见棕榈,又见棕榈》,香港天地图书,1989 年,第 20 页。

烟的犹太人……还有，分不出是日本还是韩国还是中国的东方人"。① 在牟天磊眼中的美国城市，也是令人沮丧的："高大建筑的背面，大仓库的晦灰的后墙，一排排快要倒塌而仍旧住着贫苦的白种人或生活尚过得去的黑人的陈旧的公寓的后窗。后窗封着尘土，后廊堆着破地毯，断了腿的桌椅，没了弹簧的床。在险临临的栏杆上，晒着女人的内裤、破了洞的胸罩、婴儿的尿布。后窗望下去，是豆腐干似的一块枯黄的草地"。② 城市在他这里被他"政治化"了，主观化了，成为充满阴郁、肮脏、淫秽的想象物。此番对人与城市的权力化建构，使得牟天磊的一系列怪异行为合法化。作者於梨华让主人公每天起床后只在地下室、学校、打工地三点之间来回穿梭，偶有来往的也基本上是些与他处境相当的中国人。10年中他几乎割断了与美国社会的一切联系，总将自己退守于一个狭小的中国天地里③。实际上，这种行为应该受到批评，因为"一个人无论为任何理由而切断与外界团体的关系，都是在伤害自己，都会遭到生存上孤立自己的危险。个人与外界如果完全隔绝，那么个人的生存便会出现危机，就会枯萎和凋谢"④，这是现代人务必提防的宿命。牟天磊想家时爱听旧曲《万里长城》、《春夜洛城闻笛》和《苏武牧羊》；饮食上常想到台北西门汀的什锦面、小笼包和水煎饺。他不去观光，不去社交，不去了解美国的民俗与风情和那些轰轰烈烈的文化政治运动，在偌大的美国社会里坚守着一道传统中国文化的防线，抵御着外部文化可能的渗透⑤。

小说中一个具有象征意义的思乡情节最具说服力——牟天磊在他住的地下室里反复地聆听着古曲《苏武牧羊》。这支古老的曲子把他一次次带回到遥远的中国，让他回忆起"小时候，他母亲在

---

① 高小刚：《乡愁以外：北美华人写作中的故国想象》，北京：人民文学出版社，2006年，第137页。
② 同上书，第139页。
③ 同上。
④ 陈染：《谁掠夺我们的脸》，北京：作家出版社，2007年，第103页。
⑤ 高小刚：《乡愁以外：北美华人写作中的故国想象》，北京：人民文学出版社，2006年，第139页。

灯下一面缝衣服,一面哼'……牧羊北海边,雪地又冰天……梦想旧家山……'他坐在一边,一面听,一面做功课的情景",而每次都有"手指挡不住、掌心盛不住的眼泪匆促地奔流下来"①。此番家园想象的寓意在于,主人公留美的孤独恰似千百年前西汉人苏武在匈奴境内的流放,"在细节上使人物带有了一种伟大的'历史感',让天磊这个独自漂泊的留学生拥有了传统文本里英雄人物肉体受难和精神超越的双重意义。……他在生活中是可怜的孤独者和零余者,但在精神世界里却承担了作者要他表达的文化悲壮美的历史责任"。②

　　以上这些细节隐含着於梨华刻意塑造一代青年的精神内涵:牟天磊是中国传统文化人的典型代表,精神气质里充满了封建士大夫观念和儒家文人的精神价值,孝顺、诚信、述而不作、信而好古,为人低调等优点与拈轻怕重、自以为是、偏激、狭隘等缺点同在。实际上,这间接复制了一种魂牵梦萦于中国文学传统中的"文化乡愁"的音响。远在中国古诗词中就存在着诸如"声哀哀而怀高丘兮,心愁愁而思旧邦","过故乡而一顾兮,泣戚欷而露衿","情眷眷而怀旧兮,孰忧思之可任","但使主人能醉客,不知何处是他乡"等句式③,乡思如水,乡音如流,乡愿如烟,可谓巾短情长。④"问君能有几多愁?恰似一江春水向东流!"中国古代文人雅士,似乎总悲叹流浪,渴望还乡⑤。这一情境、心绪遂转化为中国人的"集体无意识"⑥,世代相传,挥之不去。显然,这是牟天磊在特定的时间、空间内建构的民族主义"家园",不过是一个暂时铸就的"想象的有限的共同体":所以是"想象的",是因为华裔美国同胞之间彼此大多

---

　　①　高小刚:《乡愁以外:北美华人写作中的故国想象》,北京:人民文学出版社,2006年,第139页。

　　②　同上书,第140—141页。

　　③　杨匡汉:《中华文化母题与海外华文文学》,武汉:长江文艺出版社,2008年,第57页。

　　④　同上。

　　⑤　同上。

　　⑥　同上。

不认识;所以是"有限的",是因为他不能等同于整个华裔美国群体。①

最后应该指出的是,於梨华在牟天磊这一形象的塑造上无意中制造了一组美国文化/中国文化的二元对立,因为"作者将中西文化的差异加以绝对化的处理,无论现实情况如何,坚持不让主人公背离传统、数典忘祖,使出任何跨文化沟通的努力的构思安排,加重了牟天磊这个文学形象深刻的矛盾"②,夸大了文化冲突,忽略了文化共存,这显然不利于全球化语境下的文化对话之路的追寻和健康文化生态的建构,最终导致了一个连作者本人都始料未及的结果:她无力满足和填补主人公文化的失落感和"寻根"的欲求。③ 随之而来的一个问题,我们必须注意:於梨华的这部 20 世纪60 年代的"寻根"作品与内地 80 年代"文化热"中方兴未艾的"寻根文学"不谋而合。80 年代的祖国内地刚刚打开"改革开放"的大门,我们盲目应对蜂拥而至的西方文化,不知所措,不知我们的文化在哪里,我们民族的根在哪里,因此出现了韩少功等人提倡的旨在反对纯粹"横向移植"的、跨越"五四"的文化断裂带、寻找中华民族文化、文学乃至生命之根的"寻根文学"。④ 但内地的"寻根文学"较之台湾的寻根作品保守,并负载着更深沉的历史感和复杂的哲学含义,伴随着更多的困惑和矛盾。不过,我们得承认一个事实:台湾文学界似乎比内地文学界早 20 年具备这种"寻根"意识。

2.2　聂华苓的小说

家园始终作为一个难以抹去的印记蕴藏于她的潜意识中。聂

---

① 参见〔美〕本尼迪克特·安德森:《想象的共同体 民族主义的起源与散布》,吴叡人译,上海:上海人民出版社,2003 年,第5—6 页。
② 高小刚:《乡愁以外:北美华人写作中的故国想象》,北京:人民文学出版社,2006 年,第 141 页。
③ 同上。
④ 参见唐金海等主编:《20 世纪中国文学通史》,上海:东方出版中心,2003 年,第65 页。

华苓,一向被认为是"台湾留美作家中最具历史意识的女作家"①,
1925 年生于湖北,1949 年因已故父亲的问题而逃到台湾,1964 年
因"《自由中国》事件"被抄家而离开台湾,远赴美国。在美期间她
创作了两部长篇《桑青与桃红》(1970)、《千山外,水长流》(1984)
和一部中篇《死亡的幽会》(1988)。《千山外,水长流》以莲儿的美
国寻亲之旅带出了中国从内战到"文革"这一段时期的历史记忆,
莲儿在此过程中不断走向成熟。《桑青与桃红》叙述了主人公桑
青/桃红从 20 世纪 40 年代到 60 年代末的生活经历,生活场景也历
经转变,从内地到台湾再到美国,最后在美国版图上流浪漂泊,桑
青在此过程中经历了自我的转变,该小说可以看做作者台湾时期
小说《失去的金铃子》的姊妹篇。三篇小说分别从三位女性成长或
自我转变的过程来书写漫长的中国历史。②

　　浓郁的文化乡愁同样弥漫于聂华苓的小说之中。《桑青与桃
红》于 1970 年写成后随即开始在台湾《联合报》上连载,后来该刊
因触及所谓"政治禁忌"招致右倾作家、警备总部、党部的干涉而
"戛然停刊",几年后转入香港《明报》月刊连载,自那以后,台湾就
拒绝登载聂华苓的任何东西。③ 虽然聂华苓表面上一再声称小说
不写"政治",写的是"人"。这实际上是一个悖论,写"人"能脱离
"政治"吗?"人"在很大程度上是一个"政治化"动物,同时她本人
也总被政治纠缠着、"收编"着,她的《桑青与桃红》也是一部彻头彻
尾的"政治小说"(political fiction)。《桑青与桃红》是一部典型的
乱世流离小说,通过女主人公的漂泊流浪建构了不同阶段的中国/
故土历史。抗战时期,桑青逃难,被困于水上,是其背叛家庭的开
始;抗战胜利后,桑青回到家中奉父母之命到北平结婚,被困于北
平;到了台湾岛,丈夫因挪用公款遭通缉,家人被迫藏于阁楼里,而
外面风雨飘摇,僵尸吃人、山中探宝等诡秘传说盛行一时,隐喻着

---

　　① 李亚萍:《故国回望:20 世纪中后期美国华文文学主题研究》,北京:中国社会科
学出版社,2006 年,第 68 页。
　　② 同上书,第 68—69 页。
　　③ 同上。

森严壁垒的台岛之恐怖、压抑;桑青逃至美国这个所谓自由国度,自己仍深深受困于对身份、名字和行为的意义追问之中,导致她性格分裂,变为一个放浪形骸、道德破产的女人"桃红",带着无所畏惧的心态踏上永远的漂泊之路。① 每次遭遇危机之际,桑青一方面背弃自己的身份、国族认同,一方面采用背叛父母、丈夫、女儿之方式获得逃亡的契机。这一连串的逃亡、困顿、背叛,再逃亡、再困顿、再背叛的心灵创伤史就是聂华苓想写的"一个人的困境":那种发生在桑青/桃红身上,发生在聂华苓身上,发生在内地人/台湾人身上的身心不得安宁的漂泊和无根感。无疑,主人公二十多年的经历虽然烦琐,但作者巧妙地进行了时空组接,将瞿塘峡、北平、台北、唐勒湖四个空间与抗日战争、解放战争、台湾岛戒严时期、美国麦卡锡时代四个时段有机地嫁接起来,②生成了中西文化之间的碰撞,以便表现桑青不同时空中的不同人生经历和漂泊生涯,而其中的中国时空的比重显然大于美国时空的比重,则隐含了主人公身上的浓浓乡愁,正如作者在 1997 年所说,"小说是我在 70 年代在爱荷华写的。1964 年从台湾来到爱荷华,好几年写不出一个字,只因不知自己的根究竟在哪儿。一支笔也在中文、英文之间飘荡,没有着落。那几年,我读书,我思考,我探索。当我发觉只有用中文写中国人、中国事,我才如鱼得水,自由自在。我才知道,我的母语就是我的根。中国是我的原乡,爱荷华是我的家"。③ 台湾比较文学学者蔡祝青对此进行了一个精彩的分析:"这样一位热衷写作、鼓励创作的文字工作者竟然面临'好几年写不出一个字'的困境,就像是文字工作者患了失语症,这样的噤声可说是个严重的症状。经过二十多年的生活,作者体悟到问题症结点正在于'不知自己的根究竟在哪儿',这是一个异乡人情结,她的国族认同、身份认同因为经历中日抗战、国共对峙、台湾政治压迫与赴美移民的变动,使

---

① 李亚萍:《故国回望:20 世纪中后期美国华文文学主题研究》,北京:中国社会科学出版社,2006 年,第 69 页。
② 同上书,第 68 页。
③ 聂华苓:《桑青与桃红流放小记》,台北时报文化,1997 年,第 271 页。

得她的心灵与语言的运用也跟着飘荡，没有着落起来。而几年间的沉潜思考，在失根与寻根的过程中，她重新领悟到'我的母语就是我的根'，对于家国认同也逐渐调整成'中国是我的原乡，爱荷华是我的家'。'原乡'标志的是自己的出身起源（origin），而爱荷华的'家'则是现今安身立命之所在。在这样的认同调整过程中，台湾被摒弃了，相较于爱荷华家居的平静稳定、回归秩序，对于原乡、母国中国的重新怀想，则体现出一种近乡情怯，表面上欲归，事实上却是再也归不得的景况。……当家国认同慢慢稳定，对于'原乡'与'家'的区分开始清楚，身在异乡的作者得以重获自主性，开始用中文写下小说《桑青与桃红》。小说的书写与其说是记录作者自内地、台湾至美国的凄凄惶惶、辗转流离的经验，更确切地说应是将从母国至异乡流离失所招致的创伤，藉由文字捕捉并予以再次呈现，失语的症状解除了，'透过语言，透过咀嚼、吞咽文字，透过爱，我与他者结合，认同，合而为一，我成为发言的主体'（speaking subject，Kristeva 语），这是创伤经验的升华，是诗语言的形成，发言主体得以藉由文本再次与'母亲'对话，为的是要以'推离'（abjection）之姿，贱斥自我身上与母体（母国）牵连的是非对错，'此推离，同时是谴责与渴求，是符号与冲动'（Kristeva 语）就如同弗洛伊德所谓小孩藉由来回滚动线圈游戏（fort-da game）的主控权，来转移母亲离去后留下的孤独与伤悲，在此，发言主体得以藉由文字捕捉已然失去的'母亲'（'原乡'），并且进一步填补经历自我撕裂暴力的空无"。[1] 简言之，桑青的经历带有作者本人的身世体验，桃红在美国的堕落和无家可归，隐喻着聂华苓本人在美的无根状态——"到哪儿去呢？不知道。我是中国人，在爱荷华找不着住的地方！我是中国人，却回不了中国！台湾是我十五年的'家'，我在那儿写作、编辑、教书。但是，和我一起为民主运动而工作的朋友们都因'叛乱罪'被台湾的政府抓进牢里了！我们的杂志被勒令停刊了。

---

[1] 蔡祝青：《当贱斥转为恐怖——论〈桑青与桃红〉中分裂主体的生成与内涵》，见"百度"搜索引擎"聂华苓的《桑青与桃红》评论"。

我整日生活在恐惧中。台湾是回不去了！到哪儿去呢？不知道"①。即是说,经历了两次放逐的聂华苓不时地感到自己的尴尬,没有哪一块地方能容身,被历史放逐的弃儿的悲凉心态在桑青身上得到深刻展示。由"桑青"到"桃红"的转变,"表征"着聂华苓所遭遇的没有国,没有家,丧失"自我"的悲凉②。这是所谓"后殖民主体"遭遇的"流亡",充满酸楚与"悲凉",正如后殖民批评家萨义德所说:"流亡(Exile),用华莱士·斯蒂汶生的话说,就是'冬日的心绪'('a mind of winter')——在这里夏秋的哀婉和春日的潜能(the potential of spring)近在咫尺却不能获取。或许这就是在换一种方式说,流亡生活按照不同的日历而不断前行,较之'居家生活'(life at home)少一些季节变化和稳定性。流亡是在惯常生活秩序之外过的日子。它是游牧性的(nomadic)、解中心的(decentered),同时又是喜忧参半的、新旧参半的(contrapuntal)"。③ 但聂华苓写作《桑青与桃红》的目的,并非仅仅为了书写个人经历而是有更宏阔的指向。④ 她自己说过:"我在《桑青与桃红》的创作中所追求的是两个世界:现实的世界和寓言的世界。读者把它当写实小说读也好,当寓言小说读也好——这一点,我不知道是否成功了,但那是我在创作《桑青与桃红》时所作的努力"。⑤ 整部小说就是建立在寓言与现实的碰撞、协商、争斗之上,但根据美国当代著名批评家詹姆逊的话语,寓言是一种非常复杂的文化精神,与那种"认为寓言铺张渲染人物和人格化,拿一对一的相应物"⑥的传统概念不同,"具有极度的断续性,充满了分裂和异质,带有与梦幻一样的多

① 聂华苓:《最美丽的颜色》,南京:江苏文艺出版社,2000年,第138—139页。
② 李亚萍:《故国回望:20世纪中后期美国华文文学主题研究》,北京:中国社会科学出版社,2006年,第70页。
③ Edward W. Said. *Reflections on Exile and Other Essays*. Cambridge and Massachusetts: Harvard University Press. 2000, p.186.
④ 李亚萍:《故国回望:20世纪中后期美国华文文学主题研究》,北京:中国社会科学出版社,2006年,第70页。
⑤ 聂华苓:《桑青与桃红》(序言),北京:中国青年出版社,1980年,第3页。
⑥ 詹姆森:"处于跨国资本主义时代中的第三世界文学",载张京媛主编《新历史主义与文学批评》,北京:北京大学出版社,1993年,第239页。

种解释,而不是对符号的单一的表述。它的形式超过了老牌现代主义的象征主义,甚至超过了现实主义本身"。① 鲁迅就是借助了寓言的这种强大力量使作品具有了强烈的表达力,如《狂人日记》中的"那个病人从他的家庭和邻居的态度和举止中发现的吃人主义,也同时被鲁迅自己应用于整个中国社会:如果吃人主义是'寓意'的,那么,这种'寓意'比本文字面上的意思更为有力和确切"②。聂华苓《桑青与桃红》的独特意义就在于以寓言手法,象征性地表达了近半个世纪以来中国社会历史的变迁,并且是从女性的个人记忆出发。③ 桑青的瞿塘峡—北平—台湾—美国的流亡,基本上是20世纪40年代与60年代中国人从内地到台湾再到美国的流亡经历的缩影,另一方面也是20世纪中国社会变迁的缩影,一个民族追寻自由、理想和美好归宿的缩影。④

桑青的最终死亡,颇具文化批评价值,指向了对现代性的批判。福柯在他的《词与物——人文科学考古学》中就公然宣称现代社会中人已死亡——"人将被抹去,如同大海边沙地上的一张脸"⑤。人已死的现代终结宣告了人类自我否定的开始,失国、失家、失去本我,流下的空洞躯壳四处游荡,不断追寻新的家园。这似乎与20世纪60年代美国"垮掉一代"的文化反叛精神如出一辙。⑥

在桑青与桃红之间,聂华苓对后者予以极大赞赏:"'桑青'意味着中国以农为本,桑叶是很重要的,生长在中国土地上,桑有蚕吐丝的意象。青呢?当然,桑叶是青色的。桃是桃红,我本人很喜

---

① 李亚萍:《故国回望:20世纪中后期美国华文文学主题研究》,北京:中国社会科学出版社,2006年,第70页。

② 〔美〕詹姆森:"处于跨国资本主义时代中的第三世界文学",载张京媛主编《新历史主义与文学批评》,北京:北京大学出版社,1993年,第236页。

③ 李亚萍:《故国回望:20世纪中后期美国华文文学主题研究》,北京:中国社会科学出版社,2006年,第71页。

④ 同上。

⑤ 〔法〕米歇尔·福柯:《词与物——人文科学考古学》,莫伟民译,上海三联书店,2001年,第506页。

⑥ 李亚萍:《故国回望:20世纪中后期美国华文文学主题研究》,北京:中国社会科学出版社,2006年,第71页。

欢桃红的颜色。在我看来,桑青可以象征一种传统文化,桃红是鲜艳的、奔放的、象征的,是迸发的生命力"。① 所以,在作者聂华苓的心中,桃红四处漂泊,是一个"敢于反抗、追求自由的女性英雄,在面对男性、父权传统和西方文化时,以自己的身体向他们挑战,尽管这种抗争充满悲剧色彩"。② 桃红是一个超凡脱俗的女杰,波伏娃一定会为之欢呼:"叛逆的女性已经在向这不公正的社会挑战"③,并且在她的"身上,个人的历史既与民族与世界的历史相融合,又与所有妇女的历史相融合。作为一名斗士,她是一切解放不可分割的一部分"④。这也就是《桑青与桃红》为何总被读作女性主义小说之原因。由于作品主题的"去国化",小说也被读作所谓"后殖民小说"。⑤ 不过,有批评家认为,桃红的"流亡地图"是通过她患"时间健忘症"的方式来进行的⑥。桃红是个没有过去,没有记忆的人。她是这样描述自己的出生、起源的:"我是开天辟地在山谷里生出来的。女娲从山崖上扯了一支野花向地上一挥,野花落下的地方就跳出了人。我就是那样子跳出来的。你们是从娘胎里生出来的。我到哪儿都是个外乡人。但我很快活。这个世界有趣的事可多啦!我也不是什么精灵鬼怪。那一套虚无的东西我全不相信。我相信我可以闻到、摸到、听到、看到的东西"。⑦ 即是说,桃红是开天辟地从山谷生出来的,是从中国创始神话的女神——女娲手中的野花挥落出来的,断绝了与母体的关系,否认了自我的血缘传承,正因为"我到哪儿都是个外乡人",每一个以起源崇拜带出

---

① 廖玉蕙:《逃与困——聂华苓女士访谈录》,载《自由时报·电子新闻网;自由副刊》2003 年 1 月 13 日。

② 李亚萍:《故国回望:20 世纪中后期美国华文文学主题研究》,北京:中国社会科学出版社,2006 年,第 70—72 页。

③ 〔法〕西蒙娜·德·波伏娃:《第二性》Ⅱ,陶铁柱译,北京:中国书籍出版社,1998 年,第 803 页。

④ 张京媛主编:《当代女性主义批评》,北京:北京大学出版社,1992 年,第 197 页。

⑤ 李亚萍:《故国回望:20 世纪中后期美国华文文学主题研究》,北京:中国社会科学出版社,2006 年,第 71 页。

⑥ 蔡祝青:《当贱斥转为恐怖——论〈桑青与桃红〉中分裂主体的生成与内涵》,见"百度"搜索引擎"聂华苓《桑青与桃红》评论"。

⑦ 同上。

起源仇恨的国度,对移民异乡的桃红来说,不管哪一套认同方式(血缘、行为、身份、国族……)都将混杂着异质与不纯粹,这是流浪的开始,同时也是贱斥(abjection)的开始,身心不得安顿的无依恐惧感被压抑了,"但我很快活","那一套虚无的东西我全不相信。我相信我可以闻到、摸到、听到、看到的东西"。① 现实中因各种认同所造成的失败挫折被推拒在外,成为主体不愿看到、听到的"虚无",主体转用画地为牢的方式(如困在栏杆中的千手佛),只相信自己可知觉到的外在世界。主体的认同挫折带来了抹除记忆、执行推离贱斥的暴力,更带来了无穷无尽的流浪逃亡。因为,用克莉丝蒂娃的话说,"贱斥(abjection)倾向于否认它的血缘关系:它没有任何熟悉的东西,连一个回忆的影子都没有。……对他来说,早在事物存在—早在他们可以赋有意义之前—他就在冲动的驱使下,将事物推拒在外,自我画地为牢,贱斥(the abjection)就是疆界"。② 实际上,这种贱斥就是乡愁,就是家园的记忆。此外,该小说的"女主人公为了寻找自由和文化归属感,踏遍了美国的山山水水,让人联想到汤婷婷的《猴王孙行者》(*Tripmaster Monkey*:*His Fake Book*,1990)中的男主人公之行踪"。③

聂华苓在美期间的另一部小说《千山外,水长流》表现乡愁的方式,是以母亲凤莲的个人经历来书写从中国内战至"文革"之历史进程。小说通过母亲和女儿的通信来回溯一段苦难悲伤的历史,莲儿赴美后,在与母亲频繁的书信来往中认识了自己的母亲,也培养了自己对中国历史的崭新理解。即,只有在他者文化的关照中,我们才能重新认识家国。莲儿在祖国时总想离开母亲,而到了美国后则总是不由自主地为中国辩护,特别在遭到美国亲人对

---

① 蔡祝青:《当贱斥转为恐怖——论〈桑青与桃红〉中分裂主体的生成与内涵》,见"百度"搜索引擎"聂华苓的《桑青与桃红》评论"。

② 同上。

③ 〔美〕尹晓煌:《美国华裔文学史》,徐颖果主译,天津:南开大学出版社,2006年,第185页。

她和母亲的排斥时,更加萌生了去清理中国历史的冲动。① 这恰如萨义德所说:"积极介入自身文化之外的某一文化或文学这一人文主义传统,具有同样重要的意义……一个人离自己的文化家园越远,越容易对其做出判断"。②

不过,虽然聂华苓与於梨华一样,均着眼于表现"乡愁—家园"主题,但有所区别。首先,在《桑青与桃红》中聂华苓和她小说的主人公跳出了留学生狭小的生活圈子,从内地抗战时期沿长江漂流的历险写起,一直写到 60 年代在美国经历的社会动荡,以及浪迹天涯、无家可归的人生悲哀;其次,突出了主人公在现实中"自我实现"的努力。该主人公始终是一个"未完成"的我。在聂华苓笔下,女主人公在充分感受到"没有祖国"的悲凉的同时,也以开放的胸怀从美国的反战运动和民权运动中获得丰富的精神资源。她对自由追求的力度、反叛传统价值观念的决心,以及蔑视权威的种种言行——抽大麻、开快车、说脏话、做女权主义者……恰恰是於梨华和白先勇笔下的"谦谦君子"所根本不可能做到或沾染的。《桑青与桃红》的主人公热爱生命,欲求自我实现,一定程度上代表了新一代中国知识分子反思性的自我塑造和面对传统文化的新眼光。③

第三节　重建传统的家园:从汤婷婷说起

汤婷婷(Maxine Hong Kingston,1940—　　),"20 世纪 60 年代以来最具影响力的……美国华裔作家"④之一,1940 年出生于美国加利福尼亚名城斯塔克顿一个华裔家庭,1958 年因一篇描述中国内地旧历过年风俗的散文获当地新闻奖,得以进入加州大学伯克莱

---

① 李亚萍:《故国回望:20 世纪中后期美国华文文学主题研究》,北京:中国社会科学出版社,2006 年,第 72—73 页。

② 〔美〕爱德华·W. 萨义德:《东方学》,王宇根译,北京:生活·读书·新知三联书店,1999 年,第 331—332 页。

③ 高小刚:《乡愁以外:北美华人写作中的故国想象》,北京:人民文学出版社,2006 年,第 145 页。

④ 〔美〕尹晓煌:《美国华裔文学史》,徐颖果主译,天津:南开大学出版社,2006年,第 265 页。

分校英文系学习,1962 年获学士学位毕业。① 她的三部英文小说:
《女勇士:群鬼间的少女经历回忆》(*Woman Warrior*:*Memoirs of a Girlhood Among Ghosts*, 1976)、《金山勇士》(*China Men*, 1980)、《猴王孙行者》(*Tripmaster Monkey*:*His Fake Book*,1989),被誉为"美国华裔文学史上里程碑式的杰作"。② 近年来她一直"投身于退伍军人写作坊和出版《第五和平书》(*The Fifth Book of Peace*)"③(回忆录),并正在写作长诗《宽广人生》(*I Love a Broad Margin to My Life*)。《女勇士》是汤婷婷于 1976 年发表的处女作,当时一炮走红,荣获当年美国国家图书评论界非小说奖,成为首部引起学界巨大关注并进入美国大学课堂的华裔作品,作者"甚至被誉为在世的美国作家中作品最常在大学被讲授的一位"。④ 多年后,克林顿总统还称之为一部划时代的名著。《金山勇士》是她 1980 年出版的小说,是《女勇士》姊妹篇,作品以汤氏家族男性在美创业的艰难历程为线索,挖掘一段被美国主流媒体隐去的华人历史,打破了主流文化将华人"边缘化"的局面,重构了美国华人及华裔的历史;《孙行者》是她于 1989 年推出的又一部力作,描述华裔剧作家阿新的艰难创作历程,但由于过度采用戏仿、拼贴、游戏式语言、时空跨越、神秘叙事者等后现代艺术手法,令人难以卒读。⑤ 前两部小说是"当今美国大学英语系里被选用最多、被讲授得最为广泛(远远超过海明威和福克纳)的当代文学教材"。⑥ 在这些旨在"说故事"(tell-story)的小说中,汤婷婷将家族故事、民间传说、下意识梦幻当作社会"正史"的对立面,用大胆的想象和"以错纠错"之方式,并借

---

① 毛信德:《美国小说发展史》,杭州:浙江大学出版社,2004 年,第 528 页。

② 同上。

③ 单德兴主编:《故事与新生:华美文学与文化研究》,天津:南开大学出版社,2009 年,第 131 页。

④ 同上书,第 129 页。

⑤ 杨仁敬等编:《美国后现代派小说论》,青岛:青岛出版社,2004 年,第 296—297 页。

⑥ 高小刚:《乡愁以外:北美华人写作中的故国想象》,北京:人民文学出版社,2006 年,第 265 页。

助含混、多元的语言,重建古老中国的英雄传统①,再现美国华人"自我",以实现对家园的重建。

汤婷婷的《女勇士》由五章构成:"无名女子"、"白虎山学道"、"乡村医生"、"西宫门外"、"羌笛野曲"。前三章分别在想象的中国空间里穿行,后两章则是从到美国的姨妈月兰的现实处境和在美国成长的华裔少女的故事中"认识"中国人的思想观念和思维习惯的。② 前三章的叙述主题集中于中国姑姑、中国古代女性英雄、中国母亲的叙事中。叙述者通过对"听来"的故事进行主观意愿的再加工,并充满质疑的声音,以"完全的想象"之方式完成了她对中国形象的再创造,表现出了她所认识和理解的"中国"③。

作者在开篇就提出了极其棘手的问题:"华裔美国人,当你试图理解你内心的什么是属于中国的时候,你是如何分辨什么是由于你童年的经历、贫困、疯狂、特殊的家庭背景、为你讲故事的母亲等等对你的影响? 你是怎么区分什么是中国的传统? 什么是从电影中获得的呢?"④"我是谁?""中国是什么?"这两个缠绕着 20 世纪中国知识分子的敏感问题,汤婷婷在作品中,通过对北美华人"自我"属性的深入挖掘和他们心目中"故国"形象的创造性重建,进行了富于"内容的深刻性与文学形式的前卫性"的回答。⑤ 当然,"自我"及"文化认同"问题是西方哲学史上亘古已久的人的"主体性"问题。人类对"自我"、"人的本质"或人类"本体性"的每一次阐释,标志着人们对自身存在的认识和对世界的认识的深入。⑥ 传统的本质主义一元论世界观将"自我"视为具有固定内容、可被预

---

① 高小刚:《乡愁以外:北美华人写作中的故国想象》,北京:人民文学出版社,2006 年,第 130 页。
② 高鸿:《跨文化的中国叙事——以赛珍珠、林语堂、汤亭亭为中心的讨论》,上海:上海三联书店,2005 年,第 73 页。
③ 同上。
④ 李贵苍:《文化的重量:解读当代华裔美国文学》,北京:人民文学出版社,2006 年,第 190 页。
⑤ 高小刚:《乡愁以外:北美华人写作中的故国想象》,北京:人民文学出版社,2006 年,第 113 页。
⑥ 同上书,第 119 页。

先了解并掌握的观念,认为"自我"是认识客观世界的出发点,人伦、认识的权威基础,和人的"本质"的核心;①而现代结构主义和当代解构主义等本体性理论,认为了解"自我"的唯一途径就是要一元论世界观,用多元的、反中心论的、不断变化的眼光来看待"自我"的属性,并特别指出,知识不等于真理,只是一些文化的符号;人的本质不过是一个充满矛盾的综合体,一个必须通过"叙述"加以逐渐把握的过程。简言之,"自我"是一种话语的产物和一个变化着的文本。②而汤婷婷再现美国华人"自我"的"说故事"方式不单是构成小说结构的方法,还是一种殖民主义文化语境下十分前卫的叙述策略,原因是"北美华人在百年来白人强势文化和不平等的阶级关系中,共享着一段血泪交织的民族记忆……而在一切痛苦中华人感到的最严重的伤害,莫过于在社会主流话语下对自己历史的'失去'和对自己民族身份的'遗忘'。这种'失去'和'遗忘'……是北美的'社会机制'(social institution,福柯语)改写历史的暴力性和强制性结果"。③而"个中作者想象中国的方式……以出诸互文(intertexts)的方式更为凸显"。④《女勇士》第一章"无名女子"(No Name Woman)中的故事就是"互文"的⑤。在此,作者在域外"美国"拼接了一个小时候从母亲那里听来的有关他们家族的不可言说的故事:在多年前的中国农村,她的一个生性大胆的姑姑因喜好幻想,与她的男性同乡发生了婚外情并有了身孕,故不敢见家族的亲友们,最后遭乡邻的"处罚",自杀身亡;但她死后,颇感"愧疚"的人们不断地谈论此事,说明她很有人格魅力。作者的此番"拼接"打破了传统的清规戒律,寓意在于让人感到"死去的姑

---

① 高小刚:《乡愁以外:北美华人写作中的故国想象》,北京:人民文学出版社,2006年,第115页。

② 同上书,第116页。

③ 同上。

④ 单德兴:《重建美国文学史》,北京大学出版社,2006年,第256页。

⑤ 高小刚:《乡愁以外:北美华人写作中的故国想象》,北京:人民文学出版社,2006年,第122页。

姑"之魅力能穿透历史的烟尘,影响到她今天在美的生活与生命。①
小说的以下特点同样值得讨论:第一,汤婷婷设计的小说标题《女
勇士》大有文章可做,与中国远古历史文本相关联,它们分别"说"
了下列"故事":"女勇士"(Woman Warrior)指涉我国的巾帼英雄
"花木兰"②;第二,一些内涵丰富字词的互文意义,如《女勇士》中
的"报"字将"报道"与"报复"故意混为一谈,"报道罪行"即"'报'
复目的"(The reporting is the vengeance)③;第三,《女勇士》中提到
中国古代妇女自称为"奴"(slave),并称由此可见身处重男轻女的
中国父权社会里女子的地位与"奴隶"并无二致。以上这些被"说"
的故事,虽有失实之处,但当置于全书脉络时,便发挥着原先在中
文里不可想象的艺术效果④;第四,较长的互文,《女勇士》里的第二
章"白虎山学道"里采用花木兰故事时,除描写奇女子的特立独行、
骁勇善战外,更多地为了实现作者自己的特定叙事目的——"以报
道来报复"。⑤ 不过,这里的"花木兰故事并非完全来自中国的传
说,而是一个……'被美国文化改造'了的中国神话故事"⑥,因为
在中国古代卜辞中,占卜者就常用"白虎"指代西方。⑦ 在"我"的
"花木兰故事"里,替父从军的花木兰出征前,在白虎山上求仙学
道。花木兰飞羽射箭,练十八般武艺,虽思念家乡,但14年中只能
通过"魔镜"看到家人。尔后山下外族入侵,无长兄的木兰被召唤,
于是下山女扮男装替父出征。花木兰飒爽英姿,驰骋疆场,战功赫
赫。这个"花木兰"再也不是那个让人难辨雌雄的古代花木兰,而
是一个被糅入女性主义思想的华裔女子。⑧ 她隐喻着作者力求建

---

① 高鸿:《跨文化的中国叙事——以赛珍珠、林语堂、汤亭亭为中心的讨论》,上海:上海三联书店,2005年,第73页。
② 单德兴:《重建美国文学史》,北京大学出版社,2006年,第256页。
③ 同上。
④ 同上。
⑤ 同上。
⑥ 〔美〕尹晓煌:《美国华裔文学史》,徐颖果主译,天津:南开大学出版社,2006年,第268页。
⑦ 单德兴:《重建美国文学史》,北京大学出版社,2006年,第256页。
⑧ 高鸿:《跨文化的中国叙事——以赛珍珠、林语堂、汤亭亭为中心的讨论》,上海:上海三联书店,2005年,第75—76页。

构的一个"女性主义的后殖民主义者"（feminist postcolonialist）形象——如蓓尔·赫珂丝所言——"向一切强加于她的束缚挑战，蔑视一切戒律。她公然对抗女性应当逆来顺受的传统观念，宣称自己是我行我素的主体"。①

　　该小说第四章取名"西宫门外"（Western Palace），作者在此用现实主义的笔触描写了姨妈月兰从中国赶往美国，寻找因历史原因分别多年的姐姐英兰和离散 30 年的丈夫的感人事迹。由于分别时间太长，月兰的丈夫在美国已重新组建了家庭并开始了新的生活。寻亲除勾起苦涩的回忆外，一点不能改变任何现实问题。最后，软弱的月兰不能适应美国的生活，落得发疯之结局。②"疯女人"，无论在东方文学还是西方文学中，都是一个尽人皆知的形象，但汤婷婷对之赋予了新的含义，从卷首的"无名姑妈"到结局时的"疯玛丽"，皆有深刻寓意。每一个"疯女人"都是一条理解汤婷婷创作动机的线索。作者在她们身上既哀悼了成为社会牺牲品的妇女，也讴歌了作为胜利者的女勇士。③ 作者随后用的"胡笳十八拍"（A Song for a Barbarian Reed Pipe）结尾，同样是在采用古老中国的蔡琰故事来呈现流放、压抑、沉默之困境和以语言打破困境的努力，以此寻求自我④，表现了女主人性格上的变化。女主人的性格时常是很强悍的 ——"有时我恨鬼子们夺走了我们说话的权利，有时我恨中国的故作神秘"。⑤

　　显然，古老东方神奇土地上女勇士们的灵魂开始穿透历史的迷雾向她走来。她决心继承她们的灵魂，再也不去重蹈充当西人

　　① 〔美〕蓓尔·赫珂丝：《革命的黑人女性：自己成为主体》，载〔英〕巴特·穆尔—吉尔伯特等编撰：《后殖民批评》，杨乃乔等译，北京：北京大学出版社，2001 年，第 317 页。

　　② 高小刚：《乡愁以外：北美华人写作中的故国想象》，北京：人民文学出版社，2006 年，第 123 页。

　　③ 〔美〕尹晓煌：《美国华裔文学史》，徐颖果主译，天津：南开大学出版社，2006 年，第 268 页。

　　④ 单德兴：《重建美国文学史》，北京：北京大学出版社，2006 年，第 256 页。

　　⑤ 高小刚：《乡愁以外：北美华人写作中的故国想象》，北京：人民文学出版社，2006 年，第 123 页。

眼中"奴隶"、"小女人"角色的覆辙，自己为自己做主，义无反顾地"大胆地往前走"，以实现自己的"主体性"，力争成为一名"做鬼子的事比鬼子做得还好"的20世纪"女勇士"。① 在这里，"通过探索并化解主人公的文化属性危机，作者创作出一部美国华人的生活史诗，使得华裔妇女能够自立于美国社会的民族之林"②，以在文学上起到重新夺回历史（reclaim history）、夺回美国（reclaim America）和重新获得声音（regain voice）的努力。③

在《女勇士》中，汤婷婷以民间故事和家族传说对抗社会的"正史"，企图在"缺席"书写的特殊"位置"上再现历史的"残片"，建立北美华人的"英雄主义"传统④。这一切是通过她颇有个性的语言叙事风格来实现的。她处处小心谨慎，避免让她的语言染上她所竭力抗争的那种超越个人经验的、表现宏大历史和文化理念的色彩，尽量不带权威口吻。⑤

她总把"揣摩"和"编造"的话语当做自己小说的语言，并以此为基础挑战美国传统史学和白人文化权威，去搅乱以往被认为是固定的、统一的和"不言而喻"的关于华人和华人性格的历史"真实"，表现出相对于传统叙述的"异质性"。⑥

如该小说的副标题"群鬼间的少女经历回忆"（Memoirs of a Girlhood among Ghosts），有几分"陌生化"，表明这是作者在叙述从她母亲那里听到的有关她家几代女性成员的故事。作者用这样的文字开头："你不能告诉任何人，我妈妈说，我要告诉你的这些事"。⑦ 即是说，母亲叫她"不能告诉任何人"的"事"被宏大的"正

---

① 高小刚：《乡愁以外：北美华人写作中的故国想象》，北京：人民文学出版社，2006年，第123页。
② 〔美〕尹晓煌：《美国华裔文学史》，徐颖果主译，天津：南开大学出版社，2006年，第267页。
③ 高小刚：《乡愁以外：北美华人写作中的故国想象》，北京：人民文学出版社，2006年，第120页。
④ 同上书，第125页。
⑤ 同上。
⑥ 同上书，第122页。
⑦ 同上书，第125页。

史"所遮蔽,而且一旦"说"出,就会犯忌。换言之,"说话"不仅不会被听众接受,还会被认为是"胡言乱语"、狂妄和危险。① 作者从小生活在美国这样的"鬼怪"国度,同时又被古老中国的神话和家庭环境所包围,成长过程充满迷惑,其结果是产生了自我认同危机感。

因此,汤婷婷总对语言极端地不信任,认为语言无力叙述事实真相,总把"揣摩"和"编造"的话语当做自己小说的语言。于是乎,她告诉读者这些故事"开始是她(她母亲)的,结尾是我的",并不时提醒读者语言可能给他们带来的误导:勿将我的文字过分当真②。强力地贬抑在场"能指"的无力! 这似乎指涉着中国"道"、西方"逻各斯"共同表征的语言观,因为中国的"道"坚持认为,"道可道,非常道。名可名,非常名",文字的发明导致"天雨粟,夜鬼哭"之哀状,标志着失去天真和启用机诈;③"逻各斯的时代就这样贬低文字,把它视为媒介的媒介,视为向意义的外在性的堕落"④。《女勇士》第四章"西宫"里也有类似例子:作者描写她的"姑妈"从中国移民至美国,在母亲的陪同下与失散三十多年的丈夫相会的始末,并交代了她弟弟那天早上驾车把两位老人送上路,找到她姑妈的丈夫工作的医院,又目睹了两位老人在见到月兰丈夫之前所做的一切笨拙的安排,以及后来事情发展的细节和最终的转折。⑤ 这是她弟弟给她讲的故事,并且"弟弟"对两位老人的"策略"有所不知,也不愿看到即将在医院楼前发生的尴尬的一幕。在"弟弟"将"姑妈"的丈夫从楼上引到他们自己的汽车边上时,作者是这样进行语言叙述的——打开车门,"她在这里,"他对他姑父说,"我们等会儿见"。⑥ 说完他便沿着街跑掉了。很明显,"跑掉了"的"弟

---

① 高小刚:《乡愁以外:北美华人写作中的故国想象》,北京:人民文学出版社,2006 年,第 126 页。
② 同上。
③ 张隆溪:《道与逻各斯》,冯川译,成都:四川人民出版社,1998 年,第 80 页。
④ 同上书,第 76 页。
⑤ 高小刚:《乡愁以外:北美华人写作中的故国想象》,北京:人民文学出版社,2006 年,第 127—128 页。
⑥ 同上书,第 128 页。

弟"就不可能知道老人们随后在车上的谈话，并等他们上街吃饭回来后才再次回到车子边上。所以，下一章开篇的这一叙述似乎就难以解释——"实际上，我弟弟并没有对我说过这个故事。我的一个妹妹告诉了我他告诉她的故事。他的故事比我的好，因为它不会被引申歪曲"。① 绕来绕去，到底怎么回事？是作者犯了颠三倒四的毛病吗？显然不是。汤婷婷正是通过这一表面含混不清的叙述模式，有意让读者对"谁是真正的叙述者"产生质疑②，并且把事情"可能是这样，也可能不是这样"的反中心、反权威、无中心的语言效果传达给读者。汤婷婷的此番叙述模式，似乎能使我们从中看到后现代思想家、当代德国法兰克福学派批评家阿多诺《启蒙辩证法》的叙述话语。阿多诺在《启蒙辩证法》中总爱用后面的论述否定自己前面刚得出的观点、主张，如在"笔记与札记"的"七、对伏尔泰的颂扬"中就是这样："……揭露了权力，也就等于揭露了这些行使权力的人。不过，后来者可能比他们更糟"。③ "不过"之后的句式就是对它之前句式的否定。"十二、人性的纪念碑"中也是这样："人性的老家始终是在法国，而非其他地方。但法国人自己对这一点却不太清楚。"④ "但"之后的句式仍然是对它之前句式的否定。这一切体现出阿多诺对启蒙思想在人类思想发展过程中所起作用的反思与质疑。

汤婷婷随后的小说《金山勇士》也在尽一切努力重建着中国。它分为六大部分，每部分由形如"楔子"的一两个小故事（第四章的"法律"除外）与进入"历史叙事"的大故事构成。它们主要围绕华人男性——曾祖父、祖父、父亲和弟弟在美工作和生活的经历，述说了华人男性对美国社会发展的重要贡献，而在这些"历史叙事"

---

① 高小刚：《乡愁以外：北美华人写作中的故国想象》，北京：人民文学出版社，2006年，第128页。
② 同上书，第128—129页。
③ 〔德〕马克斯·霍克海默、西奥多·阿道尔诺：《启蒙辩证法》，渠敬东等译，上海：上海人民出版社，2006年，第202页。
④ 同上书，第209页。

的背后隐藏着华人文化的种种印记。①

　　"金山勇士"（China Men）这一另铸的新词就是隐性地抗拒着美国社会对于华裔人士在美国历史上所起作用之轻视。②《金山勇士》运用《镜花缘》、"杜子春"、屈原的故事以及类似《聊斋志异》的鬼故事，作者对它们进行改造/颠覆，以此强调男女之间的不平等关系、流放主题以及所谓"强制性静默"（imposed silence）③。《金山勇士》里有一个经典性例子。主人公"阿公"和无数19世纪中国劳工一起，史诗般地修筑了横贯美国东西部的大铁路，但在庆祝铁路竣工典礼的镜头上连一个中国劳工的影子也找不到。"洋鬼子摆姿势拍照时，中国佬则四处逃散了。留下来会有危险……铁路照片上没有阿公。"④照片归册，历史尘封，白人就这样得到了所有的功劳，中国劳工则卷铺盖回老家。这种把弱小种族排除在"正史"之外的行为，反而被认为是"合法化"的，"本该如此"。这是白人种族主义强势话语对待历史的一贯做法，是一种权力话语。⑤ 面对如此残酷现实，汤婷婷认为，华人只有积极地将有限的文化"残片"和在历史上"销声匿迹"的事实原原本本"说"出来，才能对北美华人历史进行重写和评估；即，她主张"说故事"应该对"正史"进行反叛和颠覆。⑥ 不过，她同时承认，她在小说中所写的家族历史是一种"揣摩"，无论是主干，还是细节，可能都"弄错了"，牛头不对马嘴。⑦ 如作者的父亲老来变得缄默，不愿对人谈起家族往事，写作便成了作者窥测自己父亲心事的不可靠的"揣摩"——父亲，"我要告诉你我从你的沉默寡言中所揣摩的事。如果我错了，你可以告

---

　　① 高鸿：《跨文化的中国叙事——以赛珍珠、林语堂、汤亭亭为中心的讨论》，上海：上海三联书店，2005年，第78页。

　　② 单德兴：《重建美国文学史》，北京：北京大学出版社，2006年，第256页。

　　③ 同上。

　　④ 高小刚：《乡愁以外：北美华人写作中的故国想象》，北京：人民文学出版社，2006年，第119页。

　　⑤ 同上。

　　⑥ 同上书，第119—120页。

　　⑦ 同上书，第126页。

诉我。如果我弄错了的话,你得说出真正的故事"。① 这种"不确切性"、"非客观性"正是汤婷婷有意而为之。② 正是通过这一表面含混不清的叙述模式,她对殖民主义语境下的"语言—权力"架构不断地进行挑战,同样地将反中心、反权威、无中心的语言效果传达给读者。具体说来,为体现上述观念,汤婷婷动用了很多独特的语言表述方式。如作者在描述在美国长大的"我"所承受的家庭和社会期望时,就罗列了来自几个人的看法③:她早先对自己的看法——失望的、迷惑的、沉默的;她现在对自己的看法——刚强的、好斗的、比美国人更聪明的、随心所欲的、不做饭的、不洗碗的;她母亲的看法——有时安静的、有时吵闹的、传统的,嫁得出去;美国主流社会的看法——东方人的、小女人的、温柔的、被动的"清客"。作为小说叙述人,汤婷婷在这里包容了不同的人们对她的期待,同时也告诉读者她是一个活在不同人们眼睛里的自己,她的写作只是在叙述他人叙述的有关自己的故事。④ 换言之,汤婷婷在陈述故事时,不把视角和说话人加以固定,而是常常邀请好几个人物,从不同侧面就同一事情进行描写,于是故事常常分解为她的故事、他的故事、他们的故事、她母亲的故事、她父亲的故事、读者印象中的故事……故事与故事之间常出现重叠、错位,甚至相互矛盾,并且作者也不出来加以澄清——因为她认为自己不应该扮演貌视公正的审判官⑤。在这样一个语言"迷魂阵"中,在这样一种解构性的语言策略中,汤婷婷实践着反对语言霸权、建立北美华人自我、重建故国家园的努力。这似乎载着人们进入了一种"语言狂欢化"帝国,折射出丰富的文化内涵和时代意义。汤婷婷在享受着一片片喝彩声的同时,招致了美国华人界的很多严厉批评,特别是她"在《女勇士》中用以表现传统中国文化之别具一格的写作手法,成

---

① 高小刚:《乡愁以外:北美华人写作中的故国想象》,北京:人民文学出版社,2006年,第122页。
② 同上书,第126页。
③ 同上书,第127页。
④ 同上。
⑤ 同上。

为众多争论的焦点"①,因为"小说被认为歪曲并误导性地表现了中国历史和文化"。② 罗伯特·李(Robert Lee)在"《女勇士》对华裔美国历史的入侵"("The Woman Warrior as an Intervention in Asian American Historiography")一文中指出:"该书在表现华人美国历史经验方面是肤浅的。如此扭曲华裔文化赖以生存的中国传统神话和传说,结果是把华裔经历中的中国部分彻底妖魔化了,因而迎合了白人读者的东方主义偏见"。③ 这里所说的"中国传统神话和传说"即是指汤婷婷对《木兰辞》中花木兰故事和《胡笳十八拍》蔡琰故事的挪用。温迪·霍(Wendy Ho)在"在她母亲的房间"("In Her Mother's House")一文中批评汤婷婷等人"披着东方主义者的外衣,为了繁荣白人的出版事业,背叛了华裔社会和华裔男性的尊严"。④ 二者说法虽表述不同,但均共同指责汤婷婷作品中所谓旨在"讨好"西方的神秘的东方主义倾向,在表现中国文化时流露出"居高临下的优越感",铸造了新一轮的东/西二元对立。除了这些个人化的讨伐,还有华人社团组织的讨伐,如"旧金山华裔教师协会"(San Francisco Association of Chinese Teachers)这样指责《女勇士》:"《女勇士》这本书表达的纯属(作家的)个人观点,是她对自己家庭背景的主观表现。如果就此推断,认为这部小说中的'陌生世界'代表了大多数华裔美国人的真实世界,那将是非常危险的。特别是对那些不熟悉中国历史背景的学生而言,这本书会使他们对华裔美国人的历史经验产生完全否定的印象"。⑤ 他们对《女勇士》有可能产生的有关华裔美国人形象的消极后果忧心忡忡。对汤婷婷批评得最为激烈的是赵健秀(Frank Chin),酿成美国华裔历史上著名的"关公大战花木兰"事件。他同几乎所有亚裔男性批评

---

① 〔美〕尹晓煌:《美国华裔文学史》,徐颖果主译,天津:南开大学出版社,2006年,第271页。

② 同上书,第272页。

③ 李贵仓:《文化的重量:解读当代华裔美国文学》,北京:人民文学出版社,2006年,第186页。

④ 同上书,第187页。

⑤ 同上书,第188页。

家、学者一样,认为汤婷婷在《女勇士》中践踏了华裔文化的纯洁性和严肃性,因而损害了华裔在美国的整体形象。① 他说,汤婷婷力图使美国华裔文学女性化。她及其他几位女性作家是败坏美国华裔男性形象的既得利益者,是陈腐的所谓"模范华裔"的帮凶。她们对华人男子的刻画,使得华裔社会给人以厌女印象,从而成为白人眼中的劣等民族。② 他甚至谴责汤婷婷把"花木兰变成了华裔女权主义的冠军,目的是鼓励华裔女性抛弃她们的民族,取悦白人优越论的普遍主义"③,是在"出卖"传统。赵健秀为此警告道:"对年轻的黄种人作家,我别无建议,唯有警告和承诺:只要我活着,无论你们谁写出伪造的华人历史和文化,我就要点你们的名、戳穿你们的虚假故事"。④ 当然,赵健秀的批评矫枉过正之处极多,不为很多人所赞同。有人甚至认为:"赵健秀似乎选错了批判的对象。公平地说,与其说汤婷婷本想建构什么迎合主流社会的'另类传统',不如说她更多的是在'解构'中国传统中包括'重男轻女'在内的很多文化观念"。⑤ 笔者部分同意这种说法,但汤婷婷本人的一些辩解又几乎将她推至赵健秀所批评的境地——"事实上,我是一个美国人,一个美国作家,我和其他美国作家一样,都希望能写出一部优秀的美国小说……然而,很多评论家都看不见其中的美国性,同时也看不见我身上拥有的那些美国特性"。⑥ 赤裸裸的表白!赤裸裸的东方主义!真是富于反讽。汤婷婷等人所表现的中国文化确实有简单化、片面化之处,脱离了社会历史背景,如《女勇士》中表

① 李贵仓:《文化的重量:解读当代华裔美国文学》,北京:人民文学出版社,2006年,第186页。

② 〔美〕尹晓煌:《美国华裔文学史》,徐颖果主译,天津:南开大学出版社,2006年,第272页。

③ 李贵仓:《文化的重量:解读当代华裔美国文学》,北京:人民文学出版社,2006年,第187页。

④ 〔美〕尹晓煌:《美国华裔文学史》,徐颖果主译,天津:南开大学出版社,2006年,第272页。

⑤ 高小刚:《乡愁以外:北美华人写作中的故国想象》,北京:人民文学出版社,2006年,第131页。

⑥ 李贵仓:《文化的重量:解读当代华裔美国文学》,北京:人民文学出版社,2006年,第185页。

现的厌女现象就大有问题。中国传统文化中确实有压迫妇女之事实,但中国社会也造就了大批"女勇士"。仅明清两代(1436—1911)就产生了近三千五百位有名有姓的女诗人;再如"缠足"陋习,在中国封建社会中,不一定就是对所有妇女们的压迫。它只是盛行于上层妇女中的一种"奢侈"的时尚,而非贫寒妇女所追捧,因为贫寒妇女们为生计所迫,不得不在田间劳动,不能"缠足"。"缠足"后凡事都要有人代劳,还需时时有人搀扶,且裹脚时间并非一年半载,而且是长达数年甚至一生。只有名门闺秀才有条件享受如此"殊荣",一度成了财富、地位、权势、阶级的象征。① 贫穷人家女子就可因此逃脱这一厄运。② 如此种种,不胜枚举。汤婷婷小说中值得解构之处太多、太多。所以,汤婷婷笔下重建的故土家园形象带着西方中心主义色彩。

无论如何,在汤婷婷通过《女勇士》、《金山勇士》建构的破碎、漂浮的"中国家园"中,隐含了作者对自我文化身份的诉求,一种摇摆不定的诉求:既不能忘却有血缘关系的族裔文化主体,又不愿逃脱美国文化主体③,正如斯图亚特·霍尔在《文化身份与族裔散居》中所说:"文化身份根本就不是固定的本质……不是一成不变的,……是由记忆、幻想、叙事和神话建构的。文化身份就是认同的时刻,是认同或缝合的不稳定点"。④

① 高新伟:《凄艳的岁月:中国古代妇女的非正常生活》,郑州:河南人民出版社,2006年,243页。
② 〔美〕尹晓煌:《美国华裔文学史》,徐颖果主译,天津:南开大学出版社,2006年,第272—273页。
③ 高鸿:《跨文化的中国叙事——以赛珍珠、林语堂、汤亭亭为中心的讨论》,上海:上海三联书店,2005年,第92—93页。
④ 〔英〕斯图亚特·霍尔:《文化身份与族裔散居》,载罗钢、刘象愚主编:《文化研究读本》,北京:中国社会科学出版社,2000年,第212页。

第四节　批判的家园："文革"批判：
从陈若曦到严歌苓、严力、哈金

20 世纪七八十年代以后，移民美国的一批以陈若曦、严歌苓、严力、哈金等为代表的新移民作家，以再现"文革"的独到方式对家园进行文化批判，表现了一种特有的"飞散者的故国审视"①。

4.1　陈若曦的小说

陈若曦，一个有着传奇般人生经历的女作家，以她勇敢直率的个性，爱憎鲜明的情感，在政治风云不断变化的年代，对家国命运投入了热切的关注，使其具有鲜明的创作面貌。② 她原名陈秀美，英文名 Lucy，1938 年生于台湾一个木匠世家，1957 年考入台湾大学外文系，热心参与《现代文学》刊物的创办，并随即开始文学创作。与聂华苓、白先勇不同的是，没有经历过从内地到台湾的放逐，而是一个在台湾土生土长的中国人，成为台大学院派中有着"乡土色彩"的作家。1962 年赴美后，与具有强烈民族意识的流体力学博士生段世尧相爱，参加激进青年组织"读书会"。她对共产主义的广泛阅读，对乌托邦理想的虔诚憧憬，心仪内地，以至于1966 年与刚获得博士学位的丈夫取道欧洲回到祖国，任教于南京华东水利学院，后来经历了"文革"中漫长的惊愕、痛苦、迷惘、忍耐，报效祖国之理想破灭，于 1973 年离开内地赴香港，开始了漫长的北美放逐之旅③，并在放逐中获得了不断的"文革"批判和故国批判精神。④ 陈若曦的"文革"叙事是在著名华裔美籍学者夏志清的

---

① 李亚萍：《故国回望：20 世纪中后期美国华文文学主题研究》，北京：中国社会科学出版社，2006 年，第 82 页。
② 樊洛平：《当代台湾女性文学小说史论》，郑州：河南人民出版社，2005 年，211页。
③ 同上书，212 页。
④ 李亚萍：《故国回望：20 世纪中后期美国华文文学主题研究》，北京：中国社会科学出版社，2006 年，第 75 页。

鼓励下进行的①,按内容可分三类:反映"文革"时期对民主、法制践踏的一类,如《尹县长》、《任秀兰》等;揭示极"左"思潮、个人崇拜给人民带来灾难的一类,如《晶晶的生日》、《大青鱼》等;表现受创最深的革命干部、知识分子在"文革"中的悲惨命运一类,如《耿尔在北京》、《归》等②,"目标是把中国人的痛苦和辛酸告诉所有的中国人"③,并说"毕生之力能做到这一点也很满意了"。④《尹县长》系她在1974年推出的小说集,被著名华裔美籍中国文学学者夏志清当年誉为"最好的两篇"⑤小说之一,夏先生甚至说"仅凭《尹县长》里的六篇,陈秀美在当今文学界已有其独特的地位"⑥,白先勇、叶维廉等人认为其中的《尹县长》是"作者写得最好的一篇小说,几乎做到完全客观、冷静"。⑦ 此后,陈若曦写了大量的小说、散文。《尹县长》之后,陈若曦一发不可收,进入了去国以后"为政治冲动而写小说"的中期创作。⑧《尹县长》采用第一人称叙事"我",客观冷静地、不露声色地诉说了热爱社会主义的尹飞龙县长"文革"时期被枪毙的悲剧。尹飞龙原为国民党胡宗南麾下的一名军官,因率部起义有功,新中国成立后担任了共产党陕西兴安县县长。他遵纪守法,忘我工作,为人民做了很多好事,当地有口皆碑,然而,"文革"狂潮袭来时,屡遭迫害,并以"军阀"、"恶霸"、"反革命分子"、"潜藏特务"、"阶级敌人"之罪名被处死。可悲的是,尹飞龙至死都不明白自己为什么会被处死?"究竟为什么要搞这'文化大革命'"?临死时仍高呼"共产党万岁!毛主席万岁",旁观者也不理

---

① 〔美〕夏志清:《新文学的传统》,北京:新星出版社,2005年,第156页。

② 樊洛平:《当代台湾女性文学小说史论》,郑州:河南人民出版社,2005年,214页。

③ 梦花:"探索、痛苦、希望",《海外文坛星辰》,南京:南京大学出版社,1993年,第57页。

④ 同上。

⑤ 〔美〕夏志清:《新文学的传统》,北京:新星出版社,2005年,第169页。

⑥ 同上书,第157页。

⑦ 李亚萍:《故园回望:20世纪中后期美国华文文学主题研究》,北京:中国社会科学出版社,2006年,第76页。

⑧ 樊洛平:《当代台湾女性文学小说史论》,郑州:河南人民出版社,2005年,第213页。

解这一场景。① 他最后的结局充满反讽，将个人命运的悲哀推到了极致，既是一个特定时代的共产党员的悲哀，也是中国的悲哀。小说最独特之处在于"叙述者的身份与立场的不确定"："我"来自北京但不是党员，对县城发生的一切不予评论。但对"尹县长"表示着明显的同情；在"尹县长"问"我"对"文革"的看法时，"我"只能将报纸上看到的东西告诉"尹县长"，并劝"尹县长"一定"要相信党的政策，相信群众"②。其中展现的"文革"恐怖令人不寒而栗——山城"刮起了风，入黑以后，更是呼呼作吼，一阵紧似一阵"。③ 这里，借助旁观者"我"的眼光，将尹县长的悲剧人生告诉读者，客观、冷静，颇具震撼力，表达了身处异国的作者陈若曦对故国的愤懑和强烈的批判精神。④

《尹县长》较之她的另一部同样写忠于共产党的一个人的悲惨下场的小说《任秀兰》，更加动人。《任秀兰》中的主人公是老共产党员——"十四岁参加游击队"，有神枪手之名。同是第一人称叙述，《尹县长》里的"我"，性别不明，但估计也是女性——"只穿了毛衣的我，忍不住直打寒噤"⑤。有一次，"小张……慌忙地拉起我的手腕看表"，又发现如果"我"是女的，小张的举止不可能这样随便。主要原因是，虽然"我"同尹县长仅见了两面，二人同在一室，距离很近，能看得到"手背上的伤痕像一条吃净的葡萄枝梗，映着灯光，红得发亮"。⑥ 同时，"我"见到次数较多的小张和尹老头，他们所谈论的都和尹县长的命运休戚相关。尹县长的悲剧其实也是小张的悲剧。在"1968年春一个刮风的下午"，"我"从小张的堂弟那里听到尹县长被枪毙的消息："正说着，一阵风刮来，泥沙纸屑都卷起，在空中翻腾，太阳早不知被骗到何方去了，漫天昏昏惨惨，一

---

① 樊洛平：《当代台湾女性文学小说史论》，郑州：河南人民出版社，2005年，第214页。
② 李亚萍：《故国回望：20世纪中后期美国华文文学主题研究》，北京：中国社会科学出版社，2006年，第76—77页。
③ 同上。
④ 同上书，第76页。
⑤ 〔美〕夏志清：《新文学的传统》，北京：新星出版社，2005年，第156页。
⑥ 同上书，第167页。

片黄蒙蒙。我眯紧眼,头顺着风势躲,脸皮被风刷得麻痒痒的。那黄土高原长大的少年都若无所视;风刮得疾时,他还兴奋地张开了两臂,想捕捉一把似的。风过后,他又拾起了话头"。① 而在《任秀兰》中,第一人称的"陈老师"虽见过任秀兰几回,"多半是惊鸿一瞥"②,加上她同她从未谈过话,根本拉不上关系。一次,学校"五一六"分子坦白大会,"两万多人席地坐在大操场上,场外戒备森严。'五一六'一个个被押上高台,群众揭发控诉,没有一个不声泪俱下的……当时,操场上的人莫不听得惊心动魄,我自己更是瞠目结舌,觉得天地都变了颜色,目光也黯淡无光了"。③ 这,与上面所引的《尹县长》一段相比较,同样的"天地变色"、"目光黯淡",《尹县长》一段更加有力得多。④《任秀兰》里,"五一六"案牵涉的人太多,作者仅作概括性介绍,连"任秀兰"这样的核心人物,作者也写得很神秘,不清晰,不能扣人心弦⑤。在陈老师见到粪坑里任秀兰浮肿的尸体时,"一阵恶心,眼前猛的一打闪,天地就渐渐黑下来"⑥。把一个仇人捆了,丢在粪坑里,过去黑社会里有人做得到;一个人自动走进粪坑,嘴脸都盖满了粪而让呼吸窒息,这种残酷场面让我们实在难以想象。陈秀美所知道的"任秀兰",只是一些间接报道,惊鸿数瞥,和最后一幕尸体的景象,她没法将她的一生编成完整的故事,写出《尹县长》那样的完整的悲剧。⑦《尹县长》后,陈若曦陆续出版小说集《尹县长》、《老人》和自传色彩浓烈的长篇小说《归》,以及散文集《文革杂忆》,一如既往地反映"文化大革命"的真实面貌和社会悲剧,其主人公的个别悲剧象征了时代的悲剧,这些从旧社会过来的有头有脑的知识分子和积极分子,"在'文革'时期,思想行动毫无自由……受的灾难可说比'红五类'的贫

① 〔美〕夏志清:《新文学的传统》,北京:新星出版社,2005 年,第 167 页。
② 同上书,第 167—168 页。
③ 同上书,第 168 页。
④ 同上。
⑤ 同上。
⑥ 同上。
⑦ 同上书,第 168—169 页。

农、工人更大，……是整个身心的折磨。只有听从上面命令，'依样画葫芦'，'永远紧跟'才能生存下去，虽然有时仍免不掉飞来横祸"。① 显然，对于有着特殊的内地境遇的陈若曦来讲，故国的想象远非聂华苓那样的乌托邦式的，更多的是意识形态式的，尽管《尹县长》，由于她缺乏对"文革"整体背景的了解，与她后来的其他"文革"小说相比，情节上"粗糙和隔膜"，出现诸多违背现实的情节。②

陈若曦从自己最熟悉的生活出发，在作品中构建了一个栩栩如生的归国留学生人物画廊。无论是耿尔、文老师、柳向东，还是辛梅和陶新生夫妇、方正和柳亚男夫妇，均放弃了优裕的物质生活和良好的工作环境，费尽周折，冒险回来为祖国服务，却意想不到地遭遇"文革"乱世，想有所作为而不能，想改造国家却被社会所"改造"；政治上受歧视，专业学非所用，情感屡遭创伤，理想顿然破灭，甚至后悔，想再度出去流浪；"回归——疏立——幻灭"，成为他们不被认同的精神悲剧。③ 短篇《耿尔在北京》，与《尹县长》一起，被华裔美籍中国文学学者夏志清当年誉为"最好的两篇"④小说之一，白先勇也认为它是《陈若曦自选集》中艺术成就最高的一篇。⑤ 留美归来的耿尔因为"文革"而被迫改专业，郁郁不得志，原本试图通过爱情来填补内心的孤寂，然而两次婚姻均以失败告终。小说以此反映了"文革"给人们心灵造成的伤害——"很快的他便发觉自己容易疲倦，渴望着休息，但又失眠，工作时思路滞塞，一向引以为自傲的记忆力也出现了衰退。他不用找医生，便知道这是典型的神经衰弱症，无药可施的"。⑥ 这种"心病"是当时内地知识分子

---

① 〔美〕夏志清：《新文学的传统》，北京：新星出版社，2005年，第162—163页。
② 李亚萍：《故国回望：20世纪中后期美国华文文学主题研究》，北京：中国社会科学出版社，2006年，第77页。
③ 樊洛平：《当代台湾女性文学小说史论》，郑州：河南人民出版社，2005年，215页。
④ 〔美〕夏志清：《新文学的传统》，北京：新星出版社，2005，第156页。
⑤ 李亚萍：《故国回望：20世纪中后期美国华文文学主题研究》，北京：中国社会科学出版社，2006年，第78页。
⑥ 〔美〕陈若曦："耿尔在北京"，载《尹县长》，台湾远景出版社，1980年，第132页。

中普遍流行的"通病"，陈若曦其他小说中也有同样的人物，如《值夜》中的老傅把书全部烧掉，专做煤油炉；《查户口》中的太太与他人有染，冷子宣不闻不问，"暮气沉沉"，"整个人像化石一般"；《归》中刚回内地的柳向东不能学以致用，报国无门，义愤填膺地说："文革"把文化"革"到哪里去了？等等。[①] 耿尔这位受难的主人公，像内地"新时期小说"中的很多人物一样，曾经有被爱情拯救的机会。他初识小晴时，感觉"自己几十年漂泊异乡所积累的那份落落无归的感觉，便消失无踪了。与她在一起，既欣喜无比，又稳如泰山；好像解除了一切压抑，无须矫饰挣扎，一如回到童年时代。他爱看她笑，她笑得那么爽朗，那么明亮，又那么温暖，好像大地回春，阳光普照"。[②] 这样一个可爱的女孩是他孜孜以求的梦想，并认为"如果能和工人血统的小晴结合，不但自己的思想有脱胎换骨的可能，就是子女身上也将流着工人阶级的贵族血液——有比这更有意义的吗"？[③] 然而，这种梦想在当时的"文革"形势下简直是一份"奢侈"。耿尔的梦想终被"文革"所淹没。[④] 小晴后来进了工宣队，他们之间的爱情因两人的出身差异成了泡影。但一位教授鼓励耿尔继续去追小晴："我说，你应该立刻去看她。"教授带着认真的口气说。"她如果还没有结婚，那完全有希望！不是在讲落实了知识分子政策吗？做了高级知识分子就讨不了老婆，哪有这种事！工人阶级领导一切，那就更应该嫁给知识分子，便于改造吗？哈哈！"老同学说完，鼓掌大笑，以为说了最风趣的话了。耿尔也赔着笑，心中却是冷清清的。他想起七一年的一天，他骑车经过天安门广场，曾有过惊鸿一瞥：她在金水桥边踽踽独行，仍是垂肩的辫子，只是一脸的老成严肃，昂着头，目不斜视。乍一见到，他激动得手都摆不稳龙头，好不容易压下叫喊她的欲望，方才无力地踩着车子

① 〔美〕陈若曦："耿尔在北京"，载《尹县长》，台湾远景出版社，1980年，第132页。

② 同上书，第109页。

③ 李亚萍：《故国回望：20世纪中后期美国华文文学主题研究》，北京：中国社会科学出版社，2006年，第79页。

④ 同上。

过去。他何尝不想同她携手密谈，看不厌那水汪汪的大眼在修长的睫毛下闪烁，像寒夜两点流星？只是他已丧失尽勇气了。① 耿尔当年若不回国服务，也可"回归"观光一番，可惜早已定居内地，身份完全不一样。有人认为，陈若曦是在隐形地讽喻着当时回国观光，大红大紫的某位华裔英籍人士。② 实际上，这位频繁访问祖国，并同中共高层领导频繁接触过的华裔英国作家，是一个有争议的人物。寡妇小金也曾点燃耿尔对生活的信心，可他万万没想到，婚姻这一极具私人化的行为也受制于党是否批准。因为小金的出身不好，父母是地主，公公是国民党军阀，丈夫"自绝"于党和人民，完全不适合在具有较高保密性的科研单位工作的耿尔。高不成，低不就，内地 10 年的光阴，耿尔就这样虚度着，始终孑然一身。不言而喻，"文革"时期高度重视阶级性，压抑人性，人性会遭泯灭；滋生了一组新的二元对立③，故国的思维范式仍囿于前形而上学范式。作者对故国"文革"的深刻批判由此可见一斑。但人性真那么容易泯灭吗？《耿尔在北京》中的结尾是这样的："你爱人……他现在在哪里？"他故作轻松地问，虽然"爱人"两字引起一份酸溜溜的感觉。"你瞧，我虽然失去了爱人却多得一个朋友。"小金感激地瞥了他一眼，这才开口："他是个老干部，身体不好，年纪也大了……反正是，一直在吃老本。十多年来，一直在家里养病。两个孩子早成家了，都在东北工作，所以不在乎别人批评。领导知道他需要人照顾，自然，就不叫我下乡了。"可怜的女人……耿尔觉得从来没有像眼前这一刻这样怜爱着她。④ 此时，一个失意的小资产阶级知识分子与一个出身于地主家庭的薄命女子之间，彼此同情，相濡以沫，被极权专制所压抑的人性，刹那间复活了。⑤ 这似乎昭示了陈若曦反复

---

① 参见〔美〕夏志清：《新文学的传统》，北京：新星出版社，2005 年，第 166—167 页。

② 同上书，第 166 页。

③ 李亚萍：《故国回望：20 世纪中后期美国华文文学主题研究》，北京：中国社会科学出版社，2006 年，第 79—80 页。

④ 陈若曦："耿尔在北京"，载《尹县长》，台湾远景出版社，1980 年，第 150 页。

⑤ 李亚萍：《故国回望：20 世纪中后期美国华文文学主题研究》，北京：中国社会科学出版社，2006 年，第 80 页。

表达的一个主题:在一个阶级分明的专制社会里,屡遭磨难的人们中间一如既往地存在着超阶级的同情和怜悯,人类应以此获得救赎①,其中隐含的强烈的"文革"批判精神不证自明。陈若曦的长篇小说《归》以浓重的自传色彩和真实的生活体验,集中反映归国留学生在"文革"年代爱国无用、报国无门的不幸遭遇。② 台湾留美学生辛梅和陶新生为躲避台湾当局的耳目,如期回到中国内地,几乎绕地球飞了一圈。方正和柳亚男为申请回国护照,在海外苦苦等待五六年。有感于她们这一代的人生残缺,辛梅千方百计地赶回祖国生育,使孩子一睁眼就能看到祖国;柳亚男认定"天地间头一件大事就是要做一个中国人,最怕孩子将来长大后不中不西"。但回国后的"文革"现实打击则让他们惶惑、痛苦、幻灭。辛梅和陶新生回国六年,虽学非所用,空怀一腔报国热情,仍努力以各种方式适应新的环境,如挖煤、挑土、开荒等,以期"被接纳为八亿人口中的普通一分子"。然而,暑期长沙探亲之行受阻,即刻粉碎了辛梅的梦幻。她仍然是那种人们眼中不被信任的知识分子。多么令人心寒!后来,方正、柳亚男夫妇再度申请出国,陶新生自杀,辛梅则陷入极度的失落、痛苦之中。③ 最可贵的是,陈若曦是最早提出"救救归国留学生"问题的作家。④ 在她的影响下,海外华文文学对"文革"的探讨逐渐深入,没有"文革"体验的白先勇、於梨华、聂华苓等作家开始在小说里揭露"文革"中知识分子的悲惨命运,并反思"文革"对中国文化造成的负面影响。⑤ 同时,也有人批评陈若曦的某些"文革"小说在情节线索与人物塑造上有不少粗糙之处,不同程度地影响着作品的整体艺术水平。

　　陈若曦是当时的台湾籍作家中唯一亲历"文革"的人,对政治

---

　　① 李亚萍:《故国回望:20世纪中后期美国华文文学主题研究》,北京:中国社会科学出版社,2006年,第80页。

　　② 樊洛平:《当代台湾女性文学小说史论》,郑州:河南人民出版社,2005年,215页。

　　③ 同上书,215—216页。

　　④ 同上书,第216页。

　　⑤ 李亚萍:《故国回望:20世纪中后期美国华文文学主题研究》,北京:中国社会科学出版社,2006年,第81页。

与文学问题异常敏感,以现实主义的笔触最早在创作中揭露了"文革"痛苦与恐怖,较之中国内地戴厚英、刘心武等人都要早,可以说是中国 20 世纪 70 年代末"伤痕文学"的开拓者。但由于原已存在的"先天不足",陈若曦在某些方面比不上戴厚英、刘心武等人。不过,这种"美国版'伤痕文学'"由于作者在"流亡"状态下写成,很可能在暴露"'文革'恐怖"方面会较之中国内地作者们更加深刻,因为据萨义德所说,"流亡总是迫不及待地去审视那些针对人生经验而言的异常恐怖(terrible)之处,它们是个人与故乡之间、自我与真实家园之间不可治愈的裂痕(the unhealable rift)"①。这种"裂痕"就是福柯所说的那种从"宏大叙事"之下逃逸出来的"边缘叙事",即历史变迁中在"权力"主宰下的各种知识的非连续性(discontinuity)、复杂性(complexity)和脆弱性(fragility)。② 这有益于有效地窥测历史,批判历史。同理,现代德国犹太裔美国批评家埃里希·奥尔巴赫的里程碑著作《摹仿论》(Mimesis)"之所以能够存在,是由于……放逐和无家可归的缘故"③。

进入 80 年代后,以短篇小说《路口》的发表为标志,陈若曦的创作在小说题材与写作路线上发生了明显的转型,"不以'文革'为题材从事创作了"④,原因如她原话所表述的那样:"对这个问题很多人比我了解得多,资格比我老得多,我已集中精力多写一些有关海外华人的东西"⑤。这或许是中国当代文学的幸运!

4.2 严歌苓的小说

通过批判"文革"对家园进行想象,也是严歌苓这样的新移民作家作品中的重要主题。严歌苓,1957 年生于上海,1981 年开始

---

① Edward W. Said. *Reflections on Exile and Other Essays*. Cambridege and Massachusetts,2000, p.173.

② Elaine Baldwin,et al. *Introducing Cultural Studies*. Beijing:Peking University Press, 2005, pp.280—281.

③ 〔美〕爱德华·W.萨义德:《世界·文本·批评家》,李自修译,北京:生活·读书·新知三联书店,2009 年,第 12 页。

④ 《陈若曦谈两岸文学创作》,香港《文汇报》1984 年 2 月 22 日。

⑤ 同上。

创作,1986年1月在《昆仑》杂志推出首部长篇小说《绿雪》,同年4月由解放军文艺出版社,创下印数7万册的记录,荣获"十年优秀军事长篇小说奖";1987年11月由解放军文艺出版社推出第二部长篇小说《一个女兵的悄悄话》,并且由《西南文艺》同时发表,印数3.5万册,荣获"解放军最佳军版图书奖";1989年由同名出版社推出第三部长篇《雄性的草地》(1993年12月由台湾尔雅出版社再版)后[①],严歌苓赴美国哥伦比亚大学艺术学院文学写作系攻读硕士学位,1995年获学位,随后在美定居,将大部分精力投入到小说创作中,在不长的几年里,发表了《扶桑》、《女房东》、《人寰》、《少女小渔》、《波西米亚花瓶》等一系列作品,而且几乎每部作品都得到海外各种类别的文学奖项[②],其中呈现了一组组颇具个性的"文革"叙事——长篇《扶桑》(1995)、《人寰》(1998)、《第九个寡妇》(2005)、《一个女人的史诗》(2006)、《小姨多鹤》(2008),短篇《天浴》(1996)等——以温情的基调展开对故土人们心灵的批判,呼唤家园中美丽的人性的复归。此番"'文革'情结",实际上源自严歌苓青少年时期的潜意识记忆,她从小生活在作协大院里,亲眼目睹很多文艺工作者身不由己地卷入"浩劫"之中的悲惨命运,目睹了人性的善与恶。[③] 漂泊海外后,她又将其与移民生活同日而语,自己就这样认为:"文革"与移民其实都是戏剧性的生活,也只有在戏剧性的环境里,人们才会出乎意料地把平常不会显现的人性,不会做的动作一一反映出来[④],因为"移民也是最怀旧的人,怀旧使故国发生的一切往事,无论多狰狞,都显示出一种特殊的情感价值。它使政治理想的斗争,无论多血腥,都成为遥远的一种氛围,一种特定的环境,有时荒诞,有时很凄美。移民特定的存在改变了他和祖国的历史和现实的关系,少了些对政治的功罪追究,多了些对人性

---

① 《严歌苓文集·3》,北京:当代世界出版社,2003年,第239—245页。
② 高小刚:《乡愁以外:北美华人写作中的故国想象》,北京:人民文学出版社,2006年,第162—163页。
③ 李亚萍:《故国回望:20世纪中后期美国华文文学主题研究》,北京:中国社会科学出版社,2006年,第85页。
④ 同上。

的了解。若没有移民生活给我的叙事角度和那种近乎局外人的情绪基调，亦即英文给我的语言方式，我不可能写出《天浴》、《人寰》这类故事"。① 因而，在她笔下，"文革"成为一种遥远而多姿的风景，带着朦胧记忆的美好和特定时代的印记，血腥和残暴在语言的掩饰下不再令人战栗，原有的政治权利意识受到淡化，并时常成为展现人性扭曲、变形的场域。② 这一切使其"文革"叙事表现出一种独特审美效果——"一种类似于'诗教'的那种怨而不怒、乐而不淫、哀而不伤的节制"③，"一种对人性美好的那一面的确信"④。

严歌苓的短篇《白蝶标本》是自传体小说，通过 8 岁小女孩穗子的眼光来看"文革"。穗子生活在作协大院，跟着别人去看跳楼，还剪了辫子学革命，认为革命多么美好！同时，一个完全不谙世故的小孩却在又在她崇拜的名旦朱依锦身上看到了世界的可怕和颠倒。⑤ 朱依锦是"爸爸"的朋友，年轻漂亮，天仙般的模样，与她们一家同住一个大院——"她甩我爸一水袖。我爸和我都驾了云雾，给她迷昏了。我爸爸肯定跟我一样，认为朱阿姨是全世界第一仙女……下一个春节晚会我又见到了朱阿姨，她穿一身'天女散花'的衣裳在台上东倒西歪地唱'贵妃醉酒'。那一段戏文我能一字不漏地背下来"。⑥ 但有一天朱阿姨成了"反革命"，戴着高帽、挂着破鞋批斗、游街——"最后一次见朱阿姨，我在大门口看批斗会。……她在一顶高帽子下拽出一蓬刘海，两只手都给涂得漆黑，她一只黑手搁在胳肢窝下，另一只黑手翘在空中，夹一根烟……以后批斗朱阿姨就单独批了，高帽子也加了高度，脖子上还挂着一串破鞋

① 严歌苓："待下来，活下去"，载《北京文学》2002 年第 11 期，第 55—56 页。
② 李亚萍：《故国回望：20 世纪中后期美国华文文学主题研究》，北京：中国社会科学出版社，2006 年，第 84 页。
③ 同上。
④ 《王蒙部元宝对话录》，苏州：苏州大学出版社，2003 年，第 63 页。
⑤ 李亚萍：《故国回望：20 世纪中后期美国华文文学主题研究》，北京：中国社会科学出版社，2006 年，第 85 页。
⑥ 严歌苓："白蝶标本"，载《严歌苓文集·7》，北京：当代世界出版社，2003 年，第 272 页。

子".① 她不得不吞服安眠药自杀——"'食了毒药'"②。自杀未遂后,她被人送到医院抢救,可怕的命运就此开始:她被剥光身子躺在床上供一批接一批的人围观,没人感到羞耻,甚至医院里的瘸子为了围观朱依锦可以从一楼爬到六楼,得以偷窥朱依锦的肉体——"我上到六楼,……有几个架着双拐,很困难地站在那里。这一层楼不该有架拐的,骨科在一楼,我从这些人的缝里挤着,看见女厕所对面有张床,床上是一丝不挂的朱阿姨。我才晓得,那些架双拐的人怎么爬得动六层楼"。③ 电工为了偷窥朱依锦的肉体,也可以假装抖落棉被上的烟灰——"我每次上厕所回来,朱阿姨的身子总是给晾在那里。我也尽量不睡觉,除觉睡我,那也是没办法的事。有回睡得脑子不清爽,看见那个电工走到床边,他看我头歪眼阖像个瘟鸡,就假装嘴巴一松,把香烟头掉落在朱阿姨被子上。他马上装出慌手乱脚的样子拍打被子,生怕烟屁股把朱阿姨点着似的用手在朱阿姨身上扑上扑下。棉被还就是给他拍打不掉。他干脆抓起棉被来抖,好像要把火灾的危险抖抖干净。他眼睛一落在朱阿姨的身体上,手就僵住了。这个又瘦又白的身体天天都在缩小、干掉,两条甩水袖的胳膊开始发皱了,胸脯又薄又扁,一根鲜艳刺眼的橘黄色橡皮管不知从哪儿绕上来。电工一动不动。只有脖子上的大橄榄核在乱动。不知他认为朱阿姨的身体是太难看,还是太好看了。朱阿姨是一只白蝴蝶标本,没死就给钉在了这里,谁想怎么看就怎么看"。④ 谁都不感到可耻,只有小孩穗子感到羞耻,感到不便,静静地以各种方式尽力保护着"朱阿姨"的尊严⑤——"我跑进护士值班室。一个老护士在打毛线。我叫唤:'唉,要床棉被!'护士说:'谁要?''天好冷怎么不给人家盖被子?'

① 严歌苓:"白蝶标本",载《严歌苓文集·7》,北京:当代世界出版社,2003 年,第272—273 页。

② 同上书,第 273 页。

③ 同上书,第 272 页。

④ 同上书,第 277—278 页。

⑤ 李亚萍:《故国回望:20 世纪中后期美国华文文学主题研究》,北京:中国社会科学出版社,2006 年,第 86 页。

'你这个小鬼丫头哪来的？出去！''就一条薄被单！……'我跟她比着凶。我想好了：只要她来拖我我就踢翻那个大痰盂。'为什么不给人家穿衣服？'……我最后还是把他们闹烦了，扔出一条被子来。我给朱阿姨盖严了"①；"朱阿姨在医院住了三天了……我从家里搬了一把小折叠椅，坐在她床边。大家来看她的身体，一看见我瞪眼坐在那里，也不太好意思了"。②对比之下，恶浊之徒和护卫者之间形成天壤之别，成人的举止在小孩子言行的映衬下相形见绌。这些成人太令孩子们失望了！"爸爸"也不好，身为剧作家，却丝毫没有文人的谦虚和诚实，"妈妈"更不好，经常向"我"借钱，却不还。童真世界那么富于怜悯、屈辱和爱，成人世界那么虚伪、无情、木讷、落井下石，那么狂妄自大，那么不守信用，明哲保身。③"我"只能保持沉默，以此进行反抗与拒斥。这里，我们感受到的不单是轰轰烈烈的"文革"运动，还是静止与对峙中展露出来的人性争斗。多么令人震撼！"路遥知马力，日久见人心"，这是对中国人劣根性的批判。同时，这种批判并非纯然暴露丑恶，也展示穗子、韦志远等人的正义和温暖之心，以此抵消了丑恶带给人们的痛苦和悲愤，凸显了小说的审美性。④《天浴》、《人寰》、《第九个寡妇》、《一个女人的史诗》等小说无一例外地呈现出严歌苓式的"'文革'叙事"特质。《天浴》中的秀秀，一个"文革"中被下放到牧场的知青，原本不谙世故，但为了回城，竟以牺牲身体为代价，可笑的是，最终也未能如愿以偿，只能以死了之。该小说中，作者仍然在政治批判的同时，注重对人性的审问。那些"帮助"秀秀的男人个个是衣冠禽兽，而一个叫"老金"的男人虽然是个"被阉割"的男人，却颇具人性，时常以各种方式保护着秀秀，充当着拯救者的角色。不过，残酷的现实将这一切击得粉碎。作者显然倾向于"老金"身上所凸显的美好

---

① 严歌苓："白蝶标本"，载《严歌苓文集·7》，北京：当代世界出版社，2003年，第275页。

② 同上书，第277页。

③ 李亚萍：《故国回望：20世纪中后期美国华文文学主题研究》，北京：中国社会科学出版社，2006年，第86页。

④ 同上书，第87页。

人性。①《第九个寡妇》"捌"章中也是这样——"二大的地窖让葡萄收拾得干净光亮。她弄到一点儿白漆、红漆、黄漆，就把墙油油。史屯穷，找粮不容易，漆是足够，一天到晚有人漆'备战、备荒为人民'，'农业学大寨'，'广阔天地，大有作为'，'毛主席最新指示'。她天天晚上都坐在二大对面，和他说外头的事。说叫做'知识青年'的学生娃在河滩上造田，土冻得太板，一个知识青年没刨下土，刨下自己一个脚指头。还说猪场的猪全上交了，要'备战'哩。二大问她这回和谁战，她说和苏联战。过一阵问战得怎样了，她淡淡地说：'战着呢——在街上卖豆腐，街上过兵哩，我蹲在豆腐摊上闹瞌睡，醒过来兵还没过完。眼一睁，腿都满了。'又过了一阵子，她和二大说毛主席弄了个接班人，这接班人逃跑，从飞机上摔下来摔死了。二大问她接啥班。葡萄答不上来，说：'谁知道。反正摔死了。死前还是好人，整天跟在毛主席屁股后头照相片。摔死成了卖国贼。咳，那些事愁不着咱。他一摔死街上刷的大字都得盖了重刷，就能弄到漆了，把上回没油的地方再油油'。过了几天，她找的红油漆就是刷'批林、批孔'大标语的。有时她也把村里人的事说给二大听。她说县委蔡书记让人罢了官，回来当农民。葡萄有回见她在地里刨红薯，和她打招呼，叫她甭老弓个腰低个头，蔡琥珀说她只能弯腰低头了，前一年腰杆让红卫兵打断了。后来蔡琥珀又给拖着游街，弯腰驼背地走了几十个村子，是偷庄稼给逮住了"。② 这里，"'备战、备荒为人民'，'农业学大寨'，'广阔天地，大有作为'，'毛主席最新指示'"，"毛主席弄了个接班人，这接班人逃跑，从飞机上摔下来摔死了"等字里行间隐含着作者对"文革"后期的主流话语的嘲讽与批判，以此为前提，颂扬了内心清白，将被错判死刑的公爹藏于地窖几十年的寡妇王葡萄身上所散发的那种浑然不分的仁爱与包容一切的宽厚。"浑然不分"表明她的爱心超越人世间一切利害之争，称得上真正的仁爱，如大地沃土，无论遭

第三章 华裔美国小说中的家园：思念／迷失／拒斥／恐怖／批判／尴尬

---

① 李亚萍：《故国回望：20世纪中后期美国华文文学主题研究》，北京：中国社会科学出版社，2006年，第87—88页。

② 严歌苓：《第九个寡妇》，北京：作家出版社，2006年，第241—242页。

受何种践踏总会无比坚强地滋生出真正的营养,来哺育万物生命的成长;"包容一切"隐喻了一种自我完善的力量,不需要拯救,不需要怜悯,她能够凭着生命的自身能力,吸收各种外来营养,化腐朽为神奇。① 这是一种来自民间的藏污纳垢的能力,能将天下污垢化为营养和生命的再生能力,使生命立于不死之状态。但此番人性的表现与《白蝶标本》有所不同,《白蝶标本》表现的是一种争斗中的人性,而在王葡萄身上一切都来自然的、本性的、非教育非宗教的生命本体,这就更加完善了藏污纳垢即生命原始的概念。② 《一个女人的史诗》中也有大量的"'文革'叙事",它是严歌苓继《第九个寡妇》之后再度推出的新作,讲述红色历史中的浪漫情史和大时代里小人物的生存轨迹。小说塑造了田苏菲这样一个热爱者,一个爱一个人爱到死之地步的女性人物形象。小菲是一个散发着活泼年轻生命力的美丽少女,在文工团里深受都汉首长的宠爱。直到一天,她遇到了上海世家子弟出身的老革命欧阳萸,后者以一种近乎着魔的爱情拽住了她的心。尔后,三十多年,小菲从她最灿烂的青春,到逐渐归于平淡的中年,始终如一地爱着苦苦寻求红颜知己的丈夫。新中国建立至"文革"结束,风云变幻,小菲在舞台上上演着各种各样的时代人物,而她自己却始终置身于大历史中,在一个女人的小格局里左右冲突,演绎惊天动地的情感史。③ "十三"章中的"'文革'叙述"是这样的:"后来小菲的大事年鉴中把'文革'的开始标记为欧阳萸父亲的移居。其实'文革'在老爷子搬来之前已开始了半年,只是谁也没预料它将是影响好几代人,引起世界上好些哲学家、心理学家、人类行为学家们震惊并研究的大事件。90 年代小菲陪欧阳萸见了一位外国文学家,他说他羡慕中国的文学家,因为他们有这场历时十年的'文革'。这个九百六十万平方公里之广、十年之长的大舞台上有多少人性登场,把人性的

---

① 参见陈思和:《跋语》,载严歌苓《第九个寡妇》,北京:作家出版社,2006 年,第307 页。
② 同上书,第 308 页。
③ 严歌苓:《一个女人的史诗》(封底),长沙:湖南文艺出版社,2006 年。

各种动作都表演足了。民族受害,国家受伤,只有文学家受益。可以写几百年,可以给许多代人写出宗教的、政治的、心理的、文化的启示录。但小菲的'文革'是从欧阳萸父亲的突至开始的"。[①] 这里开篇是"文革"话语,特别是"有多少人性登场,把人性的各种动作都表演足了",明显强调了"文革"是各种人性展现的舞台。而且,既然"'文革'是从欧阳萸父亲的突至开始的",下面定有更详细的"文革"叙述:"小菲一看火车到达时间,已经过了点。老人已人生地不熟地和手提箱等在站台上。……到家之后,老爷子首先看到欧阳萸十多年来置下的藏书。……老爷子和儿子自然是有话的。饭后他走到书房说:'弟弟啊,真读书的人是不见书的。我也是前几年才懂得这个道理。'欧阳萸说:'好的,我很快要做真读书的人了。'他以那种欧阳家人特有的淡泊神色,和父亲对峙一刹那。小菲还没意识到他们话中的意味,她只直觉到他们父子俩相互懂得彼此话中的意味。当天晚上十点,欧阳萸的姐夫打电话来。头一句话就叫小菲不要吭声,不要大惊失色,因为老爷子不可能不怀疑他们突然把他送上旅途的动机。欧阳蔚如自杀了,现在还在医院抢救,若走运,醒过来可能要坐在轮椅上度完余生。大学的红卫兵开了她几场斗争会,昨天她从临时关押她的三楼教室跳下去。'能瞒就一直瞒下去'。小菲说,向欧阳萸眨着神魂不定的眼睛。……'为什么我一个人照顾他?!她拧亮台灯。他的话很怪诞。''你不要害怕:学校贴出我的大字报了。'小菲想,父子俩对话的意味原来潜在于此:假如欧阳萸也和欧阳蔚如一样,先被抄家,再被游街、斗争,就不再有书了,那么没有被读进记忆的书,就等于从来没见过它们。'大字报怕什么? 我们话剧团连总务处长都有五六张大字报!'小菲口气很大,也不知是想为谁压惊。那天早上他们四点钟就起床了。垃圾工人造反队每辆垃圾车上都插着红旗,车内不装垃圾,装着另外两个垃圾工人,唱着歌,吼着口号从垃圾臭味弥漫的大街小巷走过。牛奶工人把一瓶牛奶放在订奶户门口,

---

① 严歌苓:《一个女人的史诗》,长沙:湖南文艺出版社,2006 年,第 163 页。

奶瓶下压着他们油印的传单,告诉订奶户们他们揪出了牛奶场哪几位'走资派'。"①这里仍是以家庭为"小球"来展示"文革"这一"大球",批判那荒唐的年代,"一刹那"、"自杀"、"红卫兵"、"斗争会"、"从……跳下去"、"瞒下去"、"大字报"、"游街"、"抄家"、"工人造反队"、"红旗"、"唱着歌"、"吼着口号"、"传单"、"'走资派'"等话语表征了一幅幅充满"喧嚣与骚动"的荒诞画面,似乎又使我们回到了那中国当代历史上可怕的"浩劫"岁月。在严歌苓笔下,"文革"记忆对她而言,一如既往地仍然是人性张力下呻吟的痛苦与扭曲,并使人产生广泛的怜悯和同情。② 很有趣的是,《一个女人的史诗》中仍然像短篇《白蝶标本》一样,出现了"破鞋"母题——"这天小菲看见最热闹的四牌楼十字路口搭了个舞台,一群人押解着一个穿狐皮大衣的女子走来。不用近看也知道那狐皮大衣老旧不堪,毛都秃了。这女子不知怎么引起了小菲的注意。她的头发全削掉了,肯定是她认为尼姑头比阴阳头体面些。再说削发为尼也是一种宣言。削到根了,便是极致,不留任何余地让人继续给她改头换面。她虽然是秃着脑袋,但她骄骄不群的风度极其夺目。……她突然肯定自己在什么地方见过这个女子。她的侧影、背影都是似曾相识。小菲焦灼地等她给个正面亮相。终于等来了:孙百合。她光秃秃的脑袋被按下去,两手从背后给掀到空中,一个俯冲,猛扎到台前,五雷轰顶的口号声中,她和小菲脸对脸了。……她的脸在低垂中走形,五官却依旧卓然。原来她是宗教史学者。当时来话剧团应试时,她在大学修的是宗教史吗? ……她只希望孙百合能抬起头,看见她,看见她眼中的惋惜和同情。她的罪名是'破鞋'。各个戏剧院里的单身女子十有八九都给安上了这罪名。孙百合至今是单身? ……这是她头一次正面做批斗大会的观众。原来各种各样的罪人也能形成一个大场面。她突然看见欧阳萸出

---

① 严歌苓:《一个女人的史诗》,长沙:湖南文艺出版社,2006年,第163—165页。

② 李亚萍:《故国回望:20世纪中后期美国华文文学主题研究》,北京:中国社会科学出版社,2006年,第89页。

现在第一排的主角地位。……他今天的同伴都是些爪牙人物:坏分子,破鞋,三青团员,匪连长之类。仅破鞋便有三个。先是揭发,然后是认罪,最后是批判。孙百合在一个个揭发人发言之后,抬起头,她的脸色是阴白的,像雪前的天空。目光还是流水行云,那样孤助无援地看着远方。她和欧阳萸该是多合适的一对。就看看他们现在吧,如此狼狈,气韵都是和美的。在孙百合轻声说了一句'我有罪,罪该万死'的时候,欧阳萸扭头看她一眼。小菲心一紧。"①作者这里通过孙百合这一人物,再次给我们重演了《白蝶标本》中名旦"朱阿姨"特殊年代中的凄惨命运。在那样一个是非不分的年代,孙百合做人的尊严、价值受到践踏、侮辱,她的主体性几乎为零,大多数情况下均由他人/组织主宰,阴郁、恐怖无处不在,真是一个可怕的、颠倒的世界,不过,又与《白蝶标本》有所不同,因为《一个女人的史诗》刻意描写了《白蝶标本》中所没有的那些受难者与迫害者之间的直接面对的那些血淋淋的批斗场景。孙百合尽管处于重压,但总显"重压下的优雅"——"她骄骄不群的风度极其夺目","五官却依旧卓然",特别是多年后"田苏菲"见到的孙百合,尽管境况并不好,但风度仍然不同凡响——"一个女人的声音在她身后说:'是田苏菲老师吧?'回过头,小菲愣住了。她面对着一个上年纪的仙子,穿着黑色粗呢大衣,裹着白色的毛线围脖,没一件是值钱的东西,但给她穿得很昂贵。就像是没有经历过几年的羞辱、磨难、精神失常,孙百合还是孙百合,谁见了眼睛都为之一亮"。②粉碎"四人帮"后,"小菲"所见到的孙百合仍然高傲地活着,风韵犹存——"孙百合穿的是多年前的一件长风衣,领边和袖口都毛边了,但洗得很干净,熨得很挺括。……她的发式是20年代女学生的,似乎种种过时的打扮都是她美丽的原因。算一算也有四十多岁……她老得别有风情,比她年轻时更迷人"③,并时常对世俗的"小菲"眼中的高不可攀的男性嗤之以鼻——"欧阳萸频频

---

① 严歌苓:《一个女人的史诗》,长沙:湖南文艺出版社,2006 年,第 170—171 页。
② 同上书,第 224 页。
③ 同上书,第 228 页。

想和孙百合谈话，而后者只是消极招架，显得对他和她的谈话兴趣不大。小菲心里一阵阵松快，看来欧阳萸的一老二胖的确影响魅力。转念她又为他屈得慌：要不是这几年过得不济，游街批斗，劳教农场，他肯定不是现在的德行。他曾是多俊美的一个白马王子，虽然骑的是一匹赖马，但他的风度压倒全军。孙百合你可真该看看他刚进城的模样，十个女子有十个会跟他私奔。现在他虽然没有原先的仪态形象，但总还算好看的中年男人吧？你孙百合也不年轻了，连一点特别注意力都不给他，也太过分了吧？他不张口则已，一张口还是倾城的，至少让这个小城市没见过大世界的青年男女倾倒。他可以多么机智，多么有学问，又多么诗意，你就给他个机会施展施展吧，他想施展他谈话魅力的时候并不多，值得他施展的人更不多"。① 严歌苓笔下的孙百合显然是个抵制男性，不断追求自我身份的女性主义者。孙百合这一形象似乎使我们很容易联想到霍桑小说《红字》中女主人公海丝特·白兰。海特丝·白兰，这位被认为与牧师丁梅丝代尔通奸（Adultery）的已婚女性，被清教徒们威逼，戴上象征耻辱的红字"A"（Adultery），站于市政厅门前示众，遭人唾沫、谩骂，人格受到极大的践踏，但她任何时候都扬起高傲的头，大义凛然，镇定自如，不向权贵低头，不向压迫者们低头，并总是忍辱负重，代人受过，无论多大压力，都不愿为了一时苟安而说出通奸者的名字，还决定与其私奔。这需要多么巨大的勇气啊！人品多么高贵！女性魅力喷薄四射！真是一个女性主义者！这一切使其他男性相形见绌，以至于牧师丁梅丝代尔最后公开站出来承认自己诱奸海丝特·白兰的事实，然后死于海丝特·白兰的怀中。这明显地指向对男性的猛烈批判。海丝特·白兰因此获得自由，携女儿珠儿远走他乡。女儿成家立业后，她又回到波士顿，仍戴着那个红色的"A"字，并将耻辱的红字变成"道德与光荣的象征"，充满尊严的活着，直至告别人世。所以，毋庸讳言，严歌苓《一个女人的史诗》中的"孙百合"这一形象的塑造，明显受到

---

① 严歌苓：《一个女人的史诗》，长沙：湖南文艺出版社，2006年，第229页。

霍桑《红字》中的"海丝特·白兰"这一人物形象的影响,二者间存在着事实联系,其中涉及的渊源学、媒介学问题有待研究。

由以上的讨论,我们看到,严歌苓通过"文革"叙事对故国/家园所进行的批判,是异常深刻的,特别是较之早期的"伤痕文学"对人性的挖掘更加深刻,令批评界耳目一新。此外,严歌苓还通过对中国古老传统的批判来实现这一切。① 她 1995 年的长篇《扶桑》跨越历史,书写一位淘金时代的中国女性在美沦为性奴隶的悲惨命运,细致描写了 19 世纪北美白人与华人社会的尖锐冲突。作者通过对妓女扶桑和白人少年克里斯的恋情描写,在猛烈地批判黑暗的同时,也揭露出美国商业社会的黑暗。② 像扶桑一样的中国妇女在美国所受的压迫,不亚于在中国传统男权制度下所受的摧残。二者均给她们的心灵带来巨大的伤害。虽然严歌苓在作品中对扶桑的苦难倾注了很大同情,但其言说位置并非仅局限于中国/美国二元对立之中。她对黑暗的东方宗教社会、封建礼教的批判与对美国种族主义的控诉几乎可以同日而语,就连主人与"嫖客"间的关系也并非简单的压迫/被压迫、奴役/被奴役之关系,在一个新的视角中向读者交代了一个鲜活生动的个体生命的经验。③ 读者在她的作品中不难看到经过"沉淀"的出国经验,使其"海外"描写不只停留在浅显的感觉层面,而有所突破,直达人性中的普遍问题的深度,对人性进行历史透视,对文明、开放的不懈追求和向往。④

我们也应看到,严歌苓的"文革"叙事以及古老中国叙事中不乏言过其实之处,存在着有学者批评的刻意追求"东方猎奇式写作"的"自我殖民"倾向⑤,造成了某种消极的影响,正如一位学者所言:"种种简单化、扭曲性的想象……对华人内部文化生产中自

---

① 高小刚:《乡愁以外:北美华人写作中的故国想象》,北京:人民文学出版社,2006 年,第 163 页。
② 同上书,第 180 页。
③ 同上书,第 181 页。
④ 同上。
⑤ 参见胡少卿等:"'中国—西方'的话语牢狱——对 20 世纪 90 年代以来几个'跨国交往'文本的考察",载《文艺理论与批评》2004 年第 1 期。

我形象的塑造产生了不容忽视的影响,一些作家已然披戴着西方的服饰将东方世界自我戏剧化、歪曲化地展示在西方面前"。① 正如萨义德所言,"东方被观看,因为其几乎是冒犯性的……行为的怪异性具有取之不尽的来源;而欧洲人则是看客,用其感受力居高临下地巡视着东方"②。殖民主义所制造的等级制及偏见凭借着"爱情"、"性"、"欲望"等消费符码顺风流传,像附着在浮尘上的病毒"。③ 这样一种潜在的"等级制"无时无刻不在损害着我们健康的肌体。所以,国内有学者建议一种解构这一切的话语策略:"既然我们的交往最终只能通过'话语'来实现,只有在语言的层面上落实,那么,我们要做的就是尽力瓦解、摧毁旧的话语秩序。刘禾在分析鲁迅的《阿Q正传》时指出:'鲁迅的小说不仅创造了阿Q,也创造了一个有能力分析批评阿Q的中国叙事人。由于他在叙述中注入这样的主体意识,作品深刻地超越了斯密斯一网打尽式的支那人气质理论,在中国现代文学中改写了传教士话语'。这样强有力的'中国叙事人'的存在正是真正的希望所在"。④

4.3 严力的小说

严力,一位与严歌苓不相上下的作家,1954 年生于北京,20 世纪 70 年代北京先锋艺术团体"星星画会"和《今天》的成员。1985 年赴美留学。在拜金主义盛行、社会风气极端保守的 20 世纪 80 年代的美国,他逆"潮流"而动,不去大公司就业,而去做一名职业文化人。严力多才多艺,集诗人、画家、小说家、编辑于一身,1987 年在纽约创办"一行诗社"后,又相继出版诗集《严力诗选》、《黄昏制造者》和小说集《纽约不是天堂》、《纽约故事》、《与纽约共枕》、《最

---

① 转引自乐黛云等主编:《文化传递与文学形象》,北京:北京大学出版社,1999 年,第 368 页。
② 〔美〕爱德华·W.萨义德:《东方学》,王宇根译,北京:生活·读书·新知三联书店,1999 年,第 135 页。
③ 胡少卿等:"'中国—西方'的话语牢狱——对 20 世纪 90 年代以来几个'跨国交往'文本的考察",载《文艺理论与批评》2004 年第 1 期。
④ 同上。

高的葬礼》，以及长篇小说《遭遇9·11》等。他的小说充满着一个天才艺术家静穆的智慧和面对人生的思辨色彩。他在话语实践上大胆地消解和模糊小说、诗歌、散文、行为艺术四者之间的界限，在问题风格上进行大胆试验，这方面绝不亚于任何一位同时期最激进的国内同行。① 他在小说《我在散文的形式里》，通过一段对自己"家"的描述，形象地阐释了新的话语"位置"。② 他说自己在上海住了十几年，在北京住了二十几年，纽约也是十年以上，三个地方都是他的"家"。如果说人们往往是从自己"家"的特定"位置"来看世界的话，那么他的写作"位置"则至少有三个。③ 他调皮地在一场"酒醉"中把他的"家"介绍给读者——"走到大约第六街的时候就是华盛顿广场，从华盛顿广场往左拐，我家就可以看见了，我家的后面就是淮海中路，离国泰电影院不远……从国泰电影院往北就是锦江饭店和花园饭店，再往右拐就是伟大的长安街、复兴医院……"。④ 作者的"家"究竟在哪里？是否存在？显然，难以找到，只能存留在他的潜意识之中。在这三个分布开来的"家"之间，作者虽然不能同时居住，但却可以同时成为它们的"主人"，并从三个不同的角度向外观看街上风景。"这种面对生活的多重视角，会带来一种能超越单一视野、单一文化、单一族群经验的眼光，使作者能自信地以'主人'的姿态向读者讲述人生和历史的意义"⑤，因为他始终认为，20世纪末的知识分子，无论是中国的，还是外国的，都应该具有多重"家"的胸怀，应该能够在充满种族和文化纷扰的世界上，得意地看到自己的"家"建立在一个能俯瞰世界的高高的树上，"像一个鸟窝"。⑥ 这种"家园观"正如现代德国犹太裔美国批评家埃里希·奥尔巴赫引自中世纪神学家圣-维克多的雨果的《世

① 高小刚：《乡愁以外：北美华人写作中的故国想象》，北京：人民文学出版社，2006年，第163页。
② 同上书，第173页。
③ 同上书，第173—174页。
④ 严力："我在散文的形式里"，载《最高的葬礼》，香港田园书屋，1998年。
⑤ 高小刚：《乡愁以外：北美华人写作中的故国想象》，北京：人民文学出版社，2006年，第174页。
⑥ 同上。

俗批评》的一段话那样："发现世上只有家乡好的人只是一个未曾长大的雏儿；发现所有地方都像自己的家乡一样的人已经长大；但只有当认识到整个世界都不属于自己时一个人才最终走向成熟"。①

实际上，在20世纪90年代以前的北美华人书写中，这种悖逆封闭的民族文化，走向多元开放的多重"家"的胸怀是不太容易看到的。严力所要追求的就是要表现比文化乡愁、流放孤独等主题更为宽阔的人生和社会内容。② 在短篇小说《联想》里，他写了一个"我"和来自西班牙的患艾滋病的同性恋朋友的动人故事。它以纽约世贸中心的两幢建筑为背景，将二者比作人类"纯洁而不进行繁殖的感情动机，是真正的爱情的象征"，并认为，艾滋病是20世纪危害国际社会的疾病，但其患者，无论其种族是什么，语言是什么，个人取向是什么，都应该得到社会的友爱和尊重。③ 在他的《最高的葬礼》中，他描写了几个来自不同国家、有着不同职业的男女朋友，想方设法为延长身患癌症的朋友之生命而努力奔走、精心设计的故事，其中的主人公们都经历了人生的周折和痛苦，但绝不会向读者显露太多的"边缘人"、"零余者"的自怨自艾的心态。即是说，作者和他的人物的视野都超越了局部中国文化想象的范围，在人的生命和生存意义之类的问题面前，发挥着艺术想象力和创造力，表现出一种新时代"国际公民"的风采。④

严力在小说里，还对中国传统士大夫的精神价值进行了深刻的解构和嘲讽，特意把一些国人引以为荣的所谓"传统美德"暴露于国际化的背景之下，对那些自视清高，但高不成、低不就的人进行无情的奚落。在《母语的遭遇》里，严力将两个在国内知名，但又相互敌对的学者放在一个世界性会议上，无人在意他们，相反彼此

---

① 〔美〕爱德华·W.萨义德：《东方学》，王宇根译，北京：生活·读书·新知三联书店，1999年，第331页。
② 高小刚：《乡愁以外：北美华人写作中的故国想象》，北京：人民文学出版社，2006年，第174—175页。
③ 同上书，第175页。
④ 同上。

间则走向暴力和"野蛮",特别以语言的政治争斗为媒介。小说中的一位主人公曾每天对着镜子发泄自己体内母语之压力——"你是谁？你在这里做什么？你为什么要在这里？你是在进行国际文学交流吗?,而你却是个哑巴,你写出的中国他们关心吗？你愉快吗？显然不愉快。为什么？不就是因为语言吗？不能与他人沟通,母语闲置在体内,显然也影响了其他比如肝肺和心脏的正常运转。是啊,你越想越觉得自己是一个笼子,把自己的语言关在里面……"。① 这表明,文化的价值是相对的,语言作为文化的核心绝不能离开自己生存的环境。在这里,他们不能说汉语,诚如弗朗兹·法农所言,"在殖民统治下,民族文化是个被否认的文化,且继续受到系统的摧毁"。② 他们只能说英语——"不得不需要'压迫者的语言'"③,"语言变成一种羞辱、作践、殖民的武器"。④ 因此,在两位中国学者来美后,冥顽不化,不好好学英文,国际会议场合,不能同他人交流时,均落入难堪的境地,同时二人之间互不相让,彼此挖苦。这一方面隐含了殖民的暴力,一方面也生动地批判了传统文化里那种故步自封并喜好"窝里斗"的陋习。⑤

　　严力的小说给我们构建了一个崭新的语言叙述空间。对一切有思想深度、艺术深度的作家来说,创造和拥有自己的语言空间,是使作品最具"文学性"的标志之一。这要求作家运用那些具有张力的词汇和文章结构形式来给读者提供新的审美经验。⑥ 在这样一种别开生面的空间中,20 世纪 80 年代流行的滔滔不绝的那种倾诉,在严力的作品中逐渐减少,事情"向来如此"、国外"如此这般"

---

　　① 高小刚:《乡愁以外:北美华人写作中的故国想象》,北京:人民文学出版社,2006 年,第 182 页。

　　② 〔法〕弗朗兹·法农:《全世界受苦的人》,万冰译,南京:译林出版社,2005 年,第 166 页。

　　③ 〔美〕贝尔·胡克斯:《语言,斗争之场》,载许宝强等选编:《语言与翻译的政治》,北京:中央编译出版社,2001 年,第 110 页。

　　④ 同上书,第 109 页。

　　⑤ 高小刚:《乡愁以外:北美华人写作中的故国想象》,北京:人民文学出版社,2006 年,第 180 页。

　　⑥ 同上。

的确切意指性语句，开始被"事情可能是这样，也可能不是这样"的商榷性语句所替代。即，独白变成交流，倾诉变成对话，显示了中国人在屡遭人生的捶打后，在多元文化的熏陶中走向世界时所形成的沉稳与成熟。[①] 严力笔下的主人公大多是居住于纽约的中国人，虽然孤独，但一个个都是执著于搜寻人生意义和存在价值的思想者。他很少搬弄"乡愁"、"寻根"这类令人伤感的文学材料，而是在与读者的平静交流中，将明显的文化—政治的是非问题拦到"界外"。[②] 短篇《血液的行为》是把中国"文革"中的"血统论"在物质主义商业大潮的疯狂加以表现，严力试图说明人类非凡的想象力与无理智总有着一定的内在关系。在《我和大地》里，他通过一段"我"和"我"出国前的"凤敌"在纽约相会的故事，说明人的心灵深处存在着一处人与人之间相互理解的空间。[③] 昔日的敌人可成为今日的朋友。这似乎洋溢着中国儒家传统的"人之初，性本善"的道德伦理。

严力的《石雕的故事》是间接的"文革"叙事。他的回望时常呈现间离效果，它是回忆儿时的"我"对院里分开的一对男女石雕产生的幻觉。由于父母在不同地方工作，小孩将此对男女聚合的梦想转移到一对分开的石雕上，幻想着风雪交加的晚上男石雕走过去给女石雕戴围巾。然而，这些梦想都没有实现，"文革"开始后，男女石雕被红卫兵砸烂，唯一记录男女石雕相聚的相机也被毁坏，孩童的梦想破灭了。[④] 这里对"文革"压抑人性一面的批判，严力以历经多年的中年人口吻来回忆儿时的"我"，既像一篇童话，又像一篇不抒情的纪实作品。[⑤] 而其叙述，由于时间带来的隔膜，不会像严歌苓那般温情，更多的是冷静、客观，不屑于穿插其中的悲情。[⑥]

---

① 高小刚：《乡愁以外：北美华人写作中的故国想象》，北京：人民文学出版社，2006 年，第 182—183 页。
② 同上书，第 183 页。
③ 同上。
④ 李亚萍：《故国回望：20 世纪中后期美国华文文学主题研究》，北京：中国社会科学出版社，2006 年，第 90—91 页。
⑤ 同上书，第 91 页。
⑥ 同上。

4.4　哈金的小说

　　哈金也是众多新移民作家中不断回望故园的重要作家。哈金,本名金雪飞,1956 年出生于辽宁的一个部队干部家庭,14 岁入伍,曾在当时的"反修前哨"吉林与黑龙江交界处的边境服役 5 年,退役后在哈尔滨佳木斯铁路公司做了 3 年电报员,因此名字中增添"哈"字,于 1978 年考入黑龙江大学外语系读本科,后考入山东大学英美文学研究所读研究生,获北美文学硕士学位,1985 年赴美国麻省布兰代斯大学(Brandeis University)深造,1992 年获英美文学博士学位,随后在亚特兰大附近的艾莫瑞大学(Emory University)讲授诗歌和小说创作课程多年,现为波士顿大学教授。1987 年开始用英语进行文学创作,至 1997 年,10 年间,他共创作了两部诗集——《于无深处》(*Between the Silence*)、《面对阴影》(*Facing the Shadows*),三部短篇小说集——《辞海》(*Ocean of Words*)、《光天化日》(*Under the Red Flag*)、《新郎》(*The Bridegroom*),两部长篇小说——《池塘里》(*In the Pond*)、《等待》(*Waiting*)。《在红旗下》、《光天化日》获弗兰奈雷·欧卡奈雷奖(Flanney O'Connor Award for Short Fiction)、《辞海》获海明威奖(Hemingway Award),《等待》获 1999 年度全美图书大奖(American National Award)和 2000 年度美国笔会/福克纳小说奖(American Pen/Faulkner Award)。哈金是 50 年来步汤婷婷之后获全美图书大奖的第二位华人作家。[①] 以朝鲜战争为背景反映美军虐待志愿军战俘的最新作品《战争垃圾》(*War Trash*)也被《纽约时报》评为 2004 年度好书,并二次获得美国笔会/福克纳奖。[②] 一个母语并非英语的华人,短短的时间内,获得如此多的殊荣,被美国文学界视为奇迹,《纽约时报》、《华盛顿邮报》等媒体的评论家不吝赞誉之词,称其为"作家中之作家",其简练道劲

---

　　① 高小刚:《乡愁以外:北美华人写作中的故国想象》,北京:人民文学出版社,2006 年,第 185 页。
　　② 同上。

的写作风格直接秉承契诃夫。① 哈金作品的着眼点置于 20 世纪 60 年代、80 年代,场景大多设计在一个中国的虚构城市中。

哈金的小说《新郎》、《等待》早于 2002 年就开始有中译本,但有所改动;《书城》杂志也不遗余力地推出他的短篇和新作。② 译为汉语的哈金作品,能与严歌苓的作品形成鲜明对比,使我们看到华人移民汉语文学与华人移民英语文学之间的关系如何:哈金的回望与严歌苓有所不同,哈金脱离了自我,更紧密地与政治意识形态联系在一起,虽然作品中的政治背景可能虚化,但作者的意图十分明显——揭示中国几十年来的变迁以及这种变迁中的生存状态③,同时"断了中国情结,个人观察和感受则有可能趋于平静"④;而严歌苓关注的是自我的少女经验、成长过程中的精神磨砺。哈金的《等待》是他的第二部小说,以简洁、平实的写实风格,描写了一个发生在"文革"时期中国内地的故事:军医孔林的幸福生活延迟了 18 年之久,他的软弱决定了他的命运。他与妻子淑玉的婚姻不幸福,一直在酝酿与妻子离婚,但遭遇阻力——"每年夏天,孔林都回到鹅庄同妻子淑玉离婚。他们一起跑了好多趟吴家镇的法院,但是当法官问淑玉是否愿意离婚时,她总是在最后关头改了主意"⑤;"离婚在乡下很少见。法院一年大概处理十多件离婚案子,只有两三对夫妻能离成婚"⑥;"他如何找不出一条正当的理由来使当地的法院信服,允许他们离婚"。⑦ 妻子不愿离婚,并坚持忠贞的观念,还希望为孔林生下儿子以传宗接代——"离家两天前的夜里,他的妻子夹着个枕头,进了他的屋里。……'你能让俺今晚睡在这儿

---

① 高小刚:《乡愁以外:北美华人写作中的故国想象》,北京:人民文学出版社,2006 年,第 185 页。
② 李亚萍:《故国回望:20 世纪中后期美国华文文学主题研究》,北京:中国社会科学出版社,2006 年,第 91 页。
③ 同上书,第 92 页。
④ 黄灿然:"解放的哈金",哈金专辑《今天》2000 年第 3 期。见 http://www.cc.org.cn/old/zhoukan/shidaishuanti/0007/。
⑤ 哈金:《等待》,金亮译,长沙:湖南文艺出版社,2002 年,第 1 页。
⑥ 同上书,第 7 页。
⑦ 同上书,第 86 页。

吗?'她怯生生地问。他不知道该说什么才好。他从来没有想到她会这么大胆。'俺不是不要脸的女人。'她说,'打生了华以后,你就不让俺沾你的炕。俺也不抱屈。这些日子,俺寻思着给你添个儿子。华说话就大了,能帮俺把手。你就不想要个儿子?'他沉默了一会儿,开了口。'不,我不需要儿子。有华一个就够了。⋯⋯这也是封建思想'"。① 而他的恋人吴曼娜的勇敢与孔林的退缩形成鲜明对比——"吴曼娜已经快二十九岁了。难道她要当一辈子老处女?一旦她和孔林做过爱,他可能就会想办法同妻子离婚。不管是好是歹,她总不能在这里干等,这种不明不白的关系等到啥时候算个头?最近,医院里的人已经开始把她当做孔林的未婚妻看待,年轻的军官都避免同她多说几句话。她心里有说不出的烦恼,决心改变这种处境。她决定开始行动。第二天夜里,⋯⋯她对牛海燕说:'我能不能请你帮个忙?'⋯⋯'你客气啥,有事儿尽管说。'牛海燕说。'你知道城里有啥清净的地方?''啥叫清净地方?'牛海燕闪动着大眼睛。'就是你能⋯⋯''哦,懂了。你想寻个地方和他快活一下?'吴曼娜点点头,红了脸。⋯⋯牛海燕扑哧一声笑了,说:'好吧,我给你找个地方。'⋯⋯决心走出这一步以后,吴曼娜感到了一种从未有过的兴奋⋯⋯第二天黄昏他们一起散步的时候,她告诉了他星期天的安排,甚至提出要买瓶李子酒和两斤熏肠带去。她只顾痛快地说着,没有注意到他眼里惊愕的表情"。② 可是因为特殊的身份限制,爱的激情在孔林那里得不到响应:军人和传统的贞节观影响着他的行为。最后在做了一个尽职尽责的丈夫、父亲之后,他还是与妻子离婚。安排好母女的生活,开始了一种梦寐以求的新生活,可进入衰老阶段的孔林根本不能适应与吴曼娜的激情飞扬的夫妻生活——"吴曼娜原来是一个奔放的情人。她在新婚之夜表现出来的激情让孔林无法招架。他在床上并不像她原来想的那样经验丰富,常常还是在兴头上,他已经软了下来。

① 哈金:《等待》,金亮译,长沙:湖南文艺出版社,2002 年,第 84 页。
② 同上书,第 57—59 页。

……要满足她并不是一件容易的事情,但是他已经使出了全身的力气。……两个月以后他感觉到腰眼酸酸地疼,右脚心也像针扎似的"。① 他陷入了新的困窘中,而具有反讽意味的是,吴曼娜生完孩子后因病离去;淑玉则等待着与孔林重婚。② 无疑,孔林的幸福、未来,一切的一切,均在这 18 年中一而再,再而三的犹豫不决的"等待"中渐渐远去。这里存留着莎士比亚笔下人物"哈姆雷特"的痕迹。然而,人生有多少个 18 年可以"等待",漫长的"等待"中多少青春、生命、激情耗尽! 显然,这是 20 世纪六七十年代典型的中国式婚姻生活,是一个再平常不过的土得掉渣的本土故事。琐碎的细节中,读者看到孔林医生和曼娜,由于现实社会的法则和道德规定,20 年间压抑情欲、克制情欲。③ 我们在此看到的是人的悲哀,无法主宰自己,无法主宰幸福,被动的人生中充满着悖谬,充满了错位。④ 所以,一位名叫弗郎辛·普罗斯的评论家认为该小说"最具有吸引力的部分不是曼娜和孔林什么时候、或他们是否最终能结婚的问题,而是那股从不同方向持续地钳制着他们的力量"。⑤ 当然,孔林与曼娜他们自己也有责任——他们无法建构自己动态的主体,不能适应外部法则,仅恪守于自己的狭小圈子之中。⑥ 这显然是对中国人那种"将就式"婚姻观的回顾与批判,对那种自以为是、故步自封的国民劣根性的批判。《等待》与他的《池塘》相比,在人物塑型和语言风格上存在着许多相似之处。与此同时,《等待》也受到国内不留情面的批评。某学者首先质疑作品获"全美图书大奖":"'美国人看中了他小说的什么方面呢?''……是中国的

---

① 哈金:《等待》,金亮译,长沙:湖南文艺出版社,2002 年,第 230—232 页。
② 李亚萍:《故国回望:20 世纪中后期美国华文文学主题研究》,北京:中国社会科学出版社,2006 年,第 93 页。
③ 同上书,第 94 页。
④ 同上。
⑤ 弗郎辛·普罗斯:"十八年的渴望",见 http://www.cc.org.cn/old/zhoukan/shidaizhuanti/0007。
⑥ 高小刚:《乡愁以外:北美华人写作中的故国想象》,北京:人民文学出版社,2006 年,第 200 页。

落后和中国人的愚昧'"①；然后一针见血地批评其中的"小脚"细节："尽管哈金保证他的小脚女人是有根据的，尽管作为作家他有权杜撰，但是60年代大学毕业的军医，即便家在农村，也不可能娶一个年龄小于他的小脚妻子。我本人就是60年代初毕业的妇女，我母亲一辈的中国妇女（如果她们活着现在八九十岁）都很少裹过脚。哈金之所以这样设置他的故事，不外是要加强他那中国落后，没有婚姻自由的主题。难怪《时代》周刊的书评称赞他描写了一个由于愚昧，不懂爱情重要，而造成的荒诞可笑的悲剧，因为男主人公以没有感情为由要求离婚时，却不被理解，可见中国之愚昧。人们总是问：你妻子做了什么错事吗？如果没有，你为什么要离婚？在哈金撒谎的笔下，中国广大的善良百姓以及他们要保护那为了丈夫献出了一生最好时光（而并非小脚）的妇女的努力，都成为美国人的笑柄。就是因为有哈金这样为了获奖而不惜玷污同胞的人，西方，特别是美国，对20世纪初期形成的那种中国人懦弱、愚昧、脏懒、抽大烟、裹小脚、辫子由人揪都不敢还手的印象，久久得不到改变"②；最后义正词严地声明："绝对不会尊敬一个拿荣誉和诚实作交易的人"。③ 哈金也进行了回应："我从来也没有在作品中说假话。美国评奖的都是小说家，他们不是搞政治的，他们不会因为政治来衡量一个作品，绝不会傻到这种地步"。④ 尽管批评者的声音有一些过激之处，但被批评者的回应则有略显勉强，底气有些不足，仅是空洞的"辩诬"。作品中的"东方主义"之"债"作者似乎是难以"赖掉"的！在此我们似乎想到了萨义德《东方学》中的一句话："东方几乎是被欧洲人凭空创造出来的地方，自古以来就代表着罗曼司、异国情调、美丽的风景、难忘的回忆、非凡的经历"。⑤

---

① 刘意青："拿诚实做交易——哈金和他的小说《等待》"，载《中华读书报》（2000年6月14日）。
② 同上。
③ 同上。
④ 哈金："有人曾说我是卖国贼"，见"百度"搜索引擎"哈金介绍"。
⑤ 〔美〕爱德华·W.萨义德：《东方学》，王宇根译，北京：生活·读书·新知三联书店，1999年，第1页。

　　哈金的《池塘》是他的第一部小说,有人认为是其所有作品中"写得最吸引人的一部"。① 小说开篇采用果戈理《死魂灵》中的一句自白,将英语世界读者带入遥远的中国北方小人物的生活之中——"哎呀,说来说去,我还是不能找到一位品行正直的人做我的主角。我可以解释为,品行正直的人现在已经被变成了马一样的东西,没人不曾骑过它,用鞭子抽着它叫他快跑。现在我觉得是选一位二流子的时候了,让我们给他披上缰绳做一次改变吧"!② 在此,哈金既不愿骑上"识途老马",也不愿玩弄"文化符码",而是乐意将笔墨聚焦于他所熟悉的过去,在工厂之类的风景前,以现实主义的笔触,使得生活在 20 世纪 60—70 年代中国东北的普通人物重新鲜活起来。③ 这是一个超越时空的有关现代人命运的叙述。小说写的是一个悲剧人生中的喜剧故事,主人公邵斌系一家国营工厂机修车间里的普通工人,由于不擅于处理人与人之间的关系,在分房问题上与厂领导发生矛盾,逐渐成为领导打击报复的对象。邵斌虽然没有受过太多正规教育,但喜欢摆弄笔墨,成为厂里业余书法高手。不幸的是,他这方面的才华一次次地受到扼杀,因此生出复仇的决心,开始向报刊投寄漫画,以揭露腐败者的丑行。但事情的最后结果始料未及,主人公在政治斗争的旋涡中越陷越深,个人生命开始不由自主地围绕厂里的斗争而旋转,失去了任何回心转意和妥协的可能,但他始终保持着永远的尊严。④ 他在生活越是深思熟虑,越理性,越较真,遭遇的命运斜坡越多,下坠得越快。一旦豁出,生活中就会出现各种转机。邵斌这一人物性格中存在着一种纯朴的亲和力,令人忍俊不禁的"荒唐"后面总有一种熟悉感、认同感。⑤ 随着小说情节的发展,主人公身上曾经的"中国色彩"慢慢消失,而转变成为令每个人熟悉并同情的张三、李四、约翰、彼德

---

　　① 高小刚:《乡愁以外:北美华人写作中的故国想象》,北京:人民文学出版社,2006 年,第 195 页。
　　② 同上书,第 198 页。
　　③ 同上。
　　④ 同上书,第 199 页。
　　⑤ 同上。

等。批评家认为,这一切得益于哈金本人极富表现力的英语语言,拓展了西方读者想象中国社会的方式与内容。①

由以上讨论,我们不难看出,《等待》与《池塘》相比,虽然在人物描写和语言风格上有许多相似之处,但叙事结构上有根本的不同。《池塘》的主人公站在恶浊的社会环境的对立面,但威武不能屈,富贵不能淫,总是不停地抗争。② 这书写了一种更多地根植于西方文化精神的悲壮与崇高,人物更多是西方化的。而《等待》中几乎没有主人与外界环境的任何抗争,总是主动接受社会外部法则(social institutions),使自身在其中慢慢得以改造,这无疑是沉浸于浓郁中国文化土壤中的人物,似乎就在我们身边,很亲切,很真实。③ 主人公孔林的"等待"既是对现实痛苦无力的解脱,也是个人欲望缓慢的释放。"等待"因此成为现代人的生存方式。作者正是通过这样一个"乡土中国"的故事,表现了20世纪人类精神生活中的一种共同经验。④ 哈金的彻底"民族化"风格传达了一种现代思考。这一故事背后似乎不难发现哥伦比亚当代作家加西亚·马尔克斯作品《一个没有人给他写信的上校》的痕迹。哈金的短篇小说集《新郎》的很多作品也充满着与故国文化相连的悲剧意味,如《新郎》、《光天化日》、《破》、《葬礼风云》等,正如作者自己所说,它们都是以作者生活过的佳木斯为原型创作的⑤,但"在结构上……深受乔伊斯的《都柏林人》和安德生的《俄亥俄州温涅斯堡》的影响:所有的故事都发生在一个地点,有些人物在不同的故事里重复出现,每个单篇都起着支撑别的故事的作用,整个书构成一部地方志式的道德史。……本书写的不只是一个地方,也是一个时代"。⑥这个时代就是20世纪70—80年代,因此短篇《新郎》就写有同性

---

① 高小刚:《乡愁以外:北美华人写作中的故国想象》,北京:人民文学出版社,2006 年,第 199 页。
② 同上书,第 201 页。
③ 同上。
④ 同上。
⑤ 李亚萍:《故国回望:20 世纪中后期美国华文文学主题研究》,北京:中国社会科学出版社,2006 年,第 94 页。
⑥ 哈金:《新郎》(序),拉萨:西藏人民出版社,2002 年。

恋倾向的保文被送入精神病院,最终下大狱,妻子贝娜被迫与他离婚的故事,《光天化日》就写一对恋人被红卫兵抓住,遭批斗,最后导致一死一伤的故事。① 特定的时代里,人性扭曲,中国人没有隐私权,没有爱的权利,命运全由时代的变迁左右着,作者对"文革"显然持批判态度。

2002 年,哈金出版了又一部长篇小说《疯狂》(*The Craziness*),是"他对身后所熟悉的中国题材进行的最后一次包装"。② 这里,作者远离中国北方的工厂、农村、兵营、都市,首次涉触大学校园里的知识分子角色。它写一个年轻学者陷入事业与感情的双重苦闷中,通过他的研究生导师、未来的岳父大人,一位精神上有毛病的老教授之口,评说和敲打中国当代文化和政治生活。③ 作品的结尾意味深长:主人公因纯粹的个人动机而不小心卷入国家政治斗争的旋涡之中,无处逃遁,只得出国,面对全新的移民生活。④ 不过,较为客观地说来,《疯狂》在文字、构思上不如以往作品。结构由于过分依靠老教授的"病床臆语",在显得过于精细的同时,又显得局促窄小,不自然。⑤ 该小说可以说是哈金步入新创作领域之桥梁。

哈金作品的成功主要得益于他对非自己母语的英语的娴熟运用。他以此实现的那种颇具征服性的朴素、幽默的语言风格,标志着他的文学成就,为国内外批评家所认同。⑥ 哈金用英语创作绝非随意的误撞,而是一种理性的决定,因为他了解文学是人类的共同财富,英语作为一种"国际书写"是表达这一"财富"的重要媒介,最难能可贵的是,他的英语不是依靠对维多利亚英语或美国英语的

---

① 李亚萍:《故国回望:20 世纪中后期美国华文文学主题研究》,北京:中国社会科学出版社,2006 年,第 94 页。
② 高小刚:《乡愁以外:北美华人写作中的故国想象》,北京:人民文学出版社,2006 年,第 203 页。
③ 同上书,第 204 页。
④ 同上。
⑤ 同上。
⑥ 同上书,第 197—204 页。

精致模仿,而是依靠对个性化和民族风格的追求而获得的①。他并非如水仙花、林语堂、汤婷婷等人那样,从所谓"美国华人"之角度去创作,去使用英语,而是在追求语言的准确、形象、有表现力的同时,张扬一种土生土长的中国北方"高粱米"式的,与其作品中的人物、环境十分和谐的英语,其创作理想是要尽可能使自己的写作接近生活,同时又不过分骚扰主人公生活的空间。② 读他的小说,我们似乎可以真切地看到中国北方农村院里奔跑的鸡鸭,听到公路上行驶着的手摇拖拉机的噪音,闻到工厂宿舍区空气中的煤烟和秋天散发着的腌血里蕻和酱萝卜的味道。这种文字表现的境界不仅表明作者英语用词的成功,在对中国风物和生活准确把握的背后,人们能感受到作者和中国风物在精神上的某种契合,他对英语语言的极大控制力,以及他那种对中国文化的独到"翻译"方式,如用直译方式将"王八蛋"译为"tortoise egg"、将"把他们一网打尽"译为"catch them all in one net"、"让他像孙子一样伺候我"译为"make him serve me like a grandson",等等,具有中英文里几乎同等的修辞效果。③ 这一切均给其创作增色不少。尽管其中的一些说法值得商榷,但哈金的语言行为似乎可看做是一种"流亡者们"普遍共用的"抵抗的政治学",一种夺回权力的"手段"。贝尔·胡克斯就说过:"英语是'压迫者的语言'……是潜在的抵抗场所。学习英语,学说异族的言语,是被奴役的……人在被统治的情况下开始重新夺回个人权力的一个手段,……英语被改变、改造,成为了不同的言语"。④ 此番"流亡"的语言策略,成全了哈金。所以,他在全美图书奖的获奖词中说,"感谢英语,是它给了我表达自己的能力"。⑤

---

① 高小刚:《乡愁以外:北美华人写作中的故国想象》,北京:人民文学出版社,2006 年,第 198 页。
② 同上。
③ 同上。
④ 〔美〕贝尔·胡克斯:《语言,斗争之场》,载许宝强等选编:《语言与翻译的政治》,北京:中央编译出版社,2001 年,第 111 页。
⑤ 高小刚:《乡愁以外:北美华人写作中的故国想象》,北京:人民文学出版社,2006 年,第 198 页。

第五节 伍慧明的《骨》与伍邝琴的
《裸体吃中餐》:记忆的家园

伍慧明(Fae Myenne Ng)的《骨》(*Bone*, 1993)与伍邝琴(Mei Ng)的《裸体吃中餐》(*Eating Chinese Food Naked*, 1998)探讨了第一代、第二代跨界美国华裔眼中复杂、多变的家园意义,即在时空移位后如何为自己建构"想象的家园"。

在他们的想象中,零散的弗洛伊德的所谓"物"成了"家"之象征,期望用"恋物"的方式追忆、留住早已模糊了的家园与个人身份的存在,同时,他们也想用文本空间为自己的海外漂泊搭建起一个精神家园。① 伍慧明曾明确说过:"'骨'对我来说似乎是形容移民不屈精神的最好的比喻了。这本书的题目就是为了纪念老一代人把遗骨送回中国安葬的心愿。我想记住他们未了的心愿。我写《骨》的时候非常理解他们的遗憾,所以就想在书中用语言创造出一片能供奉我对老一代的记忆的沃土,让这思念在那里永远地安息"。② 伍慧明的《骨》从头至尾均贯穿着一条"寻家、归家"之主线③:祖父梁是早期来美的"金山客",是美国排华法案的牺牲品、见证人,客死异乡之后最大的心愿就是要自己的"契纸儿子"将遗骨送回故乡,落叶归根,但愿望总没实现,公墓中的遗骨也无处可寻;父亲利昂是1906年旧金山大地震后冒名顶替来美的"契纸儿子",与祖父无任何血缘关系。痛失爱女的悲痛、做丈夫与做父亲的失败、生意与事业的失意,使他无法面对家人,于是常年出海,最后搬至唐人街的老人公寓来排遣心中的苦闷;母亲被前夫抛弃之后,与没有任何感情的我父亲重新结婚,随即换来了一生不断的争吵和感情的出轨;她的大女儿莱拉既要尽到自己对父母的责任又要谋求生活,累得筋疲力尽;小女儿尼娜只身到纽约闯荡,当上了空

---

① 陆薇:《走向文化研究的华裔美国文学》,北京:中华书局,2007年,第215页。
② 同上书,第215—216页。
③ 同上书,第216页。

姐和导游;二女儿安娜用自杀之方式了断无法面对的一切。这一缺失和残败全隐喻着一种家园/故土的缺失。[①] 小说中的父亲利昂看上去是一个喜好收集旧物的"恋物狂"——"利昂是个废物制造专家,制造出的净是些稀奇古怪的东西,像什么电接受器、饼干筒做的钟表、带台灯的钟、收款机和警报器连在一起的通讯联络系统之类的东西……利昂还是个收藏高手。一摞摞快餐盒、锡纸盒、装满西红柿酱糖袋的塑料袋、写着红色字母的白色罐头盒,还有政府发放的蔬菜:切成片的甜菜、表面光滑的绿豆和南瓜。床头柜是个餐馆用的红色的小凳子……衣柜的扶手挂着金属的衣架子,窗台上放着一捆捆莴苣菜叶和一团团红色打了结的绳子,另一个里面塞满了缠在一起的胶皮带子"。[②] 这里的利昂不断地收集废物,象征着利昂本人从未做过任何一件大事的人生的失败。每一件物品都镌刻着一代人难以抹去的记忆,是叙述者在"集体无意识"中打捞个人记忆的历史见证,是与官方历史相对抗的"反记忆"。[③] 利昂的"手提箱"也是一个更好的"恋物"佐证——"……我把手提箱提到厨房的桌面上,将它打开。过去的一切一下子就展现在了眼前:一些往日的证件散发出一股发霉的、被水浸泡过的纸的味道,依稀还能辨认出洋皮纸的质地。一些信件按年份摞成了一摞,又用橡皮筋 10 年一捆地捆在了一起。我只打开了最上面的几封信就明白了一切:'我们不需要你。'从军队寄来的一封信:你不合适。找工作收到的拒绝信:没有技术。找房子收到的回信:没空房。我的双肩又紧张了起来,很想喝一杯苏格兰威士忌。利昂一直在编故事骗我们,这样我们就能笑,就能理解那些拒绝了。等军队可以接受他了,仗却打完了。等他有了工作的技术与经验:焊接、建筑和电工活儿,但他却不会英文。房子的大小没有了问题,但小区却不对。现在,看到在正式的信件中白纸黑字写着的理由,那些故事又

① 陆薇:《走向文化研究的华裔美国文学》,北京:中华书局,2007 年,第 216—217 页。

② 同上书,第 218 页。

③ 同上。

回到了我脑海中，但却没有了原来的幽默，也没有了希望。在这些信件里，利昂不再是英雄……这个契纸儿子保存了每一张纸片。我记得他告诉过我崇尚纸张档的传统，老人们是如何把所有的书面档当作神圣之物来崇拜的。所有的信件、报纸和档都被收藏起来，然后在特定的庙宇中烧毁，然后那神圣的灰烬被撒在海湾的一个不为人知的地方"。① 这些"手提箱"、"证件"、"书信"等可以看做是本雅明眼里的"物"，对其中意象的反复阅读可以复活尘封的历史，以对抗官方"宏大叙事"的整体性与本质性。② 显然，在这里"构成文本肌体的既不是作者也不是情节，而是回忆本身"③，而"对于回忆着的作者来说，重要的不是他所经历过的事情，而是如何把回忆编织出来，是那种追忆……的劳作，或者不如说是遗忘的……劳作"。④ 在触摸这样的"尘封的历史"之后，女儿莱拉终于理解了父亲为何总把自己真实的生日与证件上的生日弄错的原因。作为契纸儿子的利昂从踏上美国的第一天起就得被迫变为另一个人，为此得背下别人的姓名、生日及村子里发生的一切，忘掉自己真实的身份以及为不遭遣返回乡，永远不说真话，对一切种族歧视与排斥逆来顺受。那一整箱材料背后的寓意是，强颜欢笑的背后是无法消遣的压抑与愤怒，因此以独特的象征方式对家园与个人身份进行重构：在生命行将结束的时刻，将自己一生储存的一切档化为灰烬，然后撒到太平洋海湾里，以此魂归故里，落叶归根。⑤ 而《骨》中在唐人街长大的年轻一代华裔女性，总感到"唐人街"是他们的家园，是一个让他们爱恨交加的地方。迷宫般纵横交错的大街小巷，名目繁多的肉铺、面包店、洗衣店、理发店、餐馆等店铺，各种声音，各种味道，触觉，味觉的记忆等一系列"恋物"表征，均展现

---

① 陆薇：《走向文化研究的华裔美国文学》，北京：中华书局，2007 年，第 219—220 页。

② 同上。

③ 〔美〕汉娜·阿伦特编：《启迪·本雅明文选》，张旭东等译，北京：生活·读书·新知三联书店，2008 年，第 217 页。

④ 同上书，第 216 页。

⑤ 陆薇：《走向文化研究的华裔美国文学》，北京：中华书局，2007 年，第 220—221 页。

了唐人街栩栩如生的生活画面——"早上天刚刚亮,我们就到肉铺,等着听那卡车缓慢旋转的发动机声。看着一条条活鱼从水箱中蹦到垃圾桶里,闻到被刷上蜂蜜的叉烧包的味道。当白色的洗衣房卡车拐弯开进温特沃斯巷时,车后飘起一片飞舞的毛絮,鸡内脏的臭味和食物的腐烂味道在巷子里弥漫着。老太太们挤到卡车的边上,伸长胳膊去够车里的板条箱,从里边拽出最肥的鸽子"。①这些"物"的印象沉入了主人公的记忆深处。"唐人街"这一家园并不平静,充满喧嚣与骚动,女儿们急于逃离。但"唐人街"熟悉的景象、声音也是一个能给人平静、温暖的空间——"这些熟悉的声音像蚕茧一样将我裹住,使我有了安全感,使让我感到像是待在温暖的家里,时间也静止了。我想起我们三个人曾在这间屋子里一起嬉笑,哭喊,打闹,然后又和好的情景。周围四面薄薄的墙围起来就是一个充满温情的世界"。②"声音"、"嬉笑"、"打闹"、"和好"、"温情"等这些细微的"物"像构成了特有的华人世界,能永远给予他们信心与力量,他们以此生存和相互支持。③

　　较之伍慧明更为年轻的伍邝琴在处女作《裸体吃中餐》中也表现了一个唐人街的故事,但稍有不同。出生于、成长于纽约皇后区新唐人街的女主人公罗碧刚毕业于美国一流高等学府哥伦比亚大学,主修专业是时尚的"女性研究"。大学期间,她频繁更换性伙伴,还伴以同性恋行为。显然,她是一个在种族和性别两个方面追求超前意识的反传统角色,是美国华裔文学中罕见的所谓"新新人类"(Gen-X'er)。毕业后,罗碧为节约开支,暂时离开住在曼哈顿街区的白人男友尼克,回到唐人街洗衣店的父母家中,正像伍慧明作品中的年轻人一样,回到自己爱恨交加而又永远也逃不掉的地方。这真是一种反讽! 然而,无论是逃离,还是回归,均是为了寻找自己能够认同为"家"的地方,为了在两种文化中建构自己的身份。④

---

① 〔美〕伍慧明:《骨》,陆薇译,南京:译林出版社,2004 年,第 27 页。
② 陆薇:《走向文化研究的华裔美国文学》,北京:中华书局,2007 年,第 120 页。
③ 同上书,第 222—223 页。
④ 同上书,第 223 页。

作者在小说中特别突出了母女之间由"饮食"与"性"这样的日常生活细节构成的所谓"物化"空间，这或许是当代美国华裔文学中的一个共同主题。① 《裸体吃中餐》中有一个情节：母亲贝尔是父亲从中国娶回的妻子，但从娶回的第一天起就被丈夫"边缘化"至厨房这一长期压抑女性的空间中。新的国度，语言不通、文化差异大，丈夫对她拳打脚踢，女儿完全认同白人文化，母亲与他们交流的唯一媒介就是餐桌上的食物。她用精心准备的饭菜表达自己对家人的关爱，厨房无疑成了她认同他们权力的空间；同时，厨房也成为她抗议丈夫暴力、排遣孤独的避难所。母亲的中餐烹饪即便得不到家人应给予的肯定，也可以成为她抵抗种族主义、男性中心主义、克服跨界经历的创伤的良药。② 即，"吃"传递了一种极具象征意义的内涵，隐喻着一种"胃口的政治"——"胃口"是一种受文化约束、表达社会关系的代码，象征着"人"与"食物"之间的难舍难分的复杂关系③（Emma Parker 语），老一代的美国华裔女性以此建构自己的家园与身份。同样的问题也存在于年轻一代的食物喜好中。小说中的女儿辈罗碧与其他美国女孩，是"吃"着汉堡包和羊角面包长大，"喝"着咖啡和可口可乐长大的一代。④ 罗碧既喜欢吃中餐，又羞于承认自己对中餐的喜爱，因为中餐总是与肮脏不堪的唐人街、小餐馆、疲惫、低廉工资等话语联系在一起。但最令人不解的是，罗碧同时又患上所谓"中餐烹饪强迫症"——大学读书的日子里，总会半夜醒来去厨房悄悄做中餐，并强迫室友从睡梦中起来同她一起吃，以实现自己的身份认同。⑤ 此外，罗碧的"吃"还与"性"联系在一起，如她与男友的恋爱关系就是用"吃饭"与"性"二者来维持的。⑥ 更可怕的是，她与其他陌生男子之间发生的"一夜情"，也是用这样的方式来维持的：她总是在深夜独自走进酒吧，落

---

① 陆薇：《走向文化研究的华裔美国文学》，北京：中华书局，2007 年，第 224 页。
② 同上书，第 224—225 页。
③ 同上书，第 174 页。
④ 同上书，第 174、225 页。
⑤ 同上书，第 225 页。
⑥ 同上书，第 225 页。

座后盯住某个男子,先与他饱餐一顿,然后就跟着他去到他的住处"性交"。① 因此,可以说,这位年轻的美国华裔女性对"食"与"性"的爱好达到近乎痴迷的地步。这或许是源于她在特定的美国华裔家庭中长期受压抑的原因——"很久以来,没有任何人碰过她——除了在她发烧的时候,而即便就是在发烧的时候,那触摸也只是来自于一只冰冷的手,它落在她的额头上,令她动弹不得。甜蜜的 16 岁来了又去了,没有人吻她……17 岁也来了,又去了。到了 18 岁的周末,她还在为父亲做面包。'多好的面包啊',他说。在学校的时候人们用亲吻来说'你好'和'再见'。她多么渴望有人吻她,渴望伸出手让那充实的感受贴近自己"。② 这里,罗碧多么渴望享受一个正常的美国家庭里的正常女孩应该享受的亲情与关爱。可是,万万不能!"18 岁的周末,她还在为父亲做面包",而父亲的反应仅仅是"多好的面包啊!"这传神之笔,描写了少数族裔女性内心深处那被扭曲的伤痛③。只要碰上任何可能性的机会,她储藏于内心隐秘深处的那种对身体接触的渴望就会不顾一切地迸发出来。学中餐制作,"自己为自己做饭"遂成为边缘化的美国华裔女性争取自由、平等、家园的强烈呼声④,似乎是 20 世纪初英国思想家弗吉利亚·伍尔芙的建构"自己的一间屋"的呼声在 21 世纪的回应。这样,让妇女回到家中,"不是像纳粹分子那样采取命令的方式,而是采取'一种恢复妇女们作为女人,实际和潜在的母亲……像女人那样生活的女人的荣誉感和自重感的观点来宣传的方式使她们再次回到家中'……'她们被认为是作为女人能最充分地为社会服务的人'"。⑤

　　一言以蔽之,伍慧明与伍邝琴等新一代移民将"想象的家园"建构于民族文化记忆中,将过去、现在、未来捆绑在一起,用自己的

----

① 陆薇:《走向文化研究的华裔美国文学》,北京:中华书局,2007 年,第 225 页。
② 同上书,第 226 页。
③ 同上书,第 227 页。
④ 同上。
⑤ 〔美〕弗里丹:《女性的奥秘》,程锡麟等译,广州:广东经济出版社,2005 年,第 263 页。

努力打破老一代移民封闭的生活空间。这个家园既不是古老、陌生的中国，也不是被主流社会"边缘化"的夹缝，更不是专供他人参观的"文化博物馆"，而是从熊熊烈火中升腾起的一只再生的凤凰——一个两种文化混杂、流动、彼此向对方开放的空间，是属于跨越此岸与彼岸的美国华裔人士的家园①，正如著名英国当代文化研究学者阿雷恩·鲍尔德温等人在谈及特罗布里恩岛上居民"按照他们自己的作战实践"来从事英国板球运动时所指出的那样："板球并没有单纯地取代特罗布里恩岛上的其他运动，而是转变成了一种新的杂交的（hybrid）文化形式，它既不是英国的板球，也不是特罗布里恩岛上的作战实践"②。这或许给我们提供了一个理解全球化文化的新的视角："理解任何文化形式的意义，不能单纯地把它固定在一种文化内部，而应按照它如何适应不同文化网络之间的交叉点来看它"。③

---

① 陆薇：《走向文化研究的华裔美国文学》，北京：中华书局，2007年，第229页。
② 〔英〕阿雷恩·鲍尔德温等：《文化研究导论》，陶东风等译，北京：高等教育出版社，2004年，第16页。
③ 同上。

参考文献

1) Armstrong, France. *Dickens and the Concept of Home.* Ann Arbor, MI: UMI Research Press. 1990.

2) Ashcroft, Bill and Gareth Griffiths. et al. *The Empire Writes Back: Theory and Practice in Post-colonial Literatures.* London: Routledge.

3) Baldwin, Alain, et al. *Introducing Cultural Studies.* Beijing: Peking University Press, 2005.

4) Bloom, Harold. ed. *Modern Critical Views: Joseph Conrad.* New York, New Heaven and Philadelphia. 1986.

5) Bressler, E. Charles. *Literary Criticism: An Introduction to Theory and Practice.* New Jersey: Pearson Education, Inc. 2003.

6) Conrad, Joseph. *Almayer's Folly: A Story of Eastern River.* London and Toronto: J. M. Dent & Sons Ltd. 1923.

7) George, Rosemary Marangoly. *The politics of home: Postolonial relocations and twentieth-century fiction.* New York and Melbourn: Cambridge University Press, 1996.

8) Hall, Stuart. "Cultural Identity and Diaspora" in Jonathan Rutherford ed. *Identity: Community, Culture, Difference.*

London: Lawrence & Wishart, 1990. pp. 222—237.

9) Freud, Sigmund. "The Uncanny" in Vincent B. Leitch ed. *The Norton Anthology of Theory and Criticism*. New York and London: W. W. Norton. 2001. pp. 929—952.

10) Forty, Adrian. *Objects of Desire: Design and Society 1750—1980*. London: Thanes and Hudson, Ltd. 1986.

11) Gordon, Michael Ryan Avery. Ed. *Body Politics: Disease, Desire, and the Family*. Boulder, Sanfrancisco and Oxford: Westview Press, 1994.

12) Harlow, Barbara. *Resistance Literature*. New York: Metuuen. 1987.

13) Harvey, Sir Paul. *The Oxford Companion to English Literature*. Oxford: Oxford University Press. 1967.

14) Jameson, Frederic. *Marxism and Form*. Princeton University Press. 1971.

15) Jay, Martin y. *Marxism and Totality: the Adventures of a Concept from Lukacs to Habermas*. Berkeley, A.: University of California Press, 1984.

16) Larrain, Jorge. *Marxism and Ideology*. London: Macmillan Press. 1983.

17) Lukacs, Georg. *The Theory of the Novel*. trans. Anna Bostock. Cambridge, MA: MIT Press. 1971.

18) Michael, Jennifer Wolch. eds. *The Power of Geography: How Territory Shapes Social Life*. Boston: Unwin Hyman. 1989.

19) Theresa, Lauretis. *Feminist Studies/Critical Studies*. Bloomington: Indiana University Press. 1986.

20) Mill, John S. *The Subjection of Women*. London: World Classics, 1912.

21) Mohanty, S. P. "Us and Them: On the Philosophical Bases of Political Criticism" in *Yale Journal of Crticism 2*, 2 (Spring 1989).

22) Minh-h, Trinh T. *Woman, Native, Other: Writing Postcoloniality and Feminism*. Bloomington: Indiana University Press. 1989.

23) Naipaul, V. S. "Conrad's Darkness" in *The Return of Eva Peron with the Killings in Trinidad*. New York: Vintage. 1981.

24) Nixon, Rob. *London Calling: V. S. Naipaul, Postcolonial Mandarin*. England: Oxford University Press. 1992.

25) Simians, Donna Haraway. *Cyborgs and Women: the Reinvention of Nature*. London: Free Association Press. 1991.

26) Rathburn, Robert. *From Jane Austen to Joseph Conrad*. Minneapolis:

University of Minnesota Press. 1951.

27）Rushdie. , Salman. *Imaginary Homelands：Essays and Criticism 1981—1991*. Granta Books in association with Penguin Books Ltd. 1991.

28）Rose, Gillian. *Feminism and Geography：The Limits of Geographical Knowledge*. London：Blackwell. 1993.

29）Said, Edward W. *Orientalism*. London and Henley：Routledge & Kegan Paul. 1978.

30）Said, Edward W. *Culture and Imperialism*. New York：Vintage Books. 1994.

31）Said, Edward W. *Reflections on Exile and Other Essays*. Cambridge, Massachusetts：Harvard University Press. 2000.

32）Said, Edward W. "Third World Intellectuals and Metropolitan Culture", *Raritan ix：3, Winter 1990*.

33）Sangari, Kumkum. "The Politics of the Possible" in JanMohamed and Lloyd. eds. *The Nature and Context of Minority Discourse*. England：Oxford University Press. 1990.

34）Theresa, Lauretis. *Feminist Studies/Critical Studies*. Bloomington：Indiana University Press. 1986.

35）Theroux, Paul. *V. S. Naipaul：An Introduction to His Work*. London：Andre Deutsch. 1972.

36）Vidler, Anthony. *The Architectural Uncanny：Essays in the Modern Unhomely*. Cambridge and London：The MIT Press. 1992. 1X.

37）Watt, Ian. *The Rise of the Novel*. Berkeley and Los Angles：University of California Press. 1964.

38）〔美〕爱德华·W. 萨义德：《东方学》，王宇根译，北京：生活·读书·新知三联书店，1999 年。

39）〔美〕爱德华·W. 萨义德：《文化与帝国主义》，李琨译，北京：生活·读书·新知三联书店，2003 年。

40）〔美〕安妮特·T.鲁宾斯坦：《英国文学的伟大传统》（下），陈安全等译，上海：上海译文出版社，1998 年。

41）〔美〕安东尼·D. 史密斯：《全球化时代的民族与民族主义》（"中文版序"），龚维斌等译，北京：中央编译出版社，2002 年。

42）〔英〕埃里·凯杜里：《民族主义》（"第四版导言"），张明明译，北京：

中央编译出版社,2002 年。

43)〔英〕阿雷恩·鲍尔德温等:《文化研究导论》,陶东风等译,北京:高等教育出版社,2005 年。

44)〔英〕艾勒克·博埃默:《殖民与后殖民文学》,盛宁等译,沈阳:辽宁教育出版社,1998 年。

45)〔英〕巴特·穆尔—吉尔伯特等编撰:《后殖民批评》,杨乃乔等译,北京:北京大学出版社,2001 年。

46)〔美〕本尼迪克特·安德森:《想象的共同体:民族主义的起源与散布》,吴叡人译,上海:上海人民出版社,2003 年。

47)〔英〕厄内斯特·盖尔纳:《民族与民族主义》,韩红译,北京:中央编译出版社,2002 年。

48)樊洛平:《当代台湾女性文学小说史论》,郑州:河南人民出版社,2005 年。

49)〔美〕弗雷德里克·詹姆逊:《政治无意识》,王逢振等译,北京:中国社会科学出版社,1999 年。

50)〔美〕弗雷德里克·詹姆逊:《马克思主义与形式》,李自修译,南昌:百花洲文艺出版社,1995 年。

51)〔美〕弗拉基米尔·纳博科夫:《文学讲稿》,申慧辉等译,上海:上海三联书店,2005 年。

52)〔美〕弗里丹:《女性的奥秘》,程锡麟等译,广州:广东经济出版社,2005 年。

53)〔法〕弗朗兹·法农:《全世界受苦的人》,万冰译,南京:译林出版社,2005 年。

54)〔法〕弗朗兹·法农:《黑皮肤,白面具》,万冰译,南京:译林出版社,2005 年。

55)冯品佳:"书写北美/建立家园",载台湾大学外文系《中外文学》1997 年第 12 期(总第 25 卷)。

56)高新伟:《凄艳的岁月:中国古代妇女的非正常生活》,郑州:河南人民出版社,2006 年。

57)高小刚:《乡愁以外:北美华人写作中的故国想象》,北京:人民文学出版社,2006 年。

58)高鸿:《跨文化的中国叙事——以赛珍珠、林语堂、汤亭亭为中心的讨论》,上海:上海三联书店,2005 年。

59）戈温德林·莱特、保罗·雷比诺："权力的空间化"，载《后现代地理学的政治》，上海：上海外语教育出版社，2001年。

60）〔德〕海德格尔：《荷尔德林的大地与天空》，载《荷尔德林诗的阐释》，孙周兴译，北京：商务印书馆，2000年。

61）〔美〕海斯著：《现代民族主义演进史》（"作者序"），帕米尔译，上海：华东师范大学出版社，2005年。

62）黄梅：《推敲"自我"：小说在18世纪的英国》，北京：生活·读书·新知三联书店，2003年。

63）罗钢、刘象愚主编：《后殖民主义文化理论》，北京：中国社会科学出版社，1999年。

64）罗钢、刘象愚主编：《文化研究读本》，北京：中国社会科学出版社，2000年。

65）罗经国编：《狄更斯评论集》，上海：上海译文出版社，1981年。

66）〔英〕F. R. 利维斯：《伟大的传统》，袁伟译，北京：生活·读书·新知三联书店，2002年。

67）李贵仓：《文化的重量：解读当代华裔美国文学》，北京：人民文学出版社，2006年。

68）陆薇：《走向文化研究的华裔美国文学》，北京：中华书局，2007年。

69）梁永安：《重建总体性——与詹姆逊对话》，成都：四川人民出版社，2003年。

70）李亚萍：《故国回望：20世纪中后期美国华文文学主题研究》，北京：中国社会科学出版社，2006年。

71）刘文荣：《19世纪英国小说史》，北京：中国社会科学出版社，2002年。

72）刘登翰主编：《双重经验的跨域书写 20世纪美华文学史》，上海：上海三联书店，2007年。

73）〔英〕迈克·克朗：《文化地理学》，杨淑华等译，南京：南京大学出版社，2003年。

74）墨美娟等主编：《印迹》2（"种族"的恐慌与移民的记忆），南京：江苏教育出版社，2004年。

75）〔法〕米歇尔·福柯、保罗·雷比诺："空间、知识、权力——福柯访谈录"，载《后现代地理学的政治》，上海：上海外语教育出版社，2001年。

76）〔法〕米歇尔·福柯：《词与物——人文科学考古学》，莫伟民译，上海：上海三联书店，1999年。

参考文献

77)〔德〕马克斯·霍克海默、西奥多·阿道尔诺:《启蒙辩证法》,渠敬东等译,上海:上海人民出版社,2006年。

78)毛信德:《美国小说发展史》,杭州:浙江大学出版社,2004年。

79)瞿世镜:《英语后殖民主义文学研究》,上海:上海译文出版社,2003年。

80)祁寿华等主编:《文学》,北京:中国人民大学出版社,2007年。

81)阮炜:《20世纪英国文学史》,青岛:青岛出版社,2004年。

82)阮炜:《20世纪小说评论》,北京:中国社会科学出版社,2001年。

83)单德兴:《重建美国文学史》,北京:北京大学出版社,2006年。

84)石海军:《后殖民:印英文学之间》,北京:北京大学出版社,2008年。

85)〔法〕西蒙娜·德·波伏娃:《第二性》Ⅰ、Ⅱ,北京:中国书籍出版社,1998年。

86)〔加〕谢少波:《抵抗的文化政治学》,陈永国等译,北京:中国社会科学出版社,1999年。

87)夏志清:《新文学的传统》,北京:新星出版社,2005年。

88)严力:"我在散文的形式里",载《最高的葬礼》,香港:香港田园书屋,1998年。

89)严歌苓:《第九个寡妇》,北京:作家出版社,2006年。

90)严歌苓:《一个女人的史诗》,长沙:湖南文艺出版社,2006年。

91)余虹:《艺术与归家——尼采·海德格尔·福柯》,北京:中国人民大学出版社,2005年。

92)杨仁敬等:《美国后现代派小说论》,青岛:青岛出版社,2004年。

93)杨匡汉:《中华文化母题与海外华文文学》,武汉:长江文艺出版社,2008年。

94)尹晓煌:《美国华裔文学史》,徐颖果主译,天津:南开大学出版社,2006年。

95)〔英〕约翰·麦克因斯:《男性的终结》,黄菡等译,南京:江苏人民出版社,2002年。

96)〔英〕约瑟夫·康拉德:《吉姆爷》,熊蕾译,北京:人民文学出版社,2004年。

97)〔英〕约瑟夫·康拉德:《康拉德小说选》,袁家骅等译,赵启光编选,上海:上海译文出版社,1985年。

98)〔英〕约瑟夫·康拉德:《黑暗的心》,黄雨石译,北京:人民文学出版社,2002年。

99）〔英〕约翰·罗斯金:《芝麻与百合》,王大木译,桂林:广西师范大学出版社,2005年。

100）〔美〕伊恩·P.瓦特:《小说的兴起》,高原、董红钧译,北京:生活·读书·新知三联书店,1992年。

101）张隆溪:《道与逻各斯》,冯川译,成都:四川人民出版社,1998年。

102）张京媛主编:《后殖民理论与文化批评》,北京:北京大学出版社,1999年。

103）张京媛主编:《当代女性主义文学批评》,北京:北京大学出版社,1998年。

104）〔美〕弗雷德里克·詹明信:《晚期资本主义的文化逻辑》,张旭东编、陈清侨等译,北京:生活·读书·新知三联书店,1997年。

105）张西平:《历史哲学的重建——卢卡奇与当代西方社会思潮》,北京:生活·读书·新知三联书店,1997年。

106）《中国大百科全书·外国文学 I》,北京:中国大百科全书出版社,1982年。

致 谢

首先感谢国家人事部博士后工作管理委员会于2004年11月30日顺利批准我进入北京师范大学外国语言文学博士后科研流动站从事英语语言文学博士后研究工作。

本书,系根据我于2004年12月1日—2007年12月28日期间在北京师范大学外文学院从事英语语言文学专业博士后研究工作的工作报告修改而成,修改工作长达三年之久。它本来是应该在2009年4月出版的,可因为我的博后导师刘象愚教授在2009年2月7日来函云"事缓则圆"、"文不惮改",于是当即请出版社编辑将已做好的清样稿撤下。从那时起,我就背负着老师的嘱托,在繁忙的工作和教学之余抓紧一切可能的时间进行再次修改,重新读书、疏理材料、思考、比较、综合、归纳、写作、作注,直到2010年农历腊月二十九日零时才将稿子发至北大出版社,随即携家眷赴家乡贵州黔南布依族苗族自治州迎接 2010 新年钟声敲响的那激动人心的时刻。但好事多磨,在 2010 年 4 月 10 日出版社又通知我进行结构和技术层面上的第三次修改,再次花了两月时间。苦不堪言! 当然,痛并快乐着! 所以,在某种程度上,写作《家园政治:后殖民小说与文化研究》的过程也可看作是我用坚忍的毅力、勤奋的劳作、积极的心态去着实体验的一次"'文化政治'历险记":美丽、欢娱、痛苦、失望、妥协、认同、矛盾彼此共存着,争斗着。更为有趣的是,几年来我孜孜以求地以文学文本为对象,研究"家园政治"问题,没想到我个人反倒成了应该研究的文本对象,因为这些年由于我至今都难以说清的原因,我离开工作 20 多年的故土贵州辗转来渝工作,同样感受着"家园政治"问题:既然家园绝非固定居所,是动态建构之空间,那么,何处为"家",只有让时间作证,让历史作证。我意念中的家园只能在永远的等待中,永远的建构中,永远的"冒险"中,如今还诚邀我的家人与我一起"等待",一起"建构",一起"冒险"。这种"等待",这种"建构",这种"冒险",或许能够赋予我铸造事业的理性与激情,为祖国的改革开放事业,为祖国的高等教育事业做出更加有益的贡献。

我最衷心地感谢我的英语语言文学专业博士后合作导师,著名学者,北京师范大学外文学院原院长,中国比较文学学会副会长刘象愚教授。五年多前,刘老师奖掖后学,以非常特殊的方式招我进站,我当时非常感激他对我的最大宽容。我进站后,刘老师仍然一如既往地给予我"最大宽容",我更加感动不已。在站研究的三年中,由于我个人工作上很复杂的原因,我的研究工作有所拖延,可刘老师总是表示最大理解,我愧疚不已。三年里,在导师的悉心教诲和热忱指导下我顺利完成了博士后研究工作报告,在博士学业的基础上又有所进步。特别是出站后拙稿成书的最后阶段的修改,刘老师倾注了不少心血。我们敬爱的刘老师在英美文学、比较文学、西方文学理论和文化研究四方面的渊博学识、深刻的洞察力,严于律己、宽以待人的做人风范,令我终身受益! 从老师身上,我进一步学会了怎样做一个正派的人,一个淡于名利的人,一个正

181

派的老师,学会怎样做一个严谨、低调、务实的学者,"宠辱不惊,任庭前花开花落。去留无意,看天上云卷云舒"!

感谢北京师范大学人事处副处长范文霞老师、外文学院原副院长胡俊老师在我当初联系进站时在很多具体细节上给予我的巨大帮助!我进站后,她们又给予我巨大的宽容与理解,令我万分感动!

感谢我的师妹、北京师范大学外文学院教师王楠和郭亿瑶两同志在我博士后出站答辩期间(2007年12月28日)所做的大量细致工作!

感谢中国社科院外文所王逢振研究员、清华大学外语系博士生导师陈永国教授、北京师范大学外文学院博士生导师章燕教授、北京外国语大学博士生导师马海良教授等答辩委员会委员对我博士后研究工作报告给予的较高评价及中肯建议!

感谢著名学者,中国比较文学学会会长、北京大学博士生导师乐黛云教授对我博士后研究工作的时常的嘱咐与关心。我们尊敬的乐老师知识渊博,治学严谨,思维敏锐,视野宽阔,具有深刻的学术洞察力,且为人谦和、热忱,奖掖后学,德高望重,是杰出的人文主义者!值得我辈在做人上永远效仿!

我攻读比较文学博士学位的导师,著名学者、四川大学文学与新闻学院院长、中国比较文学学会副会长曹顺庆教授五年前为拙作《翻译的政治——翻译研究与文化研究》(中国社会科学出版社,2005年3月)作序时嘱我要"成为一个卓有成就的文学与文化研究专家",五年后的我确实实现了老师的嘱托,完成了一部有关"文学与文化研究"的博士后出站报告并已修改成书,但"卓有成就"一词实不敢当,愧对了他的厚望,只敢说完成了老师几年前给我布置的"长篇作业",交老师批阅而已。非常感谢曹老师当初对我的鼓励!

感谢我爱人、同事段玲珊同志在我从事博士后研究工作期间对我学术追求的永远的理解与支持!多年来,作为贵州大学外国语学院党委委员、副院长的她,既要忙于主持学院的大量行政工作和研究生的指导工作,又要忙于自己的博士学业,还要抽出大量精力来管理家务和指导孩子箫箫的学习,她真的好辛苦!而今,为了家庭,她又毅然放弃在贵州的发展机会来重庆工作。尽管她获得了新单位一些同事、专家、干部的真诚的关心,但毕竟工作环境陌生,万事必须从头来,似乎有点为难她!好在她有一颗普通教师的平常心!也感谢我的孩子对家庭的迁徙表示出的巨大理解,尽管进入一个陌生环境学习,诸多不适应,加之性格内向,受到诸多委屈!箫箫,爸爸祝你在学习和今后的人生道路上一切顺利、平安,不断走向成熟!

感谢我读博时的同学,四川师范大学文学院教授、硕士生导师钟华先生对我博士后研究工作的巨大支持!他对学习的那一往情深的爱,待人的纯真、热忱、无私、宽厚,喝酒时的那份豪气,在我川大同学中实属罕见。他是做学、做人的浮躁年代里的"另类精神贵族",真值得我永远的羡慕!

感谢四川外语学院副校长王鲁男教授对我工作、学术及家人的关心!我永远记住一位领导给予一位普通同志的可贵的真诚!

感谢老专家廖七一教授长期以来对我工作、学术和做人的关心和鼓励!

感谢同事董洪川同志曾经给予的帮助!感谢晏红、支宇、严功军、任虎军、祝朝伟、杨全红等川外好友长期给我的真诚与厚爱!感谢何天云、邵洪范二位兄长长期以来给予我的信任与关爱。

感谢四川外语学院那些默默支持我工作并在我工作上遭遇巨大困难时,一如既往地给予我理解、真诚与厚爱的同志们!

感谢重庆市教育委员会人文社科一般项目和四川外语学院校级科研重点项目同时于 2006 年为本书立项资助,从而使本书的出版经费得以保证!

感谢我教过和指导过的四川外语学院英语语言文学专业研究生们,他们对我教学工作和指导工作的支持与配合,对我的厚爱,毕业后与我时常的联系,成为我进行博士后研究工作的重要精神资源!我与我的研究生们的每月一次的阅读、讨论、交流,成为我生活中值得永久保存的一段鲜活的记忆,特别是一些孩子身上的

183

那份本真、善良、热忱、勤奋更加令我难忘！同时,我深深地感谢我在川外教过的和正在教的国关院本科生们对我的教学表示出的极大兴趣,他们纯真、友善,认真听课,积极参与讨论,主动完成我每周布置的作业,有些还表达了对理想,对事业的追求,是我书稿修改阶段的重要精神资源。他们朝气蓬勃,正值兴旺时期,国家的希望寄托在他们身上！无私地并富于高度责任感地培养我的每个学生,是我作为人民教师的永远的天职！

"大雨落幽燕,白浪滔天,秦皇岛外打鱼船。一片汪洋都不见,知向谁边？往事越千年,魏武挥鞭,东临碣石有遗篇。萧瑟秋风今又是,换了人间"。

生活多姿多彩、美丽动人,朋友们,让我们感谢生活,拥抱生活吧！

费小平

2010 年 6 月 16 日凌晨 1 时 40 分

谨识于重庆歌乐山麓

(本人邮箱:fei47@ hotmail. com)